A mentirosa urna

A mentirosa urna

Walter Costa Porto

Martins Fontes
São Paulo 2004

Copyright © 2004, Livraria Martins Fontes Editora Ltda.,
São Paulo, para a presente edição.

1ª edição
maio de 2004

Acompanhamento editorial
Helena Guimarães Bittencourt
Preparação do original
Maria Luiza Favret
Revisões gráficas
Maria Regina Ribeiro Machado
Alessandra Miranda de Sá
Dinarte Zorzanelli da Silva
Produção gráfica
Geraldo Alves
Paginação/Fotolitos
Studio 3 Desenvolvimento Editorial

Dados Internacionais de Catalogação na Publicação (CIP)
(Câmara Brasileira do Livro, SP, Brasil)

Porto, Walter Costa
A mentirosa urna / Walter Costa Porto. – São Paulo : Martins Fontes, 2004. – (Coleção temas brasileiros)

Bibliografia.
ISBN 85-336-1982-0

1. Brasil – História 2. Brasil – Política e governo 3. Eleições – Práticas corruptas – Brasil 4. Fraude – Brasil I. Título. II. Série.

04-2683   CDD-324.660981

Índices para catálogo sistemático:
1. Brasil : Eleições fraudulentas : História política   324.660981
2. Brasil : Fraude nas eleições : História política   324.660981

Todos os direitos desta edição para a língua portuguesa reservados à
Livraria Martins Fontes Editora Ltda.
Rua Conselheiro Ramalho, 330/340 01325-000 São Paulo SP Brasil
Tel. (11) 3241.3677 Fax (11) 3105.6867
e-mail: info@martinsfontes.com.br http://www.martinsfontes.com.br

Índice

Apresentação VII

1. Os muitos subornos e desordens 1
2. O dedo flexível da fraude ou o punho cerrado da violência 9
3. D. Pedro I e os primeiros senadores: "certos indivíduos que pouco mais eram do que cegos instrumentos de sua vontade" 19
4. A força enorme dos governos 25
5. "Quem não votar no governo deve ser recrutado" 33
6. Um senador me disse que já viu as imagens servirem de pedras 39
7. O capanga, o cacetista, o biju, o xenxém, o bem-te-vi, o morte-certa, o cá-te-espero 49
8. Embora não sejam mendigos, são a estes equivalentes 57
9. Os "círculos" contra os "deputados de enxurrada" 63
10. Telegramas falsos, cartas falsas, jornais falsos 77
11. Os melhores eram escolhidos como flores para ornato de bancada 85
12. "Pobre Coelho Neto... Não compreendeu que, quando o padrinho morre, o afilhado fica pagão" 91

13. A eleição, um meio de desrepresentação 97
14. De Dantas foi a vitória, Chico Marreta morreu 107
15. A tal Comissão dos Cinco acaba fazendo o sete 113
16. Como é mesmo meu nome? 123
17. "O que afirmo é que minha mulher não irá votar" 133
18. Andrade, Hare, Baily, Assis Brasil, Borges: o longo caminho da proporcionalidade em nosso país 141
19. Um eleito sem nenhum voto nominal 155
20. O voto de ninguém passou a ser de alguns 163
21. "A conta realizada pode ser tudo, menos proporcional".... 175
22. Uma eleição em 1947: "um mundo de chicana e sofismas" ... 183
23. Se quiséssemos, ele se deixaria fotografar nu 193
24. Um neocomunismo que consagra e exalta os princípios democráticos 201
25. E aparecem os senadores de camisa e ceroulas e a caminho de suas tarefas 211
26. Rio, 1982, com a Proconsult: "resultados inconseqüentes mas que eram divulgados apesar de tudo" 219
27. A vice-presidência: "um degrau para nada, exceto para o esquecimento" 225
28. A interpretação da lei é a eterna malícia 235

Bibliografia 249

Apresentação

Algumas frases podem retratar melhor nossa trajetória eleitoral que muitos compêndios. Em discurso de 1875, no Senado, dizia o grande liberal Zacarias de Góes: "Em um belo dia, sem motivos conhecidos do parlamento, sem causas sabidas, sem vencidos, nem vencedores, o chefe do Estado demite os ministros, chama outros, que não tenham apoio nas câmaras, os quais vão consultar a mentirosa urna."

Em manifesto firmado em Montevidéu, em 1925, Assis Brasil escrevia: "ninguém tem certeza de ser alistado eleitor; ninguém tem certeza de votar, se porventura foi alistado; ninguém tem certeza de que lhe contem o voto, se porventura votou; ninguém tem certeza de que esse voto, mesmo depois de contado, seja respeitado na apuração, no chamado terceiro escrutínio, que é arbitrária e descaradamente exercido pelo déspota substantivo, ou pelos déspotas adjetivos, conforme o caso for da representação nacional ou das locais".

Nada mais preciso para indicar a fraude, e sobretudo a compressão oficial sobre as eleições no final do segundo reinado e em nossa 1ª República.

Pouco a pouco é que vai o país corrigindo os vícios que enodoavam seus pleitos, entregando ao Judiciário a qualificação dos eleitores e, afinal, a própria verificação e reconhecimento dos poderes; fazendo cessar, com a República, a exigência de certo nível de renda para o exercício do voto e da representação; passando das cédulas impressas pelos candidatos e partidos para a cédula oficial, "única", como se denominou; tornando efetivo o voto secreto (já no início do século XX, um senador pelo Espírito Santo deplorava que todas as leis, até então, tivessem consignado o princípio do voto secreto, mas não era menos certo "que nenhuma delas procura tornar efetivo esse segredo"); convocando às urnas também as mulheres, em 1932, com o voto facultativo; em 1945, com o voto obrigatório (e dando razão ao constituinte de 1890, César Zama, que dizia, com respeito ao voto das mulheres: "– Bastará que qualquer país importante da Europa confira-lhes direitos políticos e nós o imitaremos. Temos o nosso fraco pela imitação"); superando, com o sistema proporcional, a preterição das minorias que o voto majoritário – com sua "brutalidade", como entendia Duverger – afastava das assembléias; assegurando, mais recentemente, aos analfabetos, o sufrágio, retirado, desde 1881, pela Lei Saraiva, que teve, como um de seus defensores, Rui Barbosa, com sua teimosia em afastar do voto os que não soubessem "ler e escrever corretamente"; e, finalmente, introduzindo o voto eletrônico, em que não podiam pensar os que elaboraram nosso primeiro código eleitoral, em 1932, embora com mais de dez referências às "máquinas de votar" (um deles, João Cabral da Rocha, julgou inútil figurasse, ali, a possibilidade do uso de tais máquinas "apenas como homenagem ao progresso da mecânica").

Essa, afinal, é a experiência de todos os países: progressivamente se dá o alargamento da cidadania política e a correção dos males que afligem a arena política.

Este livro conta um pouco de nosso passado, desses males, das mentiras da urna.

WALTER COSTA PORTO

1. Os muitos subornos e desordens

As únicas eleições que o Brasil conheceu, até 1922, foram aquelas para escolha dos "juízes, vereadores, almotacés e outros oficiais".

"Homens bons e povo" – como dispunham as Ordenações Filipinas – nomeavam seis homens para eleitores que, por sua vez, escolhiam "para os cargos do Concelho as pessoas que mais pertencentes lhes parecerem".

Entre os "homens bons" sabe-se que, no Brasil, incluíam-se os nobres de linhagem e seus descendentes; os senhores de engenho; a alta burocracia civil e militar. A esse grupo se acrescentavam os "homens novos", burgueses que o comércio enriquecera.

Mas a expressão "e povo" é enganadora: pode levar a que o leitor de agora imagine que todos, sem exceção, sem qualquer ressalva, fossem chamados às urnas.

Quanto a esse ponto, divergem muito os que se debruçaram sobre nossa história eleitoral. Em um extremo se situa, por exemplo, Oliveira Vianna, para quem o governo de nossas Câmaras, na Colônia, não era "democrático", no sentido moderno da expressão. Para ele, o povo que elegia e que era eleito, que detinha a elegibilidade ativa e passiva, "constituía uma classe selecionada, uma nobreza"[1].

---

1. "Não se pense, realmente, que as câmaras municipais eram eleitas pelo povo-massa e que da autoridade do povo municipal é que saíam os seus almotacéis, tesoureiros, escrivães e demais funcioná-

Em outro extremo está um autor como Manoel Rodrigues Ferreira que, criticando o "equívoco" de Oliveira Vianna, atestava: "Até 1822, o povo votava, em massa, sem limitações, sem restrições."[2]

É certo que, no início da colonização, nos duros tempos da implantação dos primeiros núcleos de povoamento, ocorreu, por vezes, o sufrágio universal.

Parece ter sido esse o caso de Santo André da Borda do Campo, em que uma ata de 3 de novembro de 1555 fala do chamamento, pelos oficiais da Câmara, de todo "o povo". Cada um "deu sua voz de procurador do Concelho", sendo escolhido, "por vozes da dita Câmara, Álvaro Annes, morador da dita villa"[3].

Na maioria das vezes, porém, prevaleceram restrições ao exercício universal do sufrágio, por determinações reais.

Em um texto datado de 1640, por exemplo, recomendava o rei ao corregedor da Comarca: "... fareis ajuntar em Câmara os homens nobres, e da governança, e os mais que vos parecer que podem votar nos eleitores, e lhes direis a todos juntos, de minha parte, que votem seus eleitores conforme a Ordenação..."[4].

II

Em certos momentos, foram procedidas revisões nos cadernos em que se registravam, nas Câmaras, os qualificados para a escolha dos eleitores. Revisões como a que determinou o desembargador João de Souza Cardenas, chegado ao Rio de Janeiro em novembro de 1624. Dispôs ele que somente fossem convocados a votar os que tivessem residência e domicílio na cidade, excluídos os do "sertão" – dos distritos rurais. Excluiu também os que vivessem de soldadas, como os mestres-de-açúcar e outros empregados.

---

rios do governo municipal, à maneira das velhas comunidades européias – 'de aldeia', ou 'de cidade'." (OLIVEIRA VIANNA, *Instituições políticas brasileiras*. 3ª ed., Rio de Janeiro: Record, 1974, 1º vol., p. 131).

2. "Até 1822, o povo votava em massa, sem limitações, sem restrições. Ao ganhar o Brasil sua independência política, o povo perdeu o direito que teve, durante três séculos, de votar..." (FERREIRA, Manoel Rodrigues. In: *Boletim Eleitoral*, nov. 1956, p. 213).
3. In: TAUNAY, Affonso de, *Na era das Bandeiras*. São Paulo: Melhoramentos, 1922, p. 23.
4. Regimento a que se atribui a data de 10 de maio de 1640. In: *Collecção chronológica da legislação portuguesa – 1634/1640*. Comp. e anot. por José Justino de Andrade e Silva. Lisboa: Imp. de F. X. e Souza, 1855, pp. 228-30.

Em elogiável medida saneadora, retirou ele o sufrágio de todos os "interessados na benevolência dos oficiais da Câmara, tais como taverneiros e outros vendeiros". É o que relata Vivaldo Coaracy, para quem a ação do desembargador veio reduzir sensivelmente o corpo eleitoral – "do qual já não podiam fazer parte os soldados regulares, os mecânicos, os judeus e estrangeiros" – e ferir muitos interesses, prejudicando a política de famílias poderosas[5].

Assim, muito rigor era exercido na seleção daqueles votantes de primeiro grau, cabendo, enfim, ao representante do rei demasiado arbítrio no julgamento dos que lhe parecessem capazes do sufrágio. Rigor maior era aplicado na escolha dos eleitores e dos afinal designados para os ofícios da Câmara. Para esses últimos deveria ser elaborado um cadastro, o que muitas vezes se denominou de "Os livros de nobreza das Câmaras".

Em um alvará de 1611, por exemplo, o rei de Portugal, ao dar "um regimento para se guardar d'aqui por diante em todas as eleições", determinava que "... e estando o povo junto, o dito Corregedor, Ouvidor ou Juiz lhe dirão da minha parte, que das pessoas mais nobres e da governança da terra, ou que houvessem sido seus pais e avós, votem em seis Eleitores, dos mais velhos, e zelosos do bem público..."[6].

Nesse alvará, era dada aos corregedores e ouvidores a recomendação de que, ao entrarem "nas terras aonde hão de fazer a eleição", escolhessem duas ou três pessoas, "das mais antigas e honradas", e lhes perguntassem pelos "que há na dita villa". E se soubessem deles "as qualidades que têm para poderem servir os cargos da governança, e dos parentescos, que entre ellas há, e amizade, ou o ódio, e de suas idades".

No regimento de 1640, reitera-se essa ordem ao corregedor da Comarca, para que ouvisse "até três homens dos mais antigos e nobres, de que tenhaes informações que são de boa consciência, e mais zelosos do bem público, e que sejam naturaes da terra, e tenham servido nella os officios da governança, aos quaes dareis juramentos dos Santos Evangelhos, e lhes perguntareis, que pessoas há

---

5. COARACY, Vivaldo, *O Rio de Janeiro do século 17*. Rio de Janeiro: José Olympio, 1944, p. 60.
6. Alvará de 12/11/1611. In: *Collecção chronológica da legislação portuguesa – 1603/1612*. Comp. e anot. por José Justino de Andrade e Silva. Lisboa: Imp. de J. J. A. Silva, pp. 314-6.

nos ditos Logares, e seus Termos das que costumam andar na governança, ou cujos pais, e avós, tiverem andado nella, ou outras quaesquer, que tiverem qualidades, e partes para servirem os taes cargos, posto que não sejam naturaes, e dos parentescos, que há entre eles, e suas mulheres, e em que grau, e amizade, ou ódio, e da idade de cada uma das ditas pessoas, e se é meu criado, ou o foi de outrem, e de quem, e que officio, e fazenda tem, e se vive nos ditos Logares, ou em seus Termos, e se são naturaes da terra, ou o foram, ou não, seus pais, e avós, e se foi official mecanico, e de que officio, e quanto há que o deixou servir, ou se o foi seu pai, e avós, e se tem Habito com tença, ou sem ella, e de que Ordem".

O inquérito, minucioso, sobre as "partes e qualidades" dos eleitores futuros oficiais, sobre seu "zelo, suficiência e talento para bem servir nos officios da governança", era utilizado para indicar "os naturaes da terra", "os mais velhos e nobres della, sem raça alguma", e para excluir as "pessoas mecanicas" – os que se dedicavam a serviços manuais – e mesmo seus filhos ou netos, e os cristãos-novos. Quanto a estes, uma Carta Régia de 13 de abril de 1633 impunha "não terem os da nação hebrea honras, nem lugares públicos, nem officios de governança, nem de Justiça, de Graça e Fazenda e coisas semelhantes"[7].

Determinou-se também que não se elegessem os que servissem "os officios de Justiça, pelos grandes inconvenientes que disso se seguem"[8]. Um Alvará de 1649 explicitou a proibição: "por se atalharem os inconvenientes que se representaram haver, de os Oficiais de minha Justiça e Fazenda servirem de Vereadores nas partes aonde são moradores: hei por bem e me praz que d'aqui por diante nenhum dos officiais de Justiça e Fazenda das Cidades e Villas notáveis e cabeças de Correição, sirvam nellas os cargos de Vereador"[9].

Mas, aí, em vez de exclusão odiosa, era o começo das inelegibilidades que, depois, tanto contribuíram para o saneamento do processo eleitoral.

---

7. In: *Collecção...*, ob. cit., p. 309.
8. Lei de 5/4/1618. In: *Collecção...*, ob. cit., pp. 278-9.
9. Alvará de 6/5/1649. In: *Collecção...*, ob. cit., p. 43.

III

Encontram-se, na história das eleições na Colônia, poucos relatos concretos de fraude. Principalmente porque os arquivos das Câmaras, como lembra Manoel Rodrigues Ferreira, foram destruídos[10]. Mas são muitas as queixas sobre incorreções nos pleitos, dirigidas a Lisboa. A maior parte era com relação à escolha de pessoas não adequadas, sem "as qualidades e partes". Outra reclamação era a de que a eleição se fizesse "com sobornos e induzimentos". Os "officios de governança", funções de exercício obrigatório, não remunerado, não se compreendia, ao tempo, fossem desejados e perseguidos pelo esforço, hoje tão admitido, das campanhas eleitorais.

Chegava-se a punir, e severamente, o que se denominava "cabala": "que nenhuma pessoa, de qualquer qualidade e condição que seja, suborne na dita eleição, pedindo, nem procurando votos para si, nem para outrem, nem por qualquer outra via inquietem; sendo certos, que se há de tirar disso devassa; e os que forem comprehendidos, que subornaram, ou inquietaram a tal eleição, serão presos, e condenados em dous annos de degredo para um dos logares da África, e além disso, pagarão cincoenta cruzados para captivos"[11].

O rigor da pena, que ia até o degredo para a África, dá bem a medida do quanto se julgava hedionda a infração.

IV

O conflito entre o marquês de Montebelo, governador e capitão-general de Pernambuco, de 1690 a 1693, e o Senado da Câmara de Olinda, permite-nos recolher uma indicação, embora emocional, de como pudessem ser as eleições, para esse último corpo, "impudentemente fraudulentas".

Montebelo denunciou à Corte a peita de votantes, coações, prorrogação dos trabalhos pela noite adentro, para que eleitores embuçados votassem duas e mais vezes[12]. Ele desejou alargar o leque de

---
10. FERREIRA, Manoel Rodrigues, ob. cit., p. 213.
11. Alvará de 12/11/1611. In: *Collecção...*, ob. cit., p. 314.
12. ANDRADE, Gilberto Osório de, *Montebelo. Os males e os mascates*. Recife: UFPE, 1969, p. 115.

opções para escolha dos oficiais, que Olinda insistia em reservar somente para a gente da nobreza natural da terra.

O Recife, como esclarece Gilberto Osório de Andrade, "era um termo da cidade de Olinda, mas para os cargos da Câmara taxavam-se de inelegíveis os moradores do termo, que nenhum deles se podia aceitar como 'homem bom' estando todos infeccionados, como estavam, pelo ambiente burguês do povoado". Um dos antecessores de Montebelo, Fernando de Souza Coutinho, que governara de 1670 a 1674, "experimentara vencer tal preconceito e os protestos da Câmara valeram-lhe uma advertência de Lisboa, de que 'se não intrometesse ele, nem os governadores que lhe sucedessem... nas eleições das Câmaras' porque era inadmissível eleger 'para os cargos honrosos da República a homens mercadores que não eram naturais da terra, e nem tinham as qualidades requeridas para ocuparem tais cargos, que deveriam ser providos em pessoas nobres, e que serviram na guerra, do que resultava grande sentimento ao povo"[13].

Acusado pela Câmara de interferência ilegítima no processo eleitoral, explicou-se ao rei: "não só não me intrometi, antes para evitar os subornos que nela costumam haver lhe mandei pôr à porta do Senado uma companhia de infantaria, e com toda esta diligência, e a esperteza do ouvidor geral não faltaram os comboios, e subornos particulares, de modo que começando a eleição depois do meio-dia, se acabou à meia-noite, introduzindo com capa... segunda e terceira vez a votar não pouso que tinham votado"[14].

V

A Câmara do Rio de Janeiro representou ao rei de Portugal, no século XVIII, com relação à intromissão do ouvidor geral de proceder à "eleição de pessoas de infecta nação e outras de baixa esfera", fazendo, então, necessária "a expulsão dos ditos hebreus e pessoas mecânicas".

13. ANDRADE, Gilberto Osório de, ob. cit., pp. 102-3.
14. Carta de 7/2/1691. In: ANDRADE, Gilberto Osório de, ob. cit., p. 115.

No fim, solicitava-se ao rei "que de nenhuma sorte se intrometam os governadores na eleição da Câmara, como V. M. tem mandado"[15]. Crescia, segundo os oficiais do Senado da Câmara do Rio, "cada vez mais a ambição de se meterem no exercício dos cargos honrosos da República, pessoas indignas de semelhante emprego", pois "se estavam elegendo homens de vara e covado e outros semelhantes comerciadores".

Mas falhas no processo eleitoral poderiam ser debitadas à incultura do corpo votante, ao desconhecimento dos textos legais que a rarefação do povoamento, nas distâncias desmesuradas do continente, agravava.

As Ordenações do Reino eram constituídas de cinco livros, e eram raras as vilas e cidades do Brasil que os possuíam, explicava Manoel Rodrigues Ferreira[16].

Em volume anterior, lembrávamos como o procurador de Santo André da Borda do Campo, no ano de 1558, pedia o livro das Ordenações, com o receio de "encorrer em pena algoa"[17].

Natural, então, que não se seguisse à risca, tantas vezes, as complicadas etapas do escrutínio, como, por exemplo, a correta distribuição dos pelouros, com a divisão do saco em tantas partes quantos os cargos a preencher.

VI

Uma fraude que se encontra bem documentada foi a que ocorreu em 1º de janeiro de 1641, em São Paulo.

Mandaram os oficiais, conforme determinavam as Ordenações, que um menino retirasse do saco um dos pelouros – bolas de cera em que se incluíam os papéis com votos – onde deveriam estar os nomes dos que serviriam, no exercício seguinte, como vereadores.

Aberto pelo juiz ordinário, "se achou o papel que estava dentro do referido pelouro, em branco, sem estar letra alguma nele de que eu e o tabelião Domingos da Mota damos nossa fé"[18].

---

15. FERREIRA, Manoel Rodrigues, ob. cit., p. 153.
16. FERREIRA, Manoel Rodrigues, ob. cit., p. 153.
17. PORTO, Walter Costa, *O voto no Brasil*. 2ª ed., Rio de Janeiro: Topbooks, 2002, p. 17.
18. FERREIRA, Manoel Rodrigues, ob. cit., p. 155.

As Ordenações não previam esse incidente. Resolveu-se, então, que os vereadores que terminavam seu mandato prosseguissem nas funções até nova designação de oficiais, o que se deu somente três meses depois.

Dos grupos que se digladiavam, então, na política paulista, os Camargos foram acusados de ter cometido a fraude. Daí resultou, informa Manoel Rodrigues Ferreira, longa e sangrenta luta entre os bandos dos Pires e dos Camargos[19].

---

19. Súditos espanhóis, os Camargos transferiram-se para São Paulo no século XVII, após a união da Coroa portuguesa à espanhola. Os portugueses, então, se reuniram em torno da família Pires e os dois clãs, organizados, se hostilizavam. In: FERREIRA, Manoel Rodrigues, ob. cit., p. 154.

2. O dedo flexível da fraude ou o punho cerrado da violência

As Instruções baixadas com o decreto de 3 de junho de 1822, que convocavam uma Assembléia Geral e Constituinte para o Reino do Brasil, pareciam deixar pouco espaço à verificação e ao reconhecimento dos poderes de seus membros[1] pelo próprio corpo legislativo, pois diziam, em seu capítulo IV, inciso 7: "Os Deputados, pelo simples ato das Eleições, ficam investidos de toda a plenitude de poderes necessários para as Augustas Funções da Assembléia, bastando para autorização a cópia da Ata de suas Eleições."

Mas o primeiro ato da Assembléia, em 17 de abril de 1823, foi o de constituir duas comissões, "huma de cinco Membros para verificar a legalidade dos Diplomas dos Srs. Deputados que não saíssem eleitos para esta mesma Commissão, e outra de três Membros, para verificar, igualmente, a legalidade dos Diplomas dos cinco que formassem a 1ª Commissão"[2].

---

1. A verificação envolvia "o exame da eleição, no fundo e na forma, para saber se é verdadeira e regular"; o reconhecimento, "a afirmação da regularidade da eleição e conseqüente legitimidade dos poderes dela resultantes", como definiria, em 1903, o Regimento Interno do Senado, p. 34, *Arquivo Histórico do Senado Federal*.
2. In: *Diário da Assembléia Geral Constituinte e Legislativa do Império do Brasil.* Brasília: Senado Federal, 1973, p. 1. Seguia-se, assim, o exemplo dos outros países.

Na França, cujo modelo tanto influiria sobre nossa organização política, esse direito de verificação de poderes já se dividiria, em 1789, entre os Estados Gerais e o chefe de Estado, se fosse seguido o regulamento de 23 de junho daquele ano. A Assembléia do 3º Estado, no entanto, tomou para si o exame dos poderes, decidindo, em 19 de junho de 1789, que os diplomas sobre os quais pesasse contestação seriam submetidos ao exame de "um comitê de verificação e de contencioso"; sobre as resoluções desse comitê, deliberaria a Assembléia, sem admitir recursos contra suas decisões. Esse procedimento foi inscrito na Constituição francesa de 14 de setembro de 1791, em que se determinou que os decretos do corpo legislativo, relativos à validade das eleições, não seriam sujeitos à sanção real[3].

II

Em nossa Assembléia Constituinte de 1823, a 2ª Comissão, "depois de haver procedido aos competentes exames da ata geral das respectivas Províncias e diplomas particulares" de cada um dos que compunham o primeiro grupo, achou "em tudo conformes" ao decreto de 3 de junho e respectivas instruções.

A 1ª Comissão se pronunciou sobre os poderes dos quarenta e sete outros constituintes e somente encontrou problemas com respeito à representação de três províncias.

Com relação à Paraíba do Norte, entendeu que poderia "talvez duvidar da legalidade" de sua ata, "pela ingerência de poderes especiais, e mandatos imperativos que a lei lhe não permettia".

Quando das eleições para a Corte de Lisboa, em 1821, a representação de São Paulo seguiu com instruções precisas de seu corpo votante. Foram consultadas, então, as Câmaras Municipais, indagando-se-lhes de suas "conveniências locais" e quais eram, em seu parecer, "as providências úteis ao Brasil e as apropriadas a cimentarem a união do reino americano com a metrópole". Um documento final, que reunia as respostas, dizia da conveniência de um governo geral executivo para o Reino do Brasil, da necessidade de escolas de

---

3. VILLEY, Edmond, *Legislation comparée des principaux pays d'Europe*. Paris: L. Larose/A. Pedone, 1900, pp. 250-1.

primeiras letras, até de uma universidade e, também, de itens relativos ao sistema eleitoral[4]. Agora, bem que se poderia entender que as Instruções que acompanhavam o decreto de 3 de junho de 1822 autorizavam o mandato "imperativo" – que vincula eleitores e eleitos e submete estes à orientação daqueles – ao disporem, no capítulo IV, inciso 8: "As Câmaras de Províncias darão aos respectivos Deputados instruções sobre as necessidades e melhoramentos de suas Províncias." Mas assim não julgou a Comissão[5].

Com respeito a Santa Catarina, onde se elegera um só representante, Diogo Duarte Silva, "allegou-se suborno e senão provou com o menor indício". Apontou-se ainda que o candidato "não tinha no Brasil a residência exigida pelas instruções", mas "nada se apresentou que induzisse a menor dúvida".

Afinal, com relação a Mato Grosso, a questão foi a de não ter o deputado Navarro de Abreu sido eleito por toda a província, não havendo concorrido o Distrito de Villa Bella, em protesto porque o governador se instalara em Cuiabá, que não era a capital.

III

A verificação e o reconhecimento dos poderes sendo entregues, no Império e em nossa 1ª República, aos próprios corpos legislativos, possibilitaram uma grande compressão sobre a vontade afirmada nas urnas.

Em muitas ocasiões, foram expressas dúvidas sobre a correção do julgamento das comissões de verificação de poderes. Lembrando, por exemplo, os trabalhos de verificação das eleições em 1840, dizia Antônio Carlos: "... lançando os olhos sobre as eleições do Ceará, pareceu-me que tal voto popular não existia, tudo quanto havia não era opinião do povo, era, pelo contrário, uma opinião fictícia forjada

---

4. SANT'ANNA, Nuto, *Documento histórico*. São Paulo: Departamento de Cultura, 1951, vol. III, p. 11.
5. O mandato imperativo era da tradição portuguesa. Quando, nas Câmaras, se fazia a escolha dos procuradores do povo, que iriam ter assento nas Cortes do Reino, levavam os representantes "já discutidas e assinadas... as propostas que tinham de fazer, propostas chamadas, a princípio, agravamentos, depois artigos e, finalmente, capítulos" (GARCIA, Rodolfo, *Ensaio sobre a história política e administrativa do Brasil*. Rio de Janeiro: José Olympio, 1956, p. 92).

pelo embuste, e que a cada passo se descobria nelas o dedo flexível da fraude, ou o punho cerrado da violência"[6].

A anulação daquele pleito, exigida pelo senador Alencar, foi, no entanto, para um analista como José Honório Rodrigues, "um dos mais tristes atos do relatório da Comissão", censurado, logo, em extenso voto em separado de Januário da Cunha Barbosa e não justificado pelo próprio relator da Comissão, Antônio Carlos, em seu discurso de 26 de janeiro de 1841[7].

Mas se tanto serviu à deformação na escolha dos representantes, sobretudo na República, após a reforma de Campos Sales, pôde o mecanismo, algumas vezes – bem poucas, é certo –, ser utilizado para a correção de impudentes desvios. Por oito vezes o Senado anulou eleições: em 13 de abril de 1833, as realizadas no Rio de Janeiro; em 16 de junho de 1847 e 29 de maio de 1848, em Pernambuco; em 17 de maio de 1869 e 8 de março de 1879, no Ceará; em 1º de junho de 1869, no Rio Grande do Norte; em 3 de junho de 1869, no Amazonas; e em 29 de abril de 1879, no Espírito Santo.

IV

Havia quem julgasse que a prática seguida no Senado, com respeito à verificação dos poderes de seus membros, não se conformava com o espírito da Constituição nem com os usos e as regras do sistema monárquico constitucional representativo.

Entendiam esses devesse a verificação recair exclusivamente sobre o diploma ou a Carta Imperial do senador, para reconhecer-se sua legalidade ou autenticidade.

Pensava assim o senador Alves Branco e, em discurso de 13 de julho de 1848, explicitou sua posição. Lembrou ele, então, que a Constituição dizia que os senadores seriam eleitos em listas tríplices sobre as quais o imperador escolheria a terça parte; que as Instruções de março de 1824 haviam estabelecido que os colégios eleitorais, procedida a eleição de qualquer senador, remetessem duas có-

---

6. Sessão de 26/1/1845. In: *Anais do Senado do Império do Brasil.*
7. RODRIGUES, José Honório, *O parlamento e a consolidação do Império, 1840/1861.* Brasília: Câmara dos Deputados, 1982, p. 143.

pias de sua ata, uma à Câmara Municipal da capital da Província, para apuração de todas as atas em uma lista tríplice geral, que seria remetida ao ministro do Império, outra diretamente, também, ao mesmo ministro, sem dúvida para o competente exame e mais processo até a nomeação. Para Alves Branco, se entendera sempre que ao governo competia examinar a eleição e decidir de sua nulidade ou validade, para, no primeiro caso, mandar proceder a outras e, no segundo, apresentar a lista tríplice ao Poder Moderador, com seu parecer. Recebido no Senado o diploma do novo designado, era remetido a uma comissão em que de nada mais se tratava do que reconhecer sua legalidade ou autenticidade. Não se cuidava do exame de atas parciais, nem mesmo da lista tríplice, dando-se tudo isso perfeito e decidido pelo governo.

Segundo Alves Branco, as atas nunca vinham para a Casa. Ao examinar muitos pareceres de comissão sobre verificação de poderes, não achou ele referência alguma à ata geral e ainda menos às parciais. A menção era só ao diploma de senador, e nada mais. Essa teria sido sempre a prática das comissões desde 1826, quando se instalou o Senado, até 1833, tempo de exaltamento político em que se anulou a eleição de Feijó.

Para mostrar que não seria possível proceder de modo diverso, argumentava Alves Branco: "Querem os nobres Senadores que as atas parciais sejam remetidas ao Senado, para que o Senado examine e, julgando as eleições válidas, então, as remeta ao Poder Moderador. Pergunto eu: como, com esse sistema, podia reunir-se o Senado a primeira vez? Se acaso esse sistema fosse conforme com a Constituição, ou o mais conveniente, era possível instalar-se o Senado? É evidente que não havendo Senadores nomeados, não havia quem se apresentasse, salvo se todos os eleitos, ainda que sem título algum que lhes desse direito a alguma função senatorial, se apresentassem, o que seria absurdo."[8]

Cabia alguma razão a Alves Branco, ao apontar a diferença entre as situações iniciais da Câmara e do Senado. A primeira Casa poderia, na instalação, cuidar da verificação e do reconhecimento dos poderes de seus membros designados, dentre os que considerasse "líquidos" – assim denominados aqueles sobre cuja eleição não pe-

8. In: *Anais do Senado do Império do Brasil – 1848*. Brasília: Senado Federal, 1978, pp. 320-1.

sasse nenhuma dúvida –, de uma comissão que julgasse a validade dos diplomas dos outros e outra que decidisse sobre os diplomas dos que integrassem o primeiro grupo.

No Senado, porém, isso não seria possível, já que, de cada três de uma lista, somente a um caberia o cargo e não seria legítimo, nem prudente, reunir todos para tal decisão.

Mas, uma vez constituídos Senado e Câmara, por que estabelecer distinção de tal porte no método pelo qual cada Casa cumpria o processo de verificação? A prevalecer o entendimento de Alves Branco, a verificação dos poderes na Câmara recaía sobre a eleição, "porque a eleição é que transmite poderes aos Deputados". Quanto ao Senado, "a eleição só apresenta candidatos, quem lhes transmite o poder de legislar é o Poder Moderador, pelo diploma de nomeação, e por isso é sobre ele que deve recair o exame, e não sobre as eleições"[9].

Com efeito, quando da primeira sessão preparatória do Senado, em 29 de abril de 1826, designadas duas comissões – uma, de cinco membros, para verificar a legalidade dos títulos dos nomeados, menos os dos cinco que a compunham; outra, de três, para verificar a legalidade dos títulos desses últimos –, os pareceres não fizeram nenhuma referência às eleições, limitando-se a declarar que os títulos apresentados eram legais.

Isso, porém, lembra Tavares de Lyra, "não significava que o Senado abdicava, de futuro, ao direito que lhe assistia de examinar, em cada caso, o processo eleitoral"[10]. E se, em seus primeiros anos de atuação, agiu o Senado como indicava Alves Branco devesse ser seu comportamento em relação à verificação dos poderes, em 1833 mudou de prática, com a anulação da escolha de Feijó.

V

Tendo renunciado ao Ministério da Justiça, em razão de seus choques com a Câmara e, sobretudo, com os irmãos Andrada, Feijó partiu para São Paulo, em agosto de 1832, "irritado e descrente"[11].

---

9. In: *Anais...*, ob. cit., p. 324.
10. TAVARES DE LYRA, *Instituições políticas do Império*. Brasília: Senado Federal, 1979, p. 37.
11. SOUSA, Octávio Tarquínio de, *Diogo Antônio Feijó – História dos fundadores do Império do Brasil*. Rio de Janeiro: José Olympio, vol. VII, 1960, p. 212.

Naquele mesmo mês, faleceu o marquês de Santo Amaro, abrindo-se, então, uma vaga no Senado, pelo Rio de Janeiro. Candidato, Feijó foi vitorioso, obtendo 239 votos, e o mais votado de seus adversários, apenas 39, sendo designado senador por Carta Imperial de 5 de fevereiro de 1833.

Inicialmente, o parecer da Comissão de Constituição do Senado, firmado pelo marquês de Caravelas e por Manoel Caetano, e apresentado na sessão de 11 de abril de 1833, aprovaria o pleito. Não obstante, "a variedade que se encontra no dia" em que alguns colégios procederam à eleição, faltando ao que determinava o artigo 1º do Decreto de 29 de julho de 1828, julgou a Comissão não ser essencial essa disposição para a validade da escolha, nem o decreto a anulava[12].

O voto em separado de José Saturnino da Costa Pereira, no entanto, não entendeu legal "um ato praticado contra o que se marca na lei" e, para acrescer a ilegalidade, indicou, entre os colégios que concorreram à eleição, o distrito de Campos dos Goytacazes, recentemente desmembrado do Espírito Santo, com eleitores que haviam sido designados pelos habitantes daquela província, não tendo os do Rio de Janeiro "parte alguma em suas nomeações".

Na discussão que se seguiu, indagou-se sobre o intuito da disposição do artigo 1º do Decreto de 1828: era o de evitar, primeiro, os conluios de uns colégios com outros; segundo, que os mesmos eleitores pudessem votar em dois ou mais colégios. Então, preterira-se, na eleição, "fórmula essencial".

Após um segundo pleito, em que obteve 309 votos, Feijó ingressou no Senado.

VI

As recusas pelo Senado da indicação, para a Casa, de Antônio Pinto Chichorro da Gama e Ernesto Ferreira França, eleitos por Pernambuco em 1847 e 1848, foram os episódios de maior repercussão e serviram para que, em acalorados debates, se procurasse aferir o papel da Casa no processo de verificação e reconhecimento dos poderes.

12. Ata de 11/4/1833. In: *Anais...*, ob. cit., 1916.

Chichorro fora nomeado presidente da Província de Pernambuco para contentar um dos lados – os "praieiros" – que ali se batiam. Ministro pernambucano no Gabinete, Holanda Cavalcanti acreditava que Chichorro se mostraria "moderado e conciliador e contentaria seus aliados na Província". Mas sua presidência foi "a inversão de tudo que existia oficialmente". E exagerou ele, como assinalaria Nabuco, em "tropelias" que "fez ou deixou praticar"[13].

Com efeito, o relatório que a Comissão de Constituição e Poderes do Senado apresentou, na sessão de 1º de junho de 1847, é um dos mais pesados libelos com relação às pressões de um governo na cena eleitoral[14].

Três fatos foram apontados: primeiro, o de ter o presidente da Província, por via dos delegados de polícia, chamado a si as atas da maior parte dos colégios, contrariamente às instruções de 26 de março de 1824, que mandavam remeter as atas à Secretaria de Estado dos Negócios do Império e à Câmara Municipal da capital; segundo, o de terem participado da eleição "eleitores ilegítimos que a perturbaram"; terceiro, a intervenção de força e de coação por parte da autoridade, ou "para impedir os eleitores legítimos de votarem ou para não permitir uma eleição livre".

O parecer, anulando o pleito, foi aprovado por dezessete votos contra treze, na sessão de 16 de junho de 1847[15]. Realizada nova escolha, mais uma vez indicados Chichorro da Gama e Ferreira França, por Cartas Imperiais, disse inicialmente a Comissão, em parecer apresentado na sessão de 25 de maio de 1848, de seu "doloroso dever" ao apreciar aquele novo pleito, com premeditadas transgressões da lei, com tão violentos meios "para abater a liberdade do voto"[16].

Apontou-se, depois, um excesso na qualificação dos votantes, "que não pode ser explicado pelo crescimento natural da população; o chamamento ao voto de 'reconhecidos proletários e até menores'"; ameaças, processos, prisões, aparato de força armada, violências, fraude, "todos os meios que a razão condena e a lei reprova".

---
13. NABUCO, Joaquim, *Um estadista do Império*. São Paulo/Rio de Janeiro: Nacional/Civilização Brasileira, 1936, p. 57.
14. Idem, pp. 200 ss.
15. Idem, pp. 196 ss.
16. Idem, pp. 196 ss.

Na capital, a matriz de S. Frei Pedro Gonçalves fora invadida "por gente armada de facas de ponta e cacetes" e a urna roubada. E inspetores de quarteirão, à proporção que se iam chamando as pessoas, postavam-se junto à mesa, "trocando as listas dos que se apresentavam, substituindo-as por outras". Em Vitória, um piquete impedia o acesso dos eleitores à cidade. Em Una, a mesa legal fora "dissolvida pelo Juiz de Paz". Os fatos, "praticados em todas as freguesias", provavam "mais que muito" a fraude e a violência que maculavam as eleições desde seus atos preparatórios. Julgou afinal a Comissão demonstrada a nulidade das eleições primárias e que não poderia ser válida a escolha feita pelos colégios eleitorais, pela ilegitimidade dos que a compuseram.

Em voto separado, Vergueiro discordou de seus colegas, argumentando que, em Pernambuco, combatiam denodadamente "dois partidos exagerados". Que o vencido fizera distribuir, no Senado, "um volumoso impresso anônimo" que se resumia a transcrever *O Lidador*, "jornal ardente de seu lado"; que, nas atas de apuração geral, não se encontrava nenhuma dúvida, protesto ou reclamação; e que, afinal, as irregularidades da qualificação estavam, pela lei de 1846, entregues, em última instância, ao Judiciário, com prazos fixos para os recursos.

O parecer, pela nulidade da eleição, foi aprovado por dezessete votos contra cinco, na sessão de 29 de maio de 1848[17].

O episódio Chichorro/Ernesto França deixou mal o monarca, de cujo nome se fazia uso abertamente, pelos corredores do Senado, para o reconhecimento.

VII

Da intervenção do governo – dos Gabinetes – para a anulação de pleitos viciados há poucos exemplos. Os dois mais importantes são de 1837, com a anulação de eleições na Paraíba e em Sergipe.

No primeiro caso, segundo relatório do ministro interino do Império, Manoel da Fonseca Lima e Silva, levantou-se, na Paraíba, "um partido de miseráveis ambiciosos que, entre si combinados, se pro-

17. In: *Anais...*, ob. cit., p. 281.

puseram com o maior escândalo e a despeito das respectivas leis a obter os cargos de representantes por aquelas províncias com exclusão dos cidadãos beneméritos formando para esse fim horríveis cabalas"[18].

Elevou-se o número de eleitores, induzindo-se os párocos a apresentarem listas falsas de seus paroquianos, e foram perseguidos os que, "não se conformando com seus puníveis planos", tinham escrúpulo em ofender "os direitos dos mais cidadãos da província".

Mas a intervenção oficial, anulando a eleição, foi tida por criminosa, já que os governos intervinham "para constituírem câmaras unânimes que lhes assegurassem duradoura preponderância na política do país"[19].

---

18. TAVARES DE LYRA, "Regime eleitoral, 1821-1921". In: Modelos alternativos de representação política no Brasil e regime eleitoral, 1821-1921. Brasília: UnB, 1981, p. 166.
19. TAVARES DE LYRA, ob. cit., p. 165.

3. D. Pedro I e os primeiros senadores: "certos indivíduos que pouco mais eram do que cegos instrumentos de sua vontade"

A Constituição monárquica de 1824 determinou, pelos seus artigos 40 e seguintes, como se formaria o senado no Império: os senadores seriam escolhidos pelo imperador de uma lista tríplice indicada em eleição de dois graus. Seu número seria a metade do dos deputados, eleitos por cada uma das Províncias. Seu mandato, vitalício.

Na composição inicial da Casa, em 1826, muitas críticas se levantariam à designação de alguns que, ao que se dizia, nem sequer haviam constado das listas tríplices. O visconde de Baependi, que presidiu o Senado no biênio de 1885-1886, em monografia, tratou detalhadamente da questão. Segundo ele, as primeiras listas levadas a D. Pedro I estavam muito defeituosas, alguns nomes repetindo-se em duas ou mais relações. Assim, feitas as primeiras indicações, ficaram incompletas as listas de outras Províncias[1].

Segundo Taunay, recorreu então o imperador ao expediente de completar as listas de oito Províncias com os nomes dos cidadãos que se seguiam em votos ao nelas incluídos, "escolheu os 18 senadores da Bahia, Minas Gerais, Santa Catarina e São Pedro do Rio Grande do Sul dentre os contemplados pelas respectivas câmaras apuradoras".

---

1. BAEPENDI, Conde de, *Notícias dos senadores do Império do Brasil*, citado por TAUNAY, Affonso de, *O Senado do Império*. Brasília: Senado Federal, 1978, p. 56.

Assim não procedeu, porém, em relação às Províncias de São Paulo, Rio de Janeiro, Mato Grosso e Goiás, pois escolheu cinco senadores dentre os cidadãos igualmente contemplados pelas câmaras apuradoras, e outros cinco dentre os das listas suplementares. Foram estes: por São Paulo, o bispo capelão-mor D. José Caetano da Silva Coutinho e o visconde de São Leopoldo; pelo Rio de Janeiro, o cônego José Caetano Ferreira de Aguiar; por Mato Grosso, o marquês de Praia Grande; e por Goiás, o marquês de Jacarepaguá. Os nomes dos quatro primeiros figuravam em listas tríplices de outras Províncias. Assim, o marquês de Praia Grande aparecia na de Pernambuco, o bispo capelão-mor nas de Minas e Rio de Janeiro, o visconde de São Leopoldo na de Minas, onde também surgia o nome do cônego Aguiar, igualmente apresentado por Goiás[2].

Affonso de Taunay chegou a enumerar os que apareciam em mais de uma lista: dez deles surgiram em duas listas; catorze, em três listas; um, em quatro; e o campeão, o marquês de Queluz, fora indicado "por seis Províncias e afinal escolhido pela da Paraíba do Norte, quando era natural que o fosse pela de Minas, de que era filho, ou do Rio de Janeiro, onde tanto vivera"[3].

II

O comentário de Armitage é o de que o imperador, sem infringir consideravelmente o sentido literal da Constituição, "achou meios de iludir o seu espírito legal, para introduzir neste corpo certos indivíduos que pouco mais eram do que cegos instrumentos de sua vontade"[4].

A crítica maior viria de Pereira da Silva. Dizendo, inicialmente, que na escolha dos senadores as decisões da Coroa foram acertadas em sua generalidade, ele acrescentou: "O que a opinião pública desde logo, porém, estigmatizou, e com fundadas razões, foi a ilegalidade com que D. Pedro procedeu, deixando de parte listas organizadas regularmente, e improvisando novas para incluir nellas indivíduos

---

2. TAUNAY, Affonso de, ob. cit., p. 57.
3. Idem, p. 86.
4. ARMITAGE, John, *História do Brasil*. São Paulo: Melhoramentos/Brasília: INL, 1977, p. 126.

tão pouco votados pelo povo que a immensa distância se achavam dos que por maioria de votos haviam sido nellas contempados."[5]

Uma dessas escolhas, "a que despertou sobretudo maior celeuma, irritando em extremo a suscetibilidade nacional", recaiu "sobre indivíduo quase desconhecido, criado apenas do paço imperial, homem de curtíssima inteligência, e que não havia prestado serviços públicos importantes".

Foi na representação de Goiás. A lista se compunha do conde de São João da Palma, do general José Joaquim Curado e do padre José Caetano Ferreira. Cada um deles obtivera cerca de cento e vinte votos. Mas o imperador designara o conde pela província de São Paulo e o padre, pela do Rio de Janeiro. Restava somente o nome do general, com serviços tão relevantes "quer nas guerras do Sul, durante os annos de 1817 a 1820, quer no Rio de Janeiro, na crítica ocasião da independência, commandando forças milicianas contra Jorge de Avilez".

Mas "surprehendeu porém a todos que não só o Imperador deixasse de lado o General Curado, como que preenchesse elle próprio a lista já annulada, figurando n'ella, além do seu nome, mais os de dous indivíduos, que haviam apenas obtido alguns e raríssimos votos dos eleitores. Era um d'estes o Francisco Maria Gordilho de Barbuda, empregado dos paços imperiais, a quem foi logo expedida a carta de senador do império e posteriormente ao título de Marquez de Jacarepaguá".

Foi grande, segundo Pereira da Silva, a reprovação pública a essa escolha: "por toda a parte, em todos os círculos, por entre todas as classes da sociedade, um grito unânime ressoava, manifestando quasi indignação de que no systema representativo um obscuro criado do paço fosse elevado às honras e cargo de senador do império, sem ter sido incluído em lista tríplice, sem ter por si o voto popular, com infração escandalosa da Constituição... Apoiavam-se no exemplo do povo inglez que, não admittindo que a coroa pagasse serviços domésticos ou affeições do paço com moeda política, estabelecia em suas leis incompatibilidade absoluta de criados da casa real para o parlamento".

E concluía Pereira da Silva: "Os pasquins converteram-se em echos do sentimento geral. Subio sua audácia ao ponto de compa-

---

5. SILVA, J. M. Pereira da, *Segundo período do reinado de Dom Pedro I no Brazil*. Rio de Janeiro: B. L. Garnier, 1871, p. 35.

rar D. Pedro I a Calígula, e Barbuda ao cavalo, que o imperador romano nomeara cônsul da cidade eterna."[6]

III

O Decreto de 26 de março de 1824, que mandava proceder à eleição de senadores – e também dos deputados à Assembléia Geral e dos membros dos Conselhos Gerais das Províncias –, não vedava a designação de "empregados dos paços imperiais".

Dizia necessário para ser senador:

"1º – que seja cidadão brasileiro, e que esteja no gozo de seus direitos políticos;

2º – que tenha a idade de quarenta anos para cima;

3º – que seja pessoa de saber, capacidade e virtudes, com preferência os que tiverem feito serviço à pátria;

4º – que tenha de rendimento anual por bens, indústria, comércio ou emprego a quantia líquida de oitocentos mil-réis."

E a própria Constituição monárquica, ao excluir de votar nas Assembléias Paroquiais e de serem eleitos "os criados de servir", ressalvava "em cuja classe não entram... os criados da Casa Imperial, que não forem de galão branco" (art. 92, III).

IV

A vitaliciedade do Senado foi, entre os itens da organização parlamentar do Império, a que mais sofreu contestação. Muitos não aceitavam que, em uma Câmara nascida do voto, seus membros exercessem o mandato por toda a vida. A quebra dessa prerrogativa fora já defendida pelo Partido Liberal em 1831 e constava do programa do Partido Liberal Radical, em 1868.

Mas, em livro que estudou a instituição no período de 1870 a 1885, Beatriz Westin de Cerqueira Leite vai mostrar que o Senado, casa menos genuinamente representativa, findava, na prática, "mais fiel à representatividade das opiniões do povo"[7]. É que a Câmara dos

---

6. SILVA, J. M. Pereira da, ob. cit., pp. 35-7.
7. LEITE, Beatriz Westin de Cerqueira, *O Senado nos anos finais do Império – 1870/1889*. Brasília: Senado Federal, 1979, p. 16.

Deputados estava, o mais das vezes, à mercê de "resultados eleitorais de uma só cor partidária". Da falsidade dos pleitos provinham as tão deploradas "câmaras unânimes".

O Senado, pela modificação tão lenta de seus quadros, a depender somente da morte de seus integrantes, estaria mais apto a garantir o eco das parcelas minoritárias de opinião. Como afirmaria Nabuco, "a vitaliciedade do Senado tem servido, quando as Câmaras se reúnem depois de mudanças políticas, para que não se emudeçam as vozes de oposição"[8].

Só os deslizes de nosso sistema eleitoral no Império – sobretudo a compressão oficial, a força enorme dos governos, negando a efetiva expressão da vontade das urnas – poderiam dar ao Senado brasileiro essa função que, em outros países, a instituição nunca apresentaria. Servindo lá fora mais como uma força conservadora, apassivadora da emoção, da impetuosidade da outra Câmara, temporária. Pois fora essa a missão que lhe destinara Benjamin Constant, que tanto influenciou nosso primeiro momento constitucional: a do poder representativo "da duração", em contraste com a Câmara temporária, poder representativo "da opinião"[9].

Mas, com a vitaliciedade, viria prejudicar o Senado brasileiro a senectude de muitos de seus componentes. Como o marquês de Itanhaém, que Machado de Assis, em crônica de 1885, avistaria "um molho de ossos e peles, trôpego, sem dentes e sem valor político"[10].

Em outra crônica célebre, "O velho senado", Machado fala mais uma vez de Itanhaém: "A idade deste fazia-o menos assíduo, mas ainda assim era o mais do que cabia esperar dele. Mal se podia apear do carro e subir as escadas; arrastava os pés até a cadeira, que ficava ao lado direito da mesa."[11]

A figura de Itanhaém, continuava Machado, "era uma razão visível contra a vitaliciedade do Senado, mas é também certo que a vitaliciedade dava àquela Casa uma consciência de duração perpétua, que parecia ler-se no rosto e no trato de seus membros"[12].

---

8. In: LEITE, Beatriz Westin de Cerqueira, ob. cit., p. 16.
9. CONSTANT, Benjamin, Cours de politique constitutionelle. Paris: Guillaumin, 1872, p. 19.
10. MACHADO DE ASSIS, Obras completas. Rio de Janeiro: José Aguillar, 1962, vol. III, p. 668.
11. Idem, p. 638.
12. Idem, p. 638.

4. A força enorme dos governos

A insistência do imperador na designação de Chichorro da Gama e Ernesto França para o Senado – depois de eleições cujas peripécias, diria Nabuco, formariam um episódio saliente em nossa história constitucional – contrastará com o próprio quadro de isenção que o monarca, depois, procuraria compor.

Segundo Nabuco, se o imperador tivesse sido coagido à escolha por "praieiros", ou porque viesse a lista sêxtupla de uma só tendência, ou pelo uso das chamadas "cunhas"[1], o Senado, ao anular as eleições de 1847, trabalharia em socorro da liberdade da Coroa. "A escolha, porém, tinha sido livre e propositada, tanto que Chichorro foi conservado para presidir a sua segunda eleição, de 1848, e novamente escolhido, depois de uma intervenção ainda mais ostentosa."[2]

Mas é o mesmo Nabuco que vai elogiar o constante esforço posterior do monarca para restringir o mais possível "a parte de leão que cabia ao partido dominante", procurando impedir "a exclusão dos vencidos"[3].

1. As "cunhas" eram as nulidades, perante homens de peso nas listas tríplices para escolha, pelo monarca, dos senadores. Mas, como conta Capistrano, às vezes "o Imperador escolhia a cunha, com grande gáudio das galerias" (in: ABREU, José Capistrano de, *Ensaios e estudos*. Rio de Janeiro: Briguiet, 3ª série, 1938, p. 119).
2. NABUCO, Joaquim, ob. cit., p. 59.
3. Idem, p. 253.

O que nunca pôde efetivamente ser alcançado. A lógica do sistema parlamentar do Império – ou do que fossem as práticas parlamentares do Império – o impedia.

De começo, havia o distanciamento entre o que tantas vezes se denominou país "real" e o "legal" ou "oficial"[4]: a Constituição não previa a subordinação do Executivo ao Parlamento, mas uma rígida separação desses poderes. Ao contrário das determinações do autor do modelo, Benjamin Constant, aqui se fundiam os Poderes Moderador e Executivo. Finalmente, limitavam-se as dissoluções da Câmara à hipótese de "salvação do Estado"[5].

Depois, as consultas eleitorais, tão viciadas, não poderiam dar nenhum lastro de legitimidade aos gabinetes. O reduzidíssimo corpo votante estava à mercê de autoridades facciosas, sob um comando único, que a centralização da lei de 3 de dezembro reforçava, e elas próprias elegíveis, em razão da legislação permissiva.

Cabe atentar para esses dois últimos pontos, que explicam o poder desmesurado, "a força enorme dos governos", como chegaria a indicar o deputado Carrão, em 1880[6].

II

A grande reforma trazida pelo Ato Adicional, aprovada em 12 de agosto de 1834, dera liberdade às Províncias, antes asfixiadas pelas centralizações, mas logo se julgou fossem excessivas as atribuições conferidas aos poderes locais.

Dispunha o artigo 25 do Ato que, no caso de dúvida sobre a inteligência de algum de seus dispositivos, competia ao Poder Legislativo interpretá-lo. A astúcia dos que integravam o grupo conservador

---

4. O primeiro a utilizar essas expressões, anota José Honório Rodrigues, teria sido Melo Matos, em suas *Páginas de história constitucional*: "O país real conservou-se, e ainda hoje se conserva, estranho ao país oficial" (RODRIGUES, José Honório, ob. cit., pp. 50-1).
5. Mas das onze vezes que, no Segundo Reinado, foi dissolvida a Assembléia, julga-se que somente em três ocasiões – em 1872, quando da derrota sofrida pelo Ministério Rio Branco; em 1881, quando se procurou verificar a opinião política do país, com a aplicação da lei da eleição direta; e em 1884, quando se buscou medir a intensidade da propaganda abolicionista – não se exerceu o mero poder pessoal do imperador, com a alternância, a seu exclusivo critério, das situações políticas (TAVARES DE LYRA, *Contribuição para a biografia do Imperador*. Rio de Janeiro: Mendonça Machado, 1926).
6. Sessão de 28/12/1880. In: *O parlamento e a evolução nacional – 1871/1889*. Brasília: Senado Federal, 3ª série, 1979, p. 156.

denominado "do regresso" pôde, então, por uma "interpretação", chegar a uma revisão radical do Ato, sem a necessidade de uma reforma pelo complexo sistema do artigo 176 e seguintes da Constituição.

A interpretação aprovada pela Lei nº 105, de 12 de maio de 1840, modificou a competência das Assembléias Provinciais sobre "a criação e supressão dos empregos municipais e provinciais"; retirou das Assembléias a definição das atribuições dos agentes indicados no Código de Processo; distinguiu a polícia administrativa da polícia judiciária, subordinando esta última ao governo geral. O efeito dessas alterações foi, fundamentalmente, transferir para o governo central todo o sistema judicial e policial.

A lei de 3 de dezembro de 1841, reformando o Código de Processo, veio completar a obra de revisão do Ato Adicional. Segundo síntese de Buarque de Holanda, "a reforma do Código de Processo despojou o juiz de paz da maior parte de suas funções, reduzindo-o praticamente a suas atribuições notariais. Suas funções policiais mais importantes foram transferidas para os chefes de polícia e para os delegados que eram os agentes locais destes. As atribuições judiciais e criminais do juiz de paz passaram para os juízes municipais. As atribuições do júri foram consideravelmente reduzidas e esse tribunal popular ficou praticamente sob a tutela do juiz de direito. Os juízes municipais e promotores passaram a ser de nomeação direta do governo central. Em resumo, a Reforma anulava o princípio eletivo no sistema judicial, subordinando-o inteiramente à magistratura local"[7].

III

Anote-se que Chichorro da Gama concorreu, por duas vezes, em 1847 e em 1848, à eleição para senador por Pernambuco, ocupando a presidência daquela Província.

Essa era prática comum no Império. Uma rápida leitura do *Catálogo biográfico dos senadores brasileiros*[8] mostra que, entre muitos outros, foram eleitos senadores nas Províncias que presidiam: Leitão da Cunha, em 1870, pelo Amazonas; Sá e Albuquerque, em 1865, por

---

7. HOLANDA, Sérgio Buarque de, *História geral da civilização brasileira*. São Paulo: Difel, 1963 a 1978, t. II, 2º vol., p. 57.
8. *Catálogo biográfico dos senadores brasileiros – 1826 a 1986*. Brasília: Senado Federal, 1986.

Pernambuco; Carneiro Campos, em 1857, por São Paulo; Francisco de Souza Paraíso, em 1837, pela Bahia; Francisco Gonçalves Martins, em 1851, pela Bahia; Almeida e Albuquerque, em 1857, pela Paraíba; Cansanção de Sinimbu, em 1858, pela Bahia; Maciel da Costa, em 1826, pela Paraíba; Rodrigues Jardim, em 1837, por Goiás. E, para a Câmara, era tão freqüente a eleição dos dirigentes de Províncias que Paulo Souza indagava, em 1846: "Qual é o presidente que, de certa época para cá, não é eleito deputado?"[9]

E depois de suceder a Feijó interinamente, Araújo Lima candidatou-se ao cargo de regente, sem se afastar dele, na eleição de abril de 1838, em que superou Holanda Cavalcanti.

À falta de previsão da lei, os detentores de funções públicas disputavam com vantagem os pleitos. Aos poucos é que, com grande reação no Parlamento, vão se alinhando os casos de inelegibilidades – incompatibilidades, como se dizia então.

Hoje, no Direito Eleitoral, se distinguem com precisão as duas realidades: inelegibilidade como impedimento à capacidade eleitoral ativa, ao direito de ser eleito; incompatibilidade como impedimento ao exercício do mandato eletivo, à prática de certos atos ou ao exercício cumulativo de certas funções[10]. Mas, no Império, somente se falou de incompatibilidades, envolvendo os impedimentos anteriores e posteriores às eleições. A lei e os melhores tratadistas, como Pimenta Bueno[11], confundiam os dois conceitos[12]. Somente com a Lei Rosa e Silva, na República, em 1904, é que se passaria a utilizar o ter-

---

9. Sessão de 23/6/1846. In: *Anais...*, ob. cit., p. 218. E, quando não candidatos, os dirigentes de províncias impunham nomes. Comentava Vasconcelos: "Os presidentes das províncias, que são quase todos candidatos ou que têm candidatos do seu peito..." (in: *Anais...*, ob. cit., p. 184).
10. PINTO FERREIRA. *Manual prático de direito eleitoral*. São Paulo: Saraiva, 1973.
11. Pimenta Bueno, em seu livro famoso, diz: "Das Incompatibilidades Constitucionais – O art. 79 da Constituição não foi revogado pelo Ato Adicional, e certamente que as funções da Presidência da Província, que constituem também um ramo do poder legislativo provincial, são por sua natureza incompatíveis com as de membro da respectiva Assembléia. A incompatibilidade do cargo de Secretário e do Comandante das Armas funda-se não só na falta que tais empregos fariam ao serviço geral, mas além disso em outros inconvenientes que são de simples intuição." E o autor prossegue, falando Das Incompatibilidades da Lei Eleitoral, quando acrescenta: "Além das incompatibilidades do parágrafo anterior, de novo reconhecidas pela Lei de 19 de setembro de 1855, estabeleceu demais esta as dos Generais em Chefe, Inspetores de Fazenda Geral e Provincial, Chefes de Polícia, Delegados e Subdelegados, Juízes de Direito e Municipais, pelo que toca aos colégios eleitorais dos distritos em que exercerem autoridade ou jurisdição" (PIMENTA BUENO, *Direito público brasileiro e análise da Constituição do Império*. Brasília: Senado Federal, 1978, p. 157).
12. A legislação ordinária, no Império, não empregou inelegibilidade. "Interessante é notar – indica Maria Arair Pinto Paiva – que o termo positivo, elegibilidade, se encontrava nas leis da época" (PAIVA, Maria Arair Pinto, *Direito político do sufrágio no Brasil – 1822-1892*. Brasília: Thesaurus, 1985, p. 73).

mo correto, de inelegibilidade. Com grande oposição no Senado e na Câmara é que, pouco a pouco, foram sendo criados obstáculos à eleição, nas circunscrições em que exerciam seus postos, dos presidentes de Províncias, de seus secretários, de comandantes de armas, de inspetores de Fazenda geral e provincial, de chefes de polícia, de juízes e delegados.

IV

A inconstitucionalidade da proibição foi sempre argüida. Nenhum dos empregos – dizia-se – era excluído da Câmara dos Deputados ou do Senado pela Constituição; logo, a proposta vinha restringir os direitos políticos do cidadão.

Também se objetou, em 1845, na Câmara que, aprovadas restrições à elegibilidade, poderia haver barganha, com o ajuste de funcionários "para se fazerem eleger reciprocamente, uns nos distritos dos outros"[13].

Em 1846, pela Lei 387, determinou-se que não pudessem ser eleitos membros das Assembléias provinciais o presidente da Província, seu secretário e o comandante de armas. Em 1855, pela Lei dos Círculos, o Marquês do Paraná impôs o alargamento dessas inelegibilidades. E só o conseguiu porque transformou o projeto em "questão ministerial", enfrentando uma muito firme oposição do Parlamento, que julgava inconstitucional a inibição a que fossem votados empregados públicos.

A esse entendimento vai, de início, filiar-se o próprio imperador que, por ocasião do debate sobre o que se denominaria Lei Saraiva – e que viria impedir a candidatura ao Senado dos ministros de Estado –, anotou: "Não é melhor que o Presidente do Conselho exija dos ministros o compromisso de não se apresentarem candidatos às senatórias do que vedar-lhe por lei?"[14].

Em muitos casos, mais que a letra da lei, valeu o rigor ético com que muitos dos políticos do Império corrigiam a tolerância das normas. Joaquim Nabuco elogiou a recusa do pai, por nove vezes, a

---

13. Sessão de 23/6/1846. In: *Anais...*, ob. cit., p. 218.
14. In: *Perfis parlamentares – 4 – José Antônio Saraiva*. Brasília: Câmara dos Deputados/José Olympio, 1978, p. 647.

candidatar-se ao Senado e a prevalecer-se, assim, de sua posição de ministro; ao menos em quatro ocasiões, a postulação seria natural[15].

Em discurso de julho de 1869, Saraiva conta como, havendo sido proposta sua candidatura à Câmara, pelo Piauí, ele a afastou, pois governava, então, aquela Província[16].

V

O corpo reduzido de votantes, que se afunilava no de eleitores e ainda mais pelas restrições censitárias, no quadro dos que poderiam ser convocados aos cargos eletivos, resultava em que avultasse, no Senado e na Câmara, o número de servidores públicos. Já a Constituinte de 1823 compunha-se, segundo Armitage, "quase exclusivamente de magistrados, juízes de primeira instância e altas dignidades da Igreja"[17]. Estes últimos, pela instituição do padroado, também vinculados à máquina do Estado.

Em 1855, Souza Franco apontava, na Câmara, setenta e nove empregados públicos: nove desembargadores, vinte e três juízes de direito, cinco juízes municipais e de órfãos, dezenove empregados de Fazenda, Justiça, etc., quinze lentes de medicina, de direito e da Escola Militar e três militares. Para ele, o número de deputados não-empregados públicos era de vinte e oito e, quanto a estes, era preciso ainda "um grande abatimento", retirando-se os vice-presidentes de Províncias, os delegados de polícia que tinham lugares não considerados empregos públicos, mas que eram "dependentes, e muito dependentes, do Ministério". Concluía ele, então, por afirmar que havia na Câmara "apenas uma dúzia de pessoas que não sejam empregados públicos ou dependentes do Ministério"[18].

Previstas, inicialmente, na Lei de 1846, confirmadas com a "Lei do Terço" e alargadas com a Lei Saraiva, em 1881, as inelegibilidades

---

15. "Rejeitei quatro senatórias por lealdade aos princípios, por conveniência política", escreveria José Thomaz Nabuco de Araujo em carta a Sá e Albuquerque. Ao aceitar que, na Lei Saraiva, constasse a proibição de candidaturas ministeriais, o imperador lembraria o procedimento de Nabuco e diria, em despacho: "Os Senhores têm razão de pôr isso na lei; não há mais desses homens" (in: NABUCO, Joaquim, ob. cit., p. 254).
16. Sessão de 27/7/1869. In: *Perfis parlamentares – 4 – José Antônio Saraiva*, ob. cit., p. 421.
17. ARMITAGE, John, *História do Brasil*. São Paulo: Melhoramentos, 1977, p. 106.
18. In: *Anais do Senado*, sessões de agosto a setembro de 1855, ob. cit., pp. 26-7.

– sempre referidas como incompatibilidades – conseguiram reduzir o número de funcionários públicos na Câmara, no final do Império, para somente oito por cento dos parlamentares, segundo cálculo de José Murilo de Carvalho[19].

VI

Se muito se discutiu a presença dos juízes no Legislativo – afirmando-se, por um lado, que a Constituição não a proibia e, por outro, que era necessária, ali, a atuação de elementos tão qualificados – sobre sua função de distribuir a justiça, fora do Parlamento, se exercia a maior compressão.

Falando, por exemplo, em 1846, das eleições para a 6ª Legislatura, de 1845-1847, o senador Pereira de Vasconcelos afirmava que o governo empregara, no Rio de Janeiro, "uma máquina infernal de que teria inveja o próprio Fieshi"[20]. Fazia o orador referência a Joseph Marie Fieshi, da Córsega, que construiu, em 1835, uma arma com vinte canos, com a qual atentou contra a vida de Luiz Felipe, rei da França. O rei escapou como que por milagre, e Fieshi, ferido ele próprio, severamente, por sua máquina, e salvo pelos médicos, foi julgado, condenado à morte e guilhotinado em 1836.

A pressão oficial consistira, entre outros itens, na remoção de sete juízes de direito, dos nove que havia na Província; na alteração feita pelo presidente na ordem pela qual os juízes municipais deviam substituir esses juízes de direito, contra expressa determinação da lei; e na remoção e demissão desses mesmos juízes municipais e seus substitutos, quando a lei os tinha feito inamovíveis durante o quadriênio. Essas denúncias sobre o pleito de 1844 foram estendidas a todo o país pelo autor de *Páginas de história constitucional do Brasil*: das cento e dezesseis comarcas em que então se dividia o Império, foram providas de novos juízes, depois da dissolução da Câmara, cinqüenta e duas, nomeações essas publicadas em um só dia[21].

---

19. CARVALHO, José Murilo de, *Teatro de sombras – A política imperial*. Rio de Janeiro: Vértice/Iuperj, 1988, p. 147.
20. Sessão de 16/6/1846. In: *Perfis parlamentares – 4 – José Antônio Saraiva*, ob. cit., p. 641.
21. *Páginas de história constitucional do Brasil*. Rio de Janeiro: G. L. Garnier, 1870, p. 119. O livro, publicado sem indicação do autor, foi sempre atribuído a Mello Moraes.

5. "Quem não votar no governo deve ser recrutado"

Instrumentos para a compressão oficial às eleições foram também o recrutamento para o Exército e a convocação para a Guarda Nacional[1].

O modo pelo qual o recrutamento, para força de primeira linha, como se dizia, era utilizado como coação contra os votantes, é relatado, entre outros, por João Francisco Lisboa, ao escrever sobre os partidos e as eleições no Maranhão.

Apesar do exagero da caricatura, contava ele que a Corte expedira ordens apertadas para o recrutamento, e um dos grupos que se digladiavam na Província, os cambangás, que haviam conservado todos os cargos de polícia, passaram a mão "nos poucos patuléas que restavam nos diversos grupos contrários de Bacuraus, Mossorocas e Jaburus. Aconteceu, como sempre, que ao passo que eram recrutados alguns homens laboriosos e honestos, e mesmo alguns chefes de

---

1. Na França, o recrutamento se fazia pela tiragem à sorte e, no século XVII, havia o costume de os homens mobilizáveis se cotizarem, sendo as somas recolhidas repartidas entre os que tivessem a má sorte de serem convocados. O dinheiro se destinava a alimentar as famílias durante a ausência dos recrutados ou para pagar um substituto quando fosse autorizado. No século XIX, houve a criação de empresas comerciais, com escritórios em todo o território nacional, às quais cabia fornecer substitutos (in: BOURSIN, Jean Louis, *Les dés e les urnes – Les calculs de la démocratie*. Paris: Seuil, 1990, pp. 30-1).

família, a quem não se dava quartel, pelo só fato de pertencerem a partidos adversos, eram poupados quantos vadios, réus de polícia e malfeitores que se abrigavam sob a bandeira dos recrutadores. Eram poupados, bem entendido, momentaneamente, e porque as eleições batiam à porta; passada a crise e a necessidade do cacete auxiliador, outro acordo se tomaria"[2].

Os seqüestrados eram postos nos calabouços militares e porões dos navios de guerra, incomunicáveis. Somente depois de alguns dias é que suas famílias e seus amigos tomavam conhecimento do fato e, indo ao palácio do governo, reclamavam a soltura, pois a lei garantia a muitos a isenção do serviço, em virtude de profissão, estado civil, moléstia ou idade avançada. Mas o presidente da Província respondia, com um sorriso nos lábios e uma afabilidade encantadora, "que, quanto aos indivíduos isentos, mais que ninguém sentia ele não lhes poder valer, pois haviam já assentado praça, visto que nos três dias que a lei lhes facultava para justificarem seus motivos de isenção, nada absolutamente haviam reclamado, e que agora só lhes restava recorrerem ao governo imperial, por intermédio de seus respectivos comandantes"[3]. Mas essas eram denúncias feitas comumente no Parlamento pelos que se achavam em oposição em suas Províncias.

II

Mesmo Saraiva, em discurso de 6 e 27 de julho de 1869, ao criticar a situação conservadora na Bahia, citava o caso de um inspetor de quarteirão em Alagoinhas e de um subdelegado de Araçás prevenindo que "quem não votar no governo deve ser recrutado". Ele admitia que o rei tinha o poder de criar e aniquilar situações políticas mas, realizada a mudança, não poderia ele conter os ministros nem impedir que os presidentes fizessem "nas províncias o que não é possível que alguém acredite sem ser testemunha ocular"[4].

E até Caxias chegava a reconhecer, em debate no Senado, de julho de 1848, que os encarregados do recrutamento só convocavam

---

2. LISBOA, João Francisco, *Jornal de Timon. Partidos e eleições no Maranhão*. Lisboa: Mattos Moreira & Pinheiro, 1901, t. I, p. 123.
3. Idem, p. 124.
4. In: *Perfis...*, ob. cit., p. 384.

uma parte da população: "Não recrutam entre os que votam a favor do governo, mas só entre os que votam contra e as vezes não contra o governo, mas só contra esses tais que querem dominar o voto das localidades." E acrescentava: "Há muitos que, com efeito, vexados pelo recrutamento, têm sido obrigados a desistir de suas opiniões; mas há outros que persistem nelas. É só nestes, portanto, que se faz o recrutamento."[5]

III

A brutalidade nesse processo de convocação para as Forças Armadas ("Não é possível recrutar-se sem violência", reconhecia Saraiva[6]) foi relatada por muitos que escreveram sobre o Brasil do século XIX. Viajando pelos sertões das províncias da Bahia, Sergipe e Alagoas, Antônio Muniz de Souza, por exemplo, pintava em cores vivas o "mau método" de arrebanhar elementos para o Exército. A maior parte dos empregados encarregados do recrutamento, segundo ele, "só obrão conforme o seu orgulho, deixando de proceder na conformidade das instruções; só olhão para os filhos d'aqueles homens a quem são poucos affectos ainda que estes não estejão sujeitos ao recrutamento; os seus apanigoados, porém, afilhados e alcoviteiros, ficarão isentos do recrutamento; ainda que por ley não estejão, apezar de serem huns perversos e malvados como sempre acontece"[7].

E insistia na desordem que se observava com o recrutamento pelas "Villas de fóra": "Tudo se paralysa, a agricultura soffre, o commercio padece, os homens desamparão as moradas, e povoações, e vão viver no amais recôndito das matas."[8]

O quadro da distribuição das Forças Armadas no Império, retirado dos relatórios do Ministério da Guerra, de 1839 a 1870, por Jeanne Berrance de Castro, mostra números que hoje parecem diminutos, mas que eram expressivos ante a população da época[9]. Os anos de

---

5. In: *Anais do Senado do Império do Brasil*, sessões de junho de 1848. Brasília: Senado Federal, 1978, p. 234.
6. In: *Perfis...*, ob. cit., p. 397.
7. SOUSA, Antônio Muniz de, "Viagens e observações de um brasileiro". *Revista do Instituto Geográfico e Histórico da Bahia*, nº 72, 1945, p. 36.
8. Idem, p. 37.
9. CASTRO, Jeanne Berrance de, "A Guarda Nacional". In: HOLANDA, Sérgio Buarque de, ob. cit., t. II, 4º vol., p. 294.

1844, 1851 e 1852 apresentaram o maior efetivo na Força de 1ª Linha, com mais de dezoito mil homens.

Mas, para a pressão sobre os eleitores, bastava a ameaça de convocação. Em lugar de se ter por fim recrutar para preencher o Exército, recrutava-se e soltava-se "para se influir no processo eleitoral" – era a conclusão de Saraiva, em discurso de 1869[10].

E era, em livro publicado em 1872, a opinião de Francisco Belisário de Souza, para quem, em questões de recrutamento, "o verdadeiro vexame é antes a ameaça do mal do que o próprio mal". E explicava: "Por um indivíduo recrutado e remetido para fora do município, a população inteira, sujeita ao recrutamento, isto é, a grande massa dos votantes, foi ameaçada e aterrada com a iminência do perigo. Todos ignoram em quem cairá o golpe; a espada está suspensa sobre todas as cabeças."[11]

IV

A idéia de uma Guarda Nacional estava já no artigo 145 da Constituição de 1824, com sua determinação de que todos os brasileiros eram "obrigados a pegar em armas, para sustentar a independência, e integridade do Império", na defesa contra seus inimigos externos e internos.

Mas a crise de 7 de abril de 1831, com o afastamento de Pedro I, é que apressou sua formação, numa cópia à lei francesa de março daquele mesmo ano.

Proposta com seu muito de liberalismo – uma força-cidadã, tendo seu oficialato eleito e convocando seus integrantes sem nenhuma distinção de raça –, a Guarda foi, progressivamente, perdendo suas características inovadoras e se inscrevendo como instrumento das forças conservadoras.

Jeanne Berrance de Castro distingue três fases na vida da corporação. A primeira, de 1831 à reforma da Lei de 1850, quando a Guarda atuou "de forma direta e intensa na campanha de pacificação nacional"; a segunda, de 1850 ao fim do Império, teria se caracterizado

---
10. Sessão de 27/7/1869. In: *Perfis...*, ob. cit., p. 441.
11. SOUZA, Francisco Belisário Soares de, *O sistema eleitoral do Império*. Brasília: Senado Federal, 1979, p. 35.

"pelo início da aristocratização de seus quadros dirigentes, transformando-se, depois, em milícia-eleiçoeira, força de oficiais sem soldados"; finalmente, uma fase republicana, até 1922, ano de seu desaparecimento, quando iria se verificar a absorção da milícia cidadã pelo Exército, como força de segunda linha[12].

Outro autor, Robson Cavalcanti, distingue quatro períodos: o primeiro, desde o ato de criação da Guarda, em 1831, à Lei de 1850; o segundo, que se estende até 1873, caracterizado por uma excessiva descentralização e pelo desvio de seu aspecto primordialmente militar, para um mais abertamente político; o terceiro começa com a Lei de 10 de novembro de 1873 – que desmobiliza a Guarda e restringe suas atribuições – e vai até 1889; o último, desde a proclamação da República até o Decreto nº 13.040, de 29 de maio de 1918, quando se extingue a instituição[13].

V

Interessa-nos, aqui, o modo como a convocação, ou a ameaça de convocação à Guarda Nacional, restringiu também a liberdade do voto, aspecto que, segundo Berrance de Castro, teria sido "assinalado com certo exagero". Mas, lamentando que, na perspectiva histórica, haja o esquecimento do papel da milícia na sustentação do trono, nos tempestuosos tempos da minoridade, Berrance de Castro reconhece que a Guarda Nacional constituiu "parte da engrenagem" da defeituosa organização eleitoral do Império[14].

Pela legislação – a Lei de 18 de agosto de 1831, o Decreto de 23 de outubro de 1832 e a Lei de 19 de setembro de 1850 –, o serviço da Guarda Nacional era "obrigatório e pessoal". Mas largas eram as exceções, com as possibilidades de isenção do alistamento e de inclusão na reserva: os que apresentassem doenças incuráveis; os detentores de postos no Executivo ou Legislativo; os religiosos, profissionais liberais, estudantes. Era permitida também a dispensa do serviço ativo em casos como o de um "proprietário, ou um adminis-

---

12. CASTRO, Jeanne Berrance de, ob. cit., p. 274.
13. CAVALCANTI, Robson, *As origens do coronelismo*. Recife: UFPE, 1984.
14. CASTRO, Jeanne Berrance de, ob. cit., pp. 288 e 382.

trador ou feitor de cada fábrica ou fazenda rural, que contiver vinte ou mais trabalhadores efetivamente empregados"; de "um vaqueiro, capataz ou feitor de cada fazenda de gado, que produzir cinqüenta ou mais crias anualmente"; ou de "até três caixeiros de cada uma casa de comércio nacional ou estrangeiro, conforme a sua importância". O que, obviamente, alargava a pressão de potentados locais sobre o eleitorado submisso.

Dos políticos do Império, foi José de Alencar o que mais se bateu, em sua luta pela regeneração do sistema representativo, pela reforma ou mesmo abolição da Guarda Nacional. Segundo ele, a história do recrutamento no Ceará era "um drama dos mais violentos e contristadoras cenas de imoralidade, de sangue e lágrimas". Ministro do Gabinete Itaboraí, ele apresentou, a respeito, um projeto que chegou a submeter ao próprio imperador ("Tive a honra de discutir com a Coroa" – recordou) e que, afinal, não foi acolhido pela Câmara. Alencar dizia ter testemunhado "fatos da opressão que se praticava em nome da Guarda; da falta de segurança individual, das violências que sofriam as praças; eu que via a lei atual da Guarda Nacional todos os dias violada, porque não era possível executá-la estritamente sem grande vexame..."[15].

Mas uma sugestão curiosa, apresentada por Nabuco de Araújo, em 1855, dá bem uma mostra do quanto a Guarda Nacional se integrava na "engrenagem" eleitoral: em carta a um amigo, ele propunha a organização da milícia de modo que agisse como uma força pública e não como um partido, dividindo a oficialidade entre os partidos, equilibrando as influências políticas no seio da tropa, e não as excluindo[16].

---

15. Discurso de 20/6/1870. In: VIANA FILHO, Luís, A vida de José de Alencar. Rio de Janeiro: José Olympio/MEC, 1979, p. 164.
16. M. 123, Museu Imperial de Petrópolis. Carta de Nabuco a Paes Barreto, p. 288.

6. Um senador me disse que já viu as imagens servirem de pedras

Por força do artigo 95, inciso III, da Constituição de 1824, não poderiam ser deputados à Assembléia Geral os que não professassem "a religião do Estado".

Os "acatólicos" – como se denominavam no debate parlamentar e na imprensa – não poderiam também ocupar a regência e mesmo o cargo de imperador, em vista do juramento que, para o exercício dessas funções, era exigido pelo artigo 103 da Carta: "Juro manter a Religião Católica Apostólica Romana, a integridade e a indivisibilidade do Império; observar e fazer observar a Constituição Política da Nação Brasileira, e mais leis do Império, e prover o bem geral do Brasil, quanto em mim couber."

A Constituição estabelecera, em seu artigo 5º, que a religião católica era a religião do Império[1]. E mais: que todas as outras religiões

---

1. O artigo 5º dizia: "A Religião Católica continuará a ser a religião do Império." Para José Tomaz Nabuco de Araújo, "esta palavra *continuará* mostra bem que a religião do Estado seria, como até aí era, isto é, como era a religião lusitana ao tempo da Constituição, isto é, a Religião Católica, com seus dogmas, com os Cânones recebidos, com as leis portuguesas respectivas. Neste pressuposto, herdamos de Portugal o *placet*, ilimitado como era, o recurso à Coroa, o padroado, a lei que excluiu os jesuítas, a lei de amortização e as demais que constituíam o *circa sacra*" (NABUCO, Joaquim, *Um estadista do Império*, ob. cit., p. 246).

seriam "permitidas com seu culto doméstico, ou particular, em casas para isso destinadas, sem forma exterior de templo"[2].

A permissão, aí, não escondia seu caráter discriminatório, limitando os cultos ao interior dos lares, como na religião antiga, deixando a ostensividade somente ao credo católico.

Mais adiante, o texto constitucional apresentava uma promessa que a realidade desmentia: "Ninguém pode ser perseguido por motivo religioso, uma vez que respeite a do Estado e não ofenda a moral pública" (art. 179, IV).

Ora, a verdade é que a restrição sugerida por Antônio Carlos em seu projeto – de que a profissão de outras religiões que não a cristã inibiria o exercício dos direitos políticos – se aplicava então, como vimos, às funções de deputado, de regente, de monarca, que estavam proibidas aos acatólicos, em razão do artigo 95, III, e do juramento do artigo 102.

E também o cargo de senador, aí não porque a Constituição o vedasse, mas porque o Regimento Interno da Câmara Alta, desde 1826, determinava um juramento, aos Santos Evangelhos, de "cumprir fielmente as obrigações de Senador, manter a Religião Católica, Apostólica, Romana, a integridade do Império, observar sua Constituição política, ser leal ao Imperador e promover o bem-estar da Nação"[3]. Quase idêntico juramento era exigido dos médicos, dos bacharéis em Direito, dos engenheiros, ao se formarem. Como lembra Magalhães Junior, até aos simples bacharéis em ciências e letras do Colégio D. Pedro II era requerido que jurassem "manter a religião do Estado, obedecer e defender a S. M. o Sr. Pedro II e as instituições pátrias"[4].

II

A elegibilidade dos acatólicos somente seria conseguida com a Lei Saraiva, de 1881. Ela se deveu ao grande movimento por "refor-

---

2. O projeto de Constituição, redigido por Antônio Carlos em 1823, havia sido mais drástico: "Art. 15 – As outras religiões, além da cristã, são apenas toleradas, e a sua profissão inibe o exercício dos direitos políticos."
3. In: *Catálogo biográfico dos senadores brasileiros – 1826 a 1986*, ob. cit., p. XXI.
4. MAGALHÃES JUNIOR, R., *O Império em chinelos*. Rio de Janeiro: Civilização Brasileira, 1957, p. 265.

mas liberais em matéria de consciência", como afirmava Nabuco[5], e que requereria a secularização dos cemitérios, o casamento civil, a separação, enfim, do Estado e da Igreja.

A secularização dos cemitérios foi o primeiro desses itens. Nabuco a defendia nas colunas do jornal *A Reforma*, e ela somente entrou "no catálogo das exigências indeclináveis do partido liberal" quando se viu que a Igreja "queria levar sua vingança ao ponto não só de fechar as portas dos templos edificados por eles mesmos, aos membros das irmandades, mas também de negar-lhes sepultura, quando se tirou a prova de que não só eram os vivos, mas eram também os mortos que estavam sujeitos à perseguição religiosa"[6].

Procurava-se então a defesa, segundo Nabuco, não só da causa dos protestantes, dos judeus, mas dos próprios católicos, "não por intimação feita em vida, que lhes permitisse a defesa, mas por uma degradação do cadáver"[7].

Um dos casos mais graves de discriminação ocorreu com o herói pernambucano das guerras de Bolívar, Abreu e Lima. Regressando a Pernambuco e tendo se atritado com a hierarquia católica em Pernambuco, esta lhe negou o enterro em seus cemitérios.

Referindo-se ao livro de David Gueiros Vieira sobre a questão religiosa no final do Império[8], Vamireh Chacon diz que, em suas passagens pelos Estados Unidos, indo e vindo do Brasil à Grã-Colômbia, Abreu e Lima adquirira um grande respeito pela Bíblia e adotara um conceito ecumênico do cristianismo: "Não nos esqueçamos, esclarecia Chacon, também, sua admiração pelo liberalismo norte-americano e as relações entre protestantismo e maçonaria."[9]

---

5. NABUCO, Joaquim, *Discursos parlamentares*. Rio de Janeiro: Câmara dos Deputados, 1949, p. 201.
6. Idem, p. 199.
7. Idem, p. 214. Mas o problema só surgiria na segunda metade do século XIX porque, antes, como informa Gilberto Freyre, "os cemitérios eram apenas para protestantes, para pagãos e para escravos: raramente para quem fosse católico e pertencesse à nobreza rural ou à burguesia patriarcal. A gente senhoril era enterrada nas igrejas. Nas igrejas, nos conventos e nas capelas particulares" (FREYRE, Gilberto, *A vida social no Brasil nos meados do século XIX*. Recife: Arte Nova/IJNPS, 1977, p. 112).
8. VIEIRA, David Gueiros, *O protestantismo, a maçonaria e a questão religiosa no Brasil*. Brasília: UnB, 1980, p. 221.
9. CHACON, Vamireh, *Abreu e Lima, general de Bolívar*. Rio de Janeiro: Paz e Terra, 1983, p. 220.

III

O projeto de que resultaria a Lei Saraiva foi encaminhado pelo governo, em abril de 1880, à Câmara. Um grande debate envolveu a nação sobre se seria possível a alteração eleitoral por lei ordinária ou se seria exigida a reforma da Constituição.

Decidida, afinal, a modificação por lei ordinária, vencidos os escrúpulos do imperador a respeito, o projeto, firmado pelo ministro do Império, Barão Homem de Melo, afirmava expressamente, em seu artigo 2º, que seria eleitor "todo cidadão brasileiro, nato ou naturalizado, católico ou acatólico, ingênuo ou liberto".

E, adiante, quando falava dos elegíveis, no artigo 8º, dizia ser apto para os cargos de senador, deputado geral, membros da Assembléia Legislativa Provincial, vereador, juiz de Paz e quaisquer outros criados por lei, todo cidadão compreendido no artigo 2º. O substitutivo aprovado pela Câmara manteve essa redação. Mas, afinal, o projeto aprovado não se referiu expressamente aos acatólicos, limitando-se a declarar que seria eleitor todo cidadão brasileiro, nos termos dos artigos 6º, 91 e 92 da Constituição, que tivesse a renda líquida não inferior a 200$000 "por bens de raiz, indústria, comércio ou emprego". E elegível o cidadão que fosse eleitor, nos termos do artigo 2º.

Falando na sessão de 7 de novembro de 1881, Saldanha Marinho insistia em que o projeto não fora lógico, desde que deixara de aprovar também o que era anexo ao princípio da elegibilidade dos acatólicos e a ele imprescindível: "consentir que o acatólico possa ser representante da nação e legislador no Império e não suprimir desde já o juramento que se acha estabelecido, é na verdade digno de sério reparo; não é coerente"[10].

Mas acreditava ele que o grande princípio da igualdade de direitos aos acatólicos era "a maior vitória" que naquele tempo podiam obter as idéias que defendia e que a admissão dos acatólicos aos poderes políticos do Estado resolvia, por si só, o maior empenho nacional da separação da Igreja e do Estado.

A um parlamentar que argumentava que a medida não chegava a tanto, ele respondia: "Se não Igreja do Estado para o representante da Nação, cessa ela de ser uma instituição vitoriosa: perdeu a eficácia, a firmeza, e se reduziu a uma simples recordação."

---

10. In: *O parlamento e a evolução nacional – 1871/1888*. Brasília: Senado Federal, 1979, 3ª série, vol. 6, p. 160.

Insistia: "Admitiram o princípio? Sujeitem-se às conseqüências." E voltava a lamentar não se tivesse procedido à supressão do juramento: "Veremos os acatólicos nesta Câmara não prestar juramento e não serão por isso repelidos."[11]

IV

Na sessão da Câmara de 6 de fevereiro de 1882, Rui Barbosa dirigia um apelo à Comissão de Polícia para pronta decisão sobre uma indicação que se achava sobre a mesa "desde a legislatura passada", a que propunha a extinção do juramento religioso. A indicação tinha sido firmada pelo próprio orador e pelo então ministro do Império. O presidente do Conselho opusera-se a sua passagem enquanto não fosse ouvida a Comissão de Polícia e declarara que a idéia era "conseqüência forçosa da elegibilidade dos acatólicos", tornada direito constitucional no país. Lembrou Rui que o atual ministro da Agricultura, conselheiro Manuel Alves de Araújo, promovera, na Assembléia Provincial do Pará, essa reforma[12].

Não se operou, no entanto, essa revisão e a previsão de Saldanha da Gama iria se realizar somente em 1888, quando da posse do deputado Antônio Romualdo Monteiro Manso, a quem Magalhães Junior dedica um capítulo de um de seus livros[13].

O deputado fora eleito pelo 9º Distrito de Minas Gerais, na vaga de Resende Monteiro, escolhido para o Senado. Em 6 de setembro de 1888, ao se apresentar à Câmara, convidado a prestar o juramento, declarou: "Não posso prestar o juramento porque é contra minhas convicções."

---

11. In: *O parlamento...*, ob. cit., pp. 160-1.
12. In: *Obras completas de Rui Barbosa*, Rio de Janeiro: MEC, 1948, vol. IX, t. II, p. 3.
13. Segundo Magalhães Junior, o deputado Monteiro Manso era "uma figura estranha, um homem alto, narigudo, com o rosto ornamentado por um bigode ralo e uma barbicha quixotesca. Trazia um dente de onça engastado em ouro, como pendente, na cadeia do relógio. Figura malajambrada de causídico da roça, em suma" (MAGALHÃES JUNIOR, R., ob. cit., p. 267). Outro autor a lembrar o deputado foi Afonso Celso, também parlamentar ao tempo. Inicialmente, na página 78 de seu livro, diz que "os fatos se passaram em abril". Para Magalhães Junior, ele "confiara na memória, que já claudicava". Mas se trata, obviamente, de um erro de revisão, pois, adiante, na página 108, Afonso Celso indica que o juramento de Monteiro Manso foi em 6 de setembro de 1888. E comenta: "Que imensa prova de sua tolerância deu, assim, a Assembléia, cuja maioria era conservadora" (CELSO, Afonso, *Oito anos de parlamento*. Brasília: UnB, 1981).

A mesma comissão que o introduzira ao plenário acompanhou-o até sua saída, e durante cinco dias a Câmara discutiu a reforma de seu regimento que, no artigo 17, dispunha devesse o deputado jurar "aos Santos Evangelhos manter a Religião Católica, Apostólica, Romana, observar e fazer observar a Constituição, sustentar a indivisibilidade do Império, a atual Dinastia Imperante, ser leal ao Imperador, zelar os direitos dos Povos e promover, quanto em mim couber, a prosperidade geral da Nação".

No dia 1º de setembro, aprovou-se a decisão de acrescentar ao artigo um parágrafo no qual se dispusesse que seria dispensado do juramento o parlamentar que declarasse à mesa ser aquele voto contrário "às suas crenças e opiniões políticas".

Lembra Magalhães Junior que nenhum escrúpulo haviam tido em prestar o juramento os primeiros republicanos do Império, Prudente de Moraes e Campos Sales, quando, em 1885, vieram tomar posse de suas cadeiras na Câmara. Nem Saldanha Marinho, quando eleito deputado pelo Ceará, em 1848. Deviam considerar o juramento "uma formalidade perfeitamente vã", algo com que transigiam, apenas para ter "o direito de sustentar, depois, o contrário, garantidos pelas imunidades parlamentares"[14].

Somente o deputado Monteiro Manso recusaria o juramento. E os debates que provocou, então, não se cingiram, inicialmente, à questão da religião. Os elementos mais monarquistas combateram com veemência a reforma do regimento. Para Cesar Zama, por exemplo, "jurar aqui lealdade a sua Majestade, o Imperador, não impede ninguém que no dia seguinte pegue em armas e vá correndo com desordeiros para pô-lo fora do trono"[15].

Joaquim Nabuco observou que era desnecessária a reforma do regimento desde que a nova lei eleitoral estabelecera a elegibilidade dos acatólicos; estava tacitamente revogado o juramento, que colidia com aquele dispositivo. Sendo a lei eleitoral posterior, cederia o Regimento naquela exigência, agora tornada absurda[16].

Mas, em verdade, deveria ceder o Regimento somente no que se referisse à religião, à crença do parlamentar. Nada se tinha aprovado, pela lei eleitoral, que liberasse o deputado ou senador da fideli-

14. MAGALHÃES JUNIOR, R., ob. cit., pp. 265-6.
15. Idem, p. 268.
16. Idem, p. 268.

dade à monarquia constitucional. A recusa do juramento, no que envolvesse, igualmente, as "opiniões políticas", colaborou também para o triunfo da República, que se aproximava.

V

Religião do Estado, o catolicismo recebeu, durante a maior fase do Império, a homenagem de ver grande parte do processo eleitoral desenvolver-se em seus templos. Missas solenes do Espírito Santo iniciavam as solenidades nos dias de eleições paroquiais e de escolha dos eleitores; editais com o número de "fogos" de cada freguesia deveriam ser afixados nas portas das igrejas e, depois de 1846, cópia da ata da comissão de alistamento deveria ser afixada no interior da igreja matriz.

Pelas determinações trazidas pelo Decreto de 7 de março de 1821 para a escolha dos deputados às Cortes portuguesas, copiadas da Constituição espanhola de Cádiz, as eleições se processariam nos Paços do Conselho ou "no edifício mais próprio"; somente "aonde não houver casa do Conselho, ou esta não for suficiente, a igreja será o lugar destinado à realização dessas assembléias", acrescentava-se. O pleito que se seguiu para a Assembléia Constituinte realizou-se nas Casas do Conselho, mas as eleições posteriores – obrigatoriamente as de primeiro grau – tiveram lugar no corpo das igrejas. Nessas, seriam feitas duas divisões, segundo o Decreto nº 157, de 4 de maio de 1842, "uma para os votantes, outra para a mesa". Só nas paróquias em que não houvesse matriz ficaria permitida a reunião em outro edifício, antecipadamente designado.

Uma vez concluída a formação da mesa – dizia-se na Lei nº 387, de 19 de agosto de 1846 –, inutilizava-se "a separação que a isolava dos assistentes", de sorte que estes pudessem "rodear e examinar os seus trabalhos". É fácil prever, então, os incidentes e o tumulto que a emoção dos pleitos poderia provocar, em desacordo com a solenidade do edifício sagrado. Em 1855, já se afirmava no Parlamento que, em vez de a religião santificar as eleições, como se havia desejado, a experiência levava ao convencimento de que "as eleições profanavam a religião"[17].

17. Sessão de 28/5/1855. In: *Anais...*, sessões de maio a junho de 1855, ob. cit., p. 150.

Multiplicam-se os relatos dos "males e horrível profanação" daí resultantes. Belisário de Souza aponta o caso da matriz de Sant'Ana, no Rio de Janeiro, de onde "foram retiradas todas as imagens, os círios, os candelabros, tudo quanto podia converter-se em arma ou projétil durante uma luta a mão armada. O tato tem tido lugar em tantas igrejas que estas cautelas não constituem exceção. A sacração das imagens não as garante"[18].

Mesmo estrangeiros, como Kidder e Fletcher, anotaram que os ódios políticos sobrepujavam, aí, toda a veneração religiosa: "em certas ocasiões, em alguma das províncias, os eleitores desesperados agarraram os castiçais das velas e as delicadas imagens dos altares, para convencerem à força a cabeça de seus adversários"[19].

Contava-se no Parlamento: "Um Senador me disse que já viu as imagens servirem de pedras, em alguns lugares tem corrido o sangue humano, servindo de instrumento a imagem do Senhor."[20]

E porque, durante quinze ou vinte dias, os templos não pudessem prestar alguns dos ofícios divinos – transformados que estavam em secretarias eleitorais –, os "terríveis males e estragos à religião" agravavam-se. E mais: "a pretexto do povo vigiar e zelar por si mesmo sobre a urna eleitoral, colocada no centro das igrejas, as portas dos templos ficam abertas todas as noites... ali dormem, ali comem, e disputam calorosamente sobre a política do país; outros se insultam e gritam, quando não chegam às vias de fato, o que é muito ordinário..."[21].

Mas essa paralisação dos serviços religiosos não poderia ser atendida nas pequenas comunidades. E disso se prevaleceu, no interior do Ceará, um padre, "grande partidista", segundo conta Moraes Sarmento. O religioso reconheceu, pelas listas que estavam na urna, que tinha perdido a eleição. Combinou, então, com seus correligionários, que um homem se fingisse de morto e fosse levado à matriz, já à noitinha, para ser encomendado. "Com efeito, ultimados os trabalhos eleitorais naquele dia, veio para a matriz o fingido defunto,

---

18. SOUZA, Francisco Belisário de, *O sistema eleitoral no Império*. Brasília: Senado Federal, 1979, p. 32.
19. KIDDER, D. P. e FLETCHER, J. C., *O Brasil e os brasileiros (Esboço histórico e descritivo)*. São Paulo: Nacional, 1941, p. 204.
20. Senador Manoel da Fonseca, sessão de 9/6/1855. In: *Anais...*, sessões de maio e junho de 1855, ob. cit., p. 216.
21. Sessão de 28/5/1855. In: *Anais...*, sessões de maio a junho de 1855, ob. cit., p. 150.

devidamente amortalhado. O honrado vigário encomendou com a maior seriedade o seu guerrilheiro eleitoral e disse que, sendo já tarde, ficaria para ser enterrado no dia seguinte. Pela manhã, vindo os mesários continuar os trabalhos eleitorais, não encontraram a urna, e dando busca pela matriz, só acharam os restos da mortalha despedaçada, porque o suposto defunto também tinha desaparecido por uma janela, que ficara aberta."[22]

De muitos pontos do país, o clero reclamava ao Congresso a liberação de seus templos desse incômodo[23]. Em 1855, o senador Manoel da Fonseca apresentava um projeto proibindo, no interior das igrejas, todo e qualquer ato do processo eleitoral, salvo as cerimônias religiosas que a lei prescrevia. Mas mesmo estas foram, afinal, dispensadas pelo artigo 15, § 2º, do Decreto nº 3.029, de 9 de janeiro de 1881, a chamada Lei Saraiva. E por ela foi determinado que o governo, na Corte, e os presidentes, nas Províncias, designassem, com a precisa antecedência, os edifícios em que deveriam ser realizadas as eleições. Somente na falta absoluta de outros edifícios é que poderiam ser utilizados para esse fim os templos religiosos.

---

22. SARMENTO, J. J. de Moraes, *Eleição direta*. In: BANDEIRA, Antônio Herculano de Souza, *Reforma eleitoral – Eleição direta*. Recife: Typographia Universal, 1862, pp. 89-90.
23. A Machado de Assis, em crônica de 1878, parecia também que era ocasião "de retirar as eleições das matrizes pois que inteiramente falhou o pensamento de as tornar pacíficas pela só influência do lugar". E acrescentava: "Já o Senador Dantas, que sabia dar às vezes ao pensamento uma forma característica, dizia em pleno Senado: 'Senhores, convém que as coisas da igreja não saiam à rua, e que as coisas da rua não entrem na igreja.' Referia-se às procissões e às eleições" (MACHADO DE ASSIS, *Obras completas*. Rio de Janeiro: José Aguillar, 1962, vol. III, p. 400).

7. O capanga, o cacetista, o biju, o xenxém, o bem-te-vi, o morte-certa, o cá-te-espero

Com a reforma eleitoral de 1881, trazida pela Lei Saraiva, esperava Rui Barbosa que fossem excluídos dos pleitos "o *capanga*, o *cacetista*, o *biju*, o *xenxém*, o *bem-te-vi*, o *morte-certa*, o *cá-te-espero*, o mendigo, o *fósforo*, o analfabeto, o escravo", para "abrir margem ao patriotismo, à ilustração, à independência, à fortuna, à experiência"[1].

Poucos desses termos, trazidos por Rui para identificar "esses produtos da larga miséria social", constam dos dicionários.

Do *capanga* se esclarece que é "o valentão ao serviço de alguém para o defender ou vingar". Do *bem-te-vi* só se diz que é "uma parcialidade política do Maranhão"[2]. O *xenxém*, como explica Pereira da Costa, eram moedas de cobre de 10, 20 e 40 réis, clandestinamente cunhadas e em circulação a partir de 1829, quando começou sua contrafação, que se tornou, por assim dizer, geral em todo o país. O vocábulo ficou, então, em voga, como expressão depreciativa, para ridicularizar uma pessoa ou mesmo uma coisa qualquer:

---

1. RUI BARBOSA, *Obras completas – Trabalhos políticos*. Rio de Janeiro: MEC/Casa Rui Barbosa, 1987, vol. II, t. II, p. 40.
2. In: FIGUEIREDO, Cândido, *Novo dicionário da língua portuguesa*. 4ª ed., Lisboa: Portugal/Brasil Soc. Editora, 1925.

"Se um é farmacêutico *xenxém*, o outro é deputado *xenxém*", lia-se, por exemplo, na *Lanterna mágica*, de 1885[3].

Mas o *capanga*, o *cacetista*, o *morte-certa*, o *cá-te-espero* mostram bem o nível de violência que desnaturava a liberdade das eleições, violência que era denunciada nos debates do Parlamento, na imprensa de oposição e mesmo no relato de cronistas isentos. Francisco Belisário de Sousa, em seu livro célebre, conceitua o *capanga* como "um indivíduo que se lança nas lutas eleitorais em busca de salário, e muito mais ainda por gosto, por deleite próprio". Pontos de apoio dos cabos de eleição, "sustentam suas opiniões, atordoam os adversários, intimidam-nos, dão coragem, força e energia aos partidários". Como pode o homem pacífico – indagava ele – "apresentar-se perante uma mesa eleitoral para falar em nome da lei, cercado de dezenas de caras patibulares que, a qualquer expressão sua, vociferam e ameaçam?"[4]

II

Nas eleições de 1840, no Rio de Janeiro, foram apontados "grupos armados de cacetes que repeliam da porta das matrizes os votantes de oposição"[5]. Um jornal daquele ano apontava os "boatos aterradores, as prisões na véspera das eleições, a subida do preço dos cacetes no mercado". E edição do ano seguinte criticava "os ministros facciosos", já que "a eleição os achou nas praças, anarquizando a multidão, e o Governo lhes emprestou o cacete"[6].

Segundo um cronista de 1862, nas freguesias onde a eleição era disputada, congregados os diversos grupos em torno da matriz, "trava-se desde logo verdadeiro combate de vozerio e terríveis imprecações e, de ordinário, se a parcialidade mais fraca, mais honesta ou mais tímida, não se submetia humildemente às injustiças ou

---

3. COSTA, F. A. Pereira da, "Vocabulário pernambucano", Separata da *Revista do Instituto Arqueológico, Histórico e Geográfico de Pernambuco*. Recife: Imprensa Oficial, 1937, p. 743.
4. SOUZA, Francisco Belisário Soares de, ob. cit., p. 11.
5. In: *Páginas de história constitucional do Brasil*. Rio de Janeiro: B. L. Garnier, 1870, p. 46.
6. *O Brasil*, edições de 27/10/1840 e 26/8/1841. In: MASCARENHAS, Nelson Laje, *Um jornalista do Império – Firmino Rodrigues Silva*. São Paulo: Nacional, 1961, pp. 38 e 41.

infâmias da mais forte ou da mais audaz, fervia o pau desapiedadamente e não raras vezes ao cacete sucedia o punhal ou o bacamarte"[7].

Em dezembro de 1884, no Recife, no consistório da matriz de São José, deu-se um assassinato na eleição para deputados: "Os tiros falharam. Brilharam, então, as facas de ponta e o pau cantou. Nessa ocasião, dizem, Nicolau, capanga e boleeiro de José Mariano, deu em Boné a facada que o matou."[8]

Mesmo em tempos mais recentes, não se afastou essa tradição de tropelias e choques armados entre bandos adversários que o Império e o início da 1ª República conheceram. A capital da Bahia e o sertão daquele Estado viram, em 1920, com a segunda eleição de J. J. Seabra, a "Reação Sertaneja", em que se envolveram coronéis como Horácio de Matos, Castelo Branco e Marcionilo de Souza, e a memória desses incidentes fazia com que, muito depois, alguns eleitores comparecessem receosos perante as mesas receptoras de votos. Como conta Nelson de Souza Sampaio, "ainda em 1946, um morador da capital, de mediana cultura, nos dizia que não submeteria a esposa ao vexame de levá-la a uma secção eleitoral. Algumas daquelas desordens, que certamente presenciara, devem ter lhe deixado a impressão de que a política é um esporte violento, só para homens"[9].

Essa impressão é que levaria muitos constituintes, em 1890, tenderem a manter as mulheres afastadas do voto e dizerem, como Barbosa Lima: "Dai à mulher a capacidade de votar e raríssimas serão as que troquem os encantos de sua nobre empresa pela ingratidão dos embates eleitorais ou pela secura e aridez das lutas parlamentares."[10]

III

Quanto ao termo *cabalista*, pelo menos em certo período foi ele utilizado sem conotação pejorativa. Tanto que se intitulava de

---

7. SARMENTO, J. J. de Moraes, apud BANDEIRA, Antônio Herculano de Souza, ob. cit., pp. 73-4.
8. FREYRE, Gilberto, *O velho Félix e as memórias de um Cavalcanti*. Rio de Janeiro: José Olympio, 1957, pp. 73-4.
9. SAMPAIO, Nelson de Souza, *O diálogo democrático na Bahia*. Belo Horizonte: Revista Brasileira de Estudos Políticos, 1960, p. 48.
10. *Anais da Constituinte*, vol. II, p. 267. In: ROURE, Agenor de, *A Constituinte republicana*. Brasília: Senado Federal, 1979, p. 282.

O cabalista eleitoral um pequeno livro editado em 1868 que expunha, em resumo, em ordem alfabética, todos os avisos do Ministério do Império sobre material eleitoral, expedidos de 1846 a 1866. O opúsculo justificava-se, uma vez que, nesse período de vinte anos, haviam ocorrido "tantas, tão várias e complicadas hipóteses na execução das leis"[11].

O mais das vezes, porém, a expressão queria indicar os que arquitetavam e promoviam as fraudes. Para muitos cabalistas, comentava Belisário, "uma eleição regular, sisuda, não tem atrativos; sem alguma alicantina bem planejada, falta-lhe todo o sainete"[12].

Atuavam eles principalmente nas qualificações. "São os *cabalistas* que excluem a este, incluem aquele e têm todo o trabalho e gastos do fastidioso e informe processo."[13] E é o *cabalista* que vai preparar a ação de outro participante da fraude: o *fósforo*.

IV

Belisário explica: "Os *cabalistas* sabem que F., qualificado, morreu, mudou de freguesia, está enfermo; em suma, não vem votar: o *fósforo* se apresenta."[14]

Alguns dicionários apontam o *fósforo* como indivíduo "metediço, intruso", ou como "homem sem mérito". E nenhuma referência se faz ao significado que há já um século lhe dá a crônica política e o debate parlamentar: o do falso eleitor, que vota por outro.

Em livro recente sobre as revoluções do Rio Grande do Sul, José do Patrocínio Motta esclarece: "Eram chamados *fósforos*, pela oposição, os eleitores do governo, verdadeiro contingente eleitoral que votava em qualquer urna e por mais de uma vez. Eram chamados *fósforos* porque riscavam em qualquer urna, esta assemelhada com uma caixa de fósforos. *Fósforo* era uma expressão pejorativa da época."[15] Mas era expressão, como vimos, de todas as épocas, e a designar não somente aqueles que votavam com o governo.

---

11. *O cabalista eleitoral*. Rio de Janeiro: Eduardo & Henrique Laemmert, 1868.
12. SOUZA, Francisco Belisário Soares de, ob. cit., p. 30.
13. Idem, p. 26.
14. Idem, p. 29.
15. MOTTA, José do Patrocínio, *República fratricida*. Porto Alegre: Martins, 1989, p. 82.

Como Rui mostrava em discurso de 1879, *"fósforo* é tanto o não qualificado que usurpa o nome, o lugar, o direito do qualificado, como o realmente qualificado, sem direito a sê-lo; em suma, tudo quanto vota ilegitimamente"[16]. O livro de Belisário, de 1872, mostra o quanto o *fósforo*, ou o *invisível*, representava um papel notável nas eleições de então. No Senado e na Câmara do 2º Reinado, muita vez se aludiu às "influências fosfóricas".

Na 1ª República, em áreas mais propícias aos vícios eleitorais, como o Rio Grande do Sul, os *fósforos* se multiplicavam. Uma disposição da Lei nº 58, editada em janeiro de 1897 por Júlio de Castilhos, determinava não caber às mesas eleitorais "entrar na apreciação da identidade da pessoa do eleitor, qualquer que seja o caso". Isso permitia, segundo o comentário de Mem de Sá, "a qualquer preto retinto votar com o título de um teuto chamado Hans Bernstein"[17], ou que, segundo Rubens Maciel, os mortos participassem, involuntariamente, da fraude, e duplamente, "não só porque votavam mas porque reincidiam no voto"[18].

Em um romance editado em 1976, Mário Palmério, retratando a deformada realidade política de um pequeno município de Minas Gerais, diz como havia ali, com a conivência de um escrivão, uma inundação de eleitores fantasmas: "O processo era simples. Nos últimos dias do alistamento, o partido reunia as certidões de idade remetidas pelos cartórios de paz e que sobravam, entregando-os aos cabos eleitorais de confiança. Cada um deles se incumbia de fazer uma porção de requerimentos, tudo com a própria letra, assinando-os com o nome constante da certidão de idade. E davam entrada às petições e assinavam o recibo e os títulos respectivos. Um eleitor ficava, assim, de posse dos vários títulos, reproduzindo-os em vários eleitores. Compareciam nas sessões, votavam, assinavam as folhas de votação e não havia jeito de apanhar a fraude: a assinatura conferia com a do título."[19]

Palmério faz referência a dois desses *invisíveis*, Calistinho Corneta, um *"fósforo* de segurança", e Doquinha de Juca Bento. Deste

---

16. RUI BARBOSA, Discurso de 10/7/1879. In: *Obras completas*. Rio de Janeiro: MEC, 1943, vol. VI, p. 266.
17. MEM DE SÁ, *A politização no Rio Grande*. Porto Alegre: Tabajara, 1973, p. 27.
18. In: *Simpósio sobre a Revolução de 30*. Porto Alegre: UFRGS, 1983, p. 148.
19. PALMÉRIO, Mário, *Vila dos confins*. Rio de Janeiro: José Olympio, 1956, p. 320.

último "contavam horrores". Na última eleição, "o tipo pintara e bordara": "Votara, a primeira vez, barbudo, representando o velho Didico, morto havia mais de um ano; fez a barba, deixando o bigode e foi para outra secção votar em nome de um tal de Carmelito, sumido desde meses; tirou o bigode e, com a cara mais limpa e lavada deste mundo, preencheu a falta de outro eleitor; e dizem ainda que votou mais uma vez, de cabelo oxigenado e cortado à escovinha, substituindo um rapaz alemoado que viera trabalhar, por uns tempos, na montagem da usina elétrica de Santa Rita."[20]

V

Um caso mais recente de pessoa votando por outra, de *fósforo*, nas eleições de janeiro de 1947, no Recife, foi glosado como o caso da "urna da patroa".

O incidente é relatado por Barbosa Lima Sobrinho, em livro publicado em 1949: a empregada doméstica Dalva Maria de Oliveira havia votado na 18ª seção da 5ª zona, na capital pernambucana, em nome de sua patroa, Lucinda Simões Martins de Oliveira, utilizando o título eleitoral desta e assinando a folha de votação como se fosse ela. "Fraude, conseqüentemente – comenta Barbosa Lima Sobrinho – e fraude capitulada como crime eleitoral no artigo 123, nº 17, do Decreto-Lei nº 7.586, de 28 de maio de 1945."[21]

A ocorrência foi denunciada, antes do encerramento dos trabalhos eleitorais, pela própria patroa, que afirmou não haver autorizado a empregada a votar em seu nome. A votação da seção foi, então, impugnada por um dos fiscais, que denunciou a substituição da eleitora como sendo do pleno conhecimento da mesa. Na ata de encerramento, não se contestou o fiscal. A mesa explicou que a portadora do título assinara a lista com o máximo desembaraço e que "não tendo a Mesa elementos para descobrir se realmente houve dolo, não podia deixar de permitir que a portadora do título exercesse o direito de voto". Se porventura houve má-fé, concluía, "foi ela praticada pela eleitora, que se diz legítima portadora do título em questão, que o entregou a sua serviçal".

---

20. PALMÉRIO, Mário, ob. cit., p. 340.
21. BARBOSA LIMA SOBRINHO, *Questões de direito eleitoral*. Recife: [s. ed.], 1949, pp. 69 ss.

Mais tarde, pela imprensa, explicara a patroa que mandara a empregada verificar em que seção deveria votar e que a empregada abusara de sua confiança. Mas aos jornais falou também o presidente da mesa. E contou que, quando a patroa, exasperada, reafirmara que não dera ordens à empregada para voar, Dalva Maria de Oliveira, irritada, voltara-se para ela, dizendo: "A Senhora deixe de muitas histórias, senão contarei a verdade." E prosseguiu o presidente: "Diante disso, interessei-me em saber a verdade, argüindo Dalva de Oliveira, que me disse, presentes os mesários e fiscais do Partido Comunista e Partido de Representação Popular, o seguinte: Quando minha patroa me entregou o seu título, disse que estava doente, não podendo, pois, enfrentar a fila. Como ninguém a conhecesse na secção eleitoral, podia votar por ela. E cumprindo as ordens que recebera, votou pela patroa."[22]

---

22. BARBOSA LIMA SOBRINHO, ob. cit., pp. 73-4.

8. Embora não sejam mendigos, são a estes equivalentes

Os primeiros textos legais que regularam as eleições, logo após a proclamação da República, não trouxeram nenhuma exigência quanto à renda dos votantes. Estavam, assim, afastadas as restrições censitárias que o Império, a partir da Constituição de 1824 e com a modificação da Lei Saraiva, de 1881, havia tão severamente instituído.

Pelo Decreto nº 200A, de 8 de fevereiro de 1890 – que aprovou o Regulamento Alvim – e Decretos nºs 277D e 277E, de 22 de março de 1890, eram excluídos do voto somente os que não soubessem ler e escrever, os menores de 21 anos – com exceção dos casados, dos oficiais militares, dos bacharéis formados e doutores, dos clérigos de ordens sacras –, os filhos de família e as praças de *pret* do Exército, da Armada e dos corpos policiais, com exceção dos reformados.

A Constituição de 24 de fevereiro de 1891, porém, determinou que não pudessem alistar-se também como eleitores, para as eleições federais ou para as dos Estados, os mendigos (art. 70, § 4º, 1º). A medida havia sido proposta já pelo projeto do Governo Provisório e, conforme indicou Agenor de Roure, o *Apostolado positivista* sugeriu sua supressão, por entender que os mendigos não eram os "únicos cidadãos dependentes". E acrescentando: "Pode até acontecer que haja muitos mendigos superiores em critério moral a muitos capitalistas e letrados."[1]

Comentando o artigo, disse Carlos Maximiliano: "Os que vivem da caridade pública, recolhidos em asilos ou mendigando pelas ruas, devem ser fáceis de corromper e arrastar para as fileiras dos que desservem o Brasil. Parasitas sociais, os que não têm teto, ociosos, vagabundos; inertes, não pagam impostos, em nada concorrem para o progresso do país. Parece natural tirar-lhes o direito de escolher os mandatários do povo, que devem votar os tributos, elaborar as leis, dirigir os destinos do Brasil. [...] A expressão mendigos, do texto, abrange a totalidade dos indivíduos que não têm teto nem renda."[2]

II

Os textos posteriores à Constituição – como as Leis nºs 35, de 26 de janeiro de 1892, e 1.269, de 15 de novembro de 1904, esta conhecida como a Lei Rosa e Silva – dispunham, quanto ao alistamento dos eleitores, somente sobre a prova de alfabetização, de residência e de idade, nada trazendo quanto à comprovação de renda. Era lícito compreender, então, que, mais que uma exclusão censitária, o afastamento dos mendigos representava uma profilaxia social, ao se procurar eliminar da consulta democrática aqueles que não se dispunham a participar por completo das regras de convívio humano.

Mas, com a Lei nº 3.139, de 2 de agosto de 1916, impôs-se outro entendimento. Sendo um dos textos sancionados por Wenceslau Braz, pretendia o que o mineiro, desde seu discurso de candidato à Presidência, em dezembro de 1913, disse seria buscado por seu governo: "a seriedade do alistamento"[3].

Sua contribuição principal foi a entrega ao Poder Judiciário do preparo do alistamento eleitoral. Mas entre as provas que deveriam acompanhar o requerimento do futuro eleitor, dirigido a um juiz de Direito, estaria agora a "do exercício de indústria ou profissão ou de posse de renda que assegure a subsistência mediante qualquer documento admissível em juízo, exceto as justificações" (art. 5º, § 2º, b).

---

1. ROURE, Agenor de, *A Constituinte republicana*. Brasília: Senado Federal, 1979, t. II, p. 263.
2. Citado na *Revista Eleitoral*, ano II. Rio de Janeiro: Imprensa Naval, vol. VI, nºs 1 e 2, jan./fev. 1953, pp. 61-2.
3. In: *Mensagens presidenciais – 1915/1918*. Brasília: Câmara dos Deputados, 1975, p. 5.

O texto foi reiterado pelo regulamento para execução da lei, trazido pelo Decreto nº 12.193, de 6 de setembro de 1916. Voltava-se, assim, aos tempos do Império, a se exigir para o voto prova de renda, de qualquer renda que assegurasse a subsistência. E o quanto se utilizou de rigor nessa prova é mostra o ofício dirigido, em outubro de 1915, pelo ministro da Justiça, ao então presidente de Minas Gerais, Delfim Moreira: "Respondendo às consultas que dirigistes a este Ministério, sobre a execução do Decreto nº 12.193, de 6 de setembro último, relativo ao processo de alistamento eleitoral, declaro-vos o seguinte: a) deve ficar ao critério do juiz a aceitação dos documentos que comprovem a renda, sendo excelente base a que se exige para ser alistado como jurado, a qual em alguns Estados, como o de Minas Gerais, atinja no mínimo 600$000 por ano. Da decisão há recurso para a respectiva junta; b) quando o juiz preferir o arbitramento como meio de prova de renda de imóveis, este se fará de acordo com a lei processual da União; c) qualquer meio de prova e exercício de indústria e profissão, inclusive o conhecimento do imposto, satisfaz a condição prevista pelo art. 5º, parágrafo 2º, letra b, do Decreto nº 12.193, de 6 de dezembro de 1916; d) quanto aos deputados e senadores, magistrados e funcionários em geral, desde que provem que exercem o cargo, fica *ipso facto* provada a renda assegurada em lei."[4]

III

Algumas decisões da Junta de Recursos do Estado de Minas, no entanto, diminuíam a severidade sugerida pelo ministro para apreciação da renda. Em 6 de agosto de 1821, por exemplo, estabelecia-se que "todos os que locam seus serviços, empreiteiros, operários, etc., têm direito a ser alistados, uma vez que tenham, além dos mais requisitos legais, a renda que lhes assegure a subsistência. O escrito particular desse contrato, revestido das formalidades legais, serve de prova de renda e, no caso de lhe ser irrogado o vício da simulação, ao recorrente incumbe a prova de sua alegação"[5].

---

4. COELHO, Euler, *Jurisprudência eleitoral*. Belo Horizonte: Imprensa Oficial, 1928, p. 57.
5. Idem, p. 57.

Em outra decisão, de 6 de agosto daquele mesmo ano, em recurso eleitoral do município de Turvo, afirmava-se que "prova a renda a certidão do coletor, da qual consta que o alistando é contribuinte do imposto federal ou do estadual ou do municipal. Em se tratando de prova de renda, o juiz tem de se fundar em presunções que, salvo as absolutas, admitem prova em contrário. É de se presumir que quem paga impostos não seja mendigo, isto é, não incorra na restrição estabelecida na Constituição"[6].

E, ainda, em decisão de Belo Horizonte, de 8 de setembro de 1821, "o juiz tem de basear-se, não raro, nas presunções que são as provas dos atos jurídicos... Ora, é presunção comum – quem paga o aluguel da casa onde mora não é mendigo, isto é, tem a renda que lhe assegura a subsistência"[7].

IV

Uma das mais curiosas decisões da junta de recursos eleitorais foi a proferida no Estado de Alagoas, quando se estabeleceu que o diploma de bacharel seria documento que provava o requisito da renda. "Em um regime de sufrágio universal, como o nosso, em face do art. 70 da Constituição da República, não é possível interpretar tão restritamente o disposto no art. 5º, § 2º, letra b, da Lei nº 3.139, de 2 de agosto de 1916, que obrigue ao graduado por qualquer Faculdade ou Instituto de ensino superior, com existência legal no país, a apresentar documento comprobatório do exercício da profissão, como condição essencial da prova de renda para alistar-se eleitor; quando é certo que, neste caso, pela simples exibição do diploma em juízo, o alistando satisfaz aquela condição, por existir em seu favor a presunção legal da renda, cuja prova, ainda na hipótese, era dispensada pela Lei nº 3.029, de 9 de janeiro de 1881, que, aliás, fixava o *quantum* da renda com fundamento na Constituição do Império, em 200$000 por bens de raiz, indústria, comércio ou emprego."[8]

Fazia bem a Junta ao lembrar que, mesmo no rígido regime censitário anterior, a Lei Saraiva indicava que estavam dispensados da

---

6. COELHO, Euler, ob. cit., p. 59.
7. Idem, p. 56.
8. Idem, p. 59.

apresentação da prova de renda os portadores de diplomas de cursos superiores.

V

Mas o rigor dos juízes aos quais estava afeto o alistamento é explicado por uma decisão de um magistrado do município de Rio Claro. Ele lembrava que o intuito da lei eleitoral vigente, ao exigir a prova de renda para que o cidadão se alistasse eleitor, não era outro "senão impedir que se qualificassem mendigos e outros indivíduos dependentes e desclassificados, que não ganham para sua subsistência e vivem à custa de outros e que embora não sejam mendigos, são a estes equivalentes"[9].

Mas nada se justificava que se alongasse, assim, o alcance da letra da Constituição. O critério censitário, desse modo imposto, serviu como mais um item da compressão oficial, na 1ª República, para afastar das urnas os eleitores indesejáveis ao comando dos grupos oligárquicos.

Entre as muitas queixas do tempo, veja-se a referência, em um jornal oposicionista do Ceará, às "trapaças" de um escrivão ligado ao Partido Conservador, graças às quais "qualquer menino, vaqueiro ou agregado tem a máxima facilidade de provar idade, renda e residência e tão bem provadas ficam que, aos prejudicados, não fica sequer o direito de interpor recurso"[10].

E, segundo ainda o jornal, o juiz de direito, chefe do Partido Conservador em um município, indeferiu uma petição do guarda-livros de uma casa comercial, "porque o atestado de renda era uma declaração do Chefe da firma e por ser o peticionário guarda-livros da mesma"[11].

---

9. COELHO, Euler, ob. cit., p. 61.
10. COSTA, Lustosa da, "Eleição a bico de pena". In: *D. O. Letras*. Ceará: Imprensa Oficial, nº 2, jun. 1986.
11. COSTA, Lustosa da, ob. cit.

9. Os "círculos" contra os "deputados de enxurrada"

Foi somente pelo empenho e pela determinação de Honório Hermeto Carneiro Leão, o marquês do Paraná, chefe do Gabinete de 6 de setembro de 1853, que se deu a aprovação da chamada *Lei dos Círculos*, o Decreto nº 842, de 19 de setembro de 1855, que introduziu no país o voto majoritário para designação dos deputados. O texto dividia as Províncias do Império em tantos distritos eleitorais – que na imprensa e no debate parlamentar eram denominados "círculos" – quantos fossem seus deputados à Assembléia Geral. E ampliava as inelegibilidades, proibindo que maior número de autoridades fosse votado para membros das Assembléias Provinciais, para deputados ou senadores.

Segundo Joaquim Nabuco, o projeto era uma "idéia fixa" de Paraná. Ele estaria disposto a aceitar a eleição direta, uma vez que tivesse o "círculo". Queria a representação do país real, "que a eleição fosse uma verdade, a expressão das maiorias locais, fosse quem fosse o deputado"[1].

A menção, por Nabuco, à "expressão das maiorias locais" resolve a possível contradição entre o intento de Paraná de defender a re-

---

1. NABUCO, Joaquim, *Um estadista do Império*. São Paulo/Rio de Janeiro: Nacional/Civilização Brasileira, 1936, p. 157.

presentação das minorias e sua busca, para implementá-la, do modelo distrital.

Pois se sabe, hoje, que o escrutínio majoritário, com a "brutalidade" que Duverger apontaria[2], desatende às parcelas menores da opinião. Mas o que Paraná visava com sua lei eram as minorias localizadas.

E na sessão do Senado de 20 de julho de 1855, ele explicava: "Não tenho o intuito de acabar com os interesses grupados. O que pretendo é que se não grupem tanto os indivíduos que embarguem a existência das minorias. Quero que se forme a maioria, que se grupe. Mas que se não grupe de tal maneira que ocupe todo o espaço e expila a minoria. Isto é, quero que continue a grupar-se a maioria, mas que deixe espaço para que a minoria possa ser representada, possa falar diante do país."[3]

As críticas vieram do velho conservadorismo do Senado, liderado pelo marquês de Olinda, com objeções de natureza constitucional – o texto constitucional permitiria somente que a lei marcasse o modo prático das eleições e o número de deputados relativamente à população e não a divisão territorial das províncias – e por motivos políticos, vendo no projeto um meio de destruir "a disciplina e a coesão dos partidos" e também o que se ensejava "de rebaixamento do nível intelectual e político do parlamento". Para esses inconformados, os representantes não sairiam mais "dentre as pessoas notáveis e bastante conhecidas para se fazerem aceitas por uma província inteira", mas passariam a ser escolhidos "os empregados subalternos, as notabilidades de aldeia, os protegidos de alguma influência local"[4].

Mas Paraná insistia: a reforma poderia, sim, ser uma embaraçadela para os políticos interessados "em salvar-se sobre a chusma", para os que não ousavam apresentar-se isoladamente a um círculo. E argumentava: "sendo eu eleitor, tendo de votar sobre 10 ou 12, e examinando uma chapa de 20, posso deixar escapar um outro de menos capacidade. Quando se votar sobre um só hei de escolher

---

2. DUVERGER, Maurice, *Sociologia política*. Rio de Janeiro: Forense, 1966, p. 378.
3. *Anais do Senado do Império do Brasil*, ata da sessão de 31/7/1855. Brasília: Senado Federal, 1978, p. 367.
4. PORTO, José da Costa, *O marquês de Olinda e seu tempo*. 2ª ed., Recife: UFPE, 1976, p. 242.

com cautela, procurando que aquele a quem tenho de dar o meu voto reúna as qualidades precisas para ser votado"[5].

O que pretendia, segundo dirá em aparte a Zacarias de Góes, era acabar com "os deputados de enxurrada"[6].

E sua conclusão: "Quando se trata de obter uma boa representação do país, parece que não é para desprezar com efeito o conseguimento das representações de todas as opiniões."[7]

Mas, em verdade, era correta a crítica de que seria preciso "que a opinião adversa estivesse grupada em certos pontos para dali virem seus representantes". Somente assim, atendendo aos interesses localizados, é que o distrito, ou o círculo, poderia vir em resguardo das minorias.

II

Honório Hermeto Carneiro Leão e José de Alencar foram, sem nenhnuma dúvida, os que mais contribuíram, no século XIX, em nosso país, para a clarificação do quadro eleitoral.

Para muitos surpreende que, consagrado como romancista, autor de *O Guarani* – "o esplendor romântico do romantismo", diria um de seus críticos –, José de Alencar tenha se preocupado com problemas eleitorais. Mas o deputado à Assembléia Geral, em 1861, que optou pelo Partido Conservador, o ministro da Justiça de 1868, o candidato a senador, eleito em lista sêxtupla de 1869, mas que não mereceu a escolha do imperador, foi um dos que mais se esmeraram na luta pela "alforria do voto, cativo do governo".

Analisando as reflexões políticas de Alencar, constantes de quatro de seus livros[8], e discursos proferidos na Câmara, nas sessões de 1869, 1871 e 1874, Wanderley Guilherme dos Santos, em luminoso estudo, trouxe o primeiro exame e o mais completo reconhecimento do papel desempenhado pelo romancista cearense. "Des-

---

5. PORTO, José da Costa, ob. cit., p. 243.
6. Idem, p. 243.
7. *Anais do Senado do Império do Brasil*, ata da sessão de 20/7/1855, p. 362.
8. ALENCAR, José de, *Systema representativo*. Rio de Janeiro: B. L. Garnier, 1868, reeditado pelo Senado em 1997; *Ao povo – Cartas políticas de Erasmo*. Rio de Janeiro: Tipografia de Pinheiro, 1866; *Ao imperador – Novas cartas políticas de Erasmo*. Rio de Janeiro: Tipografia de Pinheiro, 1867; *Reforma eleitoral*. Rio de Janeiro: [s. ed.], 1874.

conheço, escreveu Santos, formulação mais radicalmente liberal da organização e funcionamento de um sistema parlamentar, dando inclusive solução para o enigma democrático fundamental." Alencar lhe aparece, então, "como um dos mais sofisticados teóricos da democracia, escrevendo no século XIX"[9].

Paraná mereceria, igualmente, a rememoração de todo seu esforço pela regeneração de nosso sistema representativo.

E pelo menos dois outros momentos de sua trajetória – além de sua iniciativa e seu empenho para a aprovação da *Lei dos Círculos* – devem ser destacados: seu governo na Província de Pernambuco e sua atuação no Prata.

III

Tida como "movimento irreprimível", nascido do descontentamento popular, dos profundos conflitos de classe que dividiam a Província de Pernambuco[10], a *Praia*, um "turbilhão popular", diria Nabuco[11], teve sua gênese nas eleições para vagas no Senado, em 1847 e 1848.

Serenado o conflito, Honório Hermeto foi designado presidente da Província e, como esclarecia Urbano Sabino Pessoa de Melo, em sua *Apreciação da Revolta Praieira*, não era "um simples delegado, que recebesse ordens e instruções do ministério, a quem dominava; portanto, ia ele executar o seu próprio pensamento e seguir a política que melhor lhe parecesse, quaisquer que fossem as intenções do gabinete"[12].

E ele logo se esmerou em procurar assegurar a liberdade do voto, corrigindo os efeitos do recrutamento para a força de primeira linha, como se dizia, que era utilizado sobretudo para constranger os votantes. Caxias chegara a reconhecer, em debate de julho de 1848, no Senado, que os encarregados do recrutamento só convocavam os que votavam contra o governo[13].

---

9. SANTOS, Wanderley Guilherme dos, *Dois escritos democráticos de José de Alencar*. Rio de Janeiro: UFRJ, 1991, p. 50.
10. CARNEIRO, Edison, *A Insurreição Praieira (1848-1849)*. Rio de Janeiro: Conquista, 1960, p. 37.
11. NABUCO, Joaquim, ob. cit., p. 74.
12. MELO, Urano Pessoa de, *Apreciação da Revolta Praieira*. Brasília: Senado Federal, 1978.
13. V. Capítulo V.

Pela lei de eleições, desde junho estava suspenso o recrutamento em todo o Império. Por ofícios de 6 a 13 de julho, Honório ordenou ao chefe de polícia que os convocados fossem postos em liberdade[14].

Como conta Urbano Sabino Pessoa de Melo, Honório "queria a liberdade do voto; proclamou-o com a maior solenidade, deu algumas providências para a garantir. Vendo que os agentes policiais prendiam em massa os cidadãos a pretexto de rebelião, proibiu que se prendessem os que não estivessem pronunciados anteriormente à sua ordem"[15].

E, com efeito, por Circular de 7 de julho, dirigida aos agentes policiais, ele dizia: "Tendo de proceder-se à eleição primária no dia 5 de agosto próximo futuro, e devendo haver plena e inteira liberdade, para que possam concorrer à votação todos os cidadãos alistados como votantes das diferentes freguesias desta Província, resolvi ordenar a Vm. que, da data do recebimento desta ordem até se ultimarem as eleições, não prenda Vm. a nenhum indivíduo sob o pretexto de ser implicado no crime de rebelião, cometido na província, salvo o caso de se achar por ele pronunciado e ser a pronúncia anterior à data deste ofício."[16]

E procurando evitar os escândalos das eleições anteriores, assim se dirigiu ao chefe de polícia: "Tendo de se proceder a eleição de eleitores no dia 5 do corrente mês, julgo conveniente recomendar a V. Sª que se entenda com os juízes de paz que têm de presidir a dita eleição, para que de acordo com eles sejam tomadas as medidas convenientes para serem desarmadas todas as pessoas que no referido dia concorrerem às igrejas e transitarem pelas ruas, prendendo-se os que forem encontrados com as armas proibidas. Outrossim, recomende V. Sª aos ditos juízes de paz que tomem as medidas necessárias para reprimir aqueles que dentro do recinto destinado para a eleição levantarem o brado de – fora rebeldes – ou quaisquer outros capazes de intimidar ou injuriar os votantes, e V. Sª tomará a semelhante a respeito as medidas necessárias para essa repressão fora do mencionado recinto."[17]

---

14. In: *Anais do Senado do Império do Brasil*, sessões de julho de 1848. Brasília: Senado Federal, 1978, p. 234.
15. MELO, Urbano Pessoa de, ob. cit., p. 181.
16. GOUVEIA, Maurílio, *Marquês do Paraná, um varão do Império*. Rio de Janeiro: Biblioteca do Exército, 1962, p. 163.
17. GOUVEIA, Maurílio, ob. cit., p. 165.

Mas, apesar de todo o empenho de Paraná, o Partido Liberal abandonou a eleição. Nenhum "praieiro" foi às igrejas onde, então, se realizavam os escrutínios.

IV

Em 29 de maio de 1851, foi assinado convênio do qual resultou a união dos Estados que diligenciavam, pelas armas, acabar com a tirania de Manoel Rosas e de Oribes. Capitulando estes, "surgiu a necessidade de ida ao Rio da Prata de uma missão com o fito de estudar, com os Estados conterrâneos, as bases de uma Aliança".

E foi designado Honório Hermeto, um "negociador hábil, decidido", como dizia Paulino José Soares de Souza, e que "acreditado com poderes bastantes perante todos aqueles Estados, servisse de cetro para dar ali uma direção pronta e eficaz a nossos negócios"[18].

O mais curioso aspecto da missão foi o empenho de Paraná nas eleições dos representantes que integrariam a Assembléia Geral da República Uruguaia. Mostrava-se ele "desejoso de que a maioria eleita para a nova legislatura fosse favorável à política inspirada nas bases do Convênio de 29 de maio de 1851". Acolheu então favoravelmente o pedido de empréstimo, ao Brasil, de vinte mil pesos, que lhe fizera o ministro da Guerra, Herrera, para fazer face aos grandes gastos com as eleições.

Segundo seu biógrafo, Honório "nada via que pudesse impedir a realização do empréstimo, tanto mais que se sentia convencido do interesse que o Brasil votava nos resultados do pleito"[19].

E esse é mais um exemplo do quanto Honório Hermeto valorizava o processo eleitoral, confiando sempre nele para a reorganização das sociedades em conflito.

V

Morto em 1856, não viu Paraná o resultado da primeira aplicação de sua lei, na eleição para a legislatura de 1857-1860. Segundo

---
18. Citado por GOUVEIA, Maurílio, ob. cit., p. 183.
19. GOUVEIA, Maurílio, ob. cit., p. 191.

uma indicação de 1858, dos deputados Cruz Machado e Dantas, não obstante "a disposição pouco favorável com que a lei fora executada", ela levara ao Parlamento "representantes de diversas opiniões políticas"[20].

Mas logo se cuidou de sua revisão, com o alargamento dos círculos para a eleição, agora, de três deputados. Constatara-se que a lei de Paraná "excedera a seu fim", ampliando as influências regionais, fazendo preponderar, sobre os dirigentes de partidos e homens notáveis das lutas partidárias, parentes e protegidos de vultos interioranos.

O empenho de Paraná, com tão bons resultados no alargamento das inelegibilidades, não fora tão exitoso quanto a representação das minorias.

VI

A ampliação dos "círculos" – chamados, agora em diante, de distritos – para que se elegesse, em cada um, três deputados, foi proposta na Câmara, em agosto de 1859, pelo deputado Sérgio de Macedo. E, aprovada, foi editado o Decreto nº 1.082, de 18 de agosto de 1860, dispondo, em seu artigo 2º: "As Províncias do Império serão divididas em distritos eleitorais de três Deputados cada um. Quando porém derem só dois Deputados, ou o número destes não for múltiplo de três, haverá um ou dois distritos de dois Deputados."

A redação já antevia a dificuldade, ante a diversidade da participação das Províncias na Assembléia Geral: é que, das vinte Províncias existentes, seis davam somente dois deputados e sete outras indicavam representantes em número que não era múltiplo de três.

Distrito único, de dois deputados, passavam a ter, então, Amazonas, Rio Grande do Norte, Espírito Santo, Goiás, Mato Grosso, Paraná e Santa Catarina. E único, de três deputados, Pará e Piauí. Além disso, possuíam distritos de dois deputados o Ceará (seu terceiro distrito), Paraíba (o segundo), Pernambuco (o quarto e o quinto), Alagoas (o segundo), Sergipe (o primeiro e o segundo), Bahia (o primeiro) e Minas (o sétimo).

20. NABUCO, Joaquim, ob. cit., p. 158.

VII

A lei de 1846 estabelecera que seriam suplentes dos deputados "os que lhe seguirem em número de votos"[21]. Isso permitia que, com a morte ou o afastamento dos deputados, viessem nomes da oposição. E daí que tanto tenha se falado no "respiradouro dos suplentes", ou em uma "válvula salvadora dos suplentes", como referiu o senador Araújo Lima[22].

A lei de Paraná determinara uma eleição especial para suplentes, pela mesma maioria que fazia o deputado. A reforma de 1860 mandou fazer nova escolha, em caso de vaga. A minoria, vencida, não ocupava automaticamente o posto, mas lhe era concedida a oportunidade de uma nova disputa.

A crônica política relata que, com o crescimento do número de deputados por distrito, teve-se na primeira aplicação da lei uma boa participação, na Câmara, das agremiações em luta. Mas, a seguir, não se viu esse quadro favorável. Com o modelo distrital, e com quatro eleições gerais, desde 1856 a 1871, três delas produziram o que se chamava "câmaras unânimes", de uma só cor partidária.

VIII

Com a chamada *Lei do Terço*, o Decreto nº 2.675, de 20 de outubro de 1875, interrompeu-se, no Império, a experiência do escrutínio majoritário para o Legislativo: o eleitor passaria a votar para deputados à Assembléia Geral ou para membros das Assembléias Legislativas Provinciais em tantos nomes quantos correspondessem aos dois terços do número total marcado para a Província. Se o número fosse superior a três, o eleitor deveria adicionar, a seus dois votos, um ou dois, conforme fosse o excedente.

Daí a principal crítica ao projeto: o voto incompleto, de dois terços, não teria aplicação a sete províncias e era arbitrário em outras sete, sendo exercido com exatidão apenas em seis.

---

21. Art. 89 da Lei nº 387, de 19/8/1846.
22. *Anais do Senado do Império*, ata de 30/8/1855.

IX

Com a Lei Saraiva – a de nº 3.029, de 9 de janeiro de 1881 – voltaram os distritos: de um para os deputados à Assembléia Geral, e plurinominais para os membros das Assembléias Legislativas Provinciais, em um mínimo de dois nomes, como em Minas Gerais, a um máximo de onze, como no Rio Grande do Norte, Espírito Santo, Paraná, em Santa Catarina, Goiás e no Mato Grosso.

A má redação do artigo 17, § 2º, da nova lei dispunha que não se considerasse eleito o candidato à Assembléia que não reunisse "a maioria dos votos dos eleitores que concorrem à eleição".

O que se desejava, obviamente, era a maioria absoluta e, não sendo esta alcançada, seria realizada nova eleição. Retornava-se, assim, ao sistema de dois turnos, já utilizado pela Lei de 1855.

Se a primeira eleição em que se testou a Lei Saraiva – para a legislatura de 1881-1884 –, sob a vigorosa vigilância de seu autor, foi um completo êxito, levando à Câmara quarenta e sete oposicionistas, conservadores, e se a segunda eleição, em 1884, sob o Gabinete Dantas, manteve ainda o prestígio da lei, os pleitos que se seguiram foram, mais uma vez, maculados pelos velhos vícios, pela onipresente compressão oficial.

X

O modelo distrital empregado no final do Império foi afastado pela República que se iniciava para a eleição de sua primeira Assembléia Constituinte. Pelo Decreto nº 78B, de 21 de dezembro de 1889, dispunha-se: "No dia 15 de setembro de 1890, se celebrará em toda a República a eleição geral para a Assembléia Constituinte, a qual compor-se-á de uma só Câmara, cujos membros serão eleitos por escrutínio de lista em cada um dos Estados."

E no Regulamento para a Eleição do Primeiro Congresso Nacional, com o Decreto nº 511, de 23 de junho de 1890, determinou-se: "As cédulas para deputados conterão tantos nomes quantos forem os Deputados que o Distrito Federal ou o Estado tenha de enviar ao Congresso e levarão o rótulo – *para deputados*. As cédulas para senadores conterão três nomes e levarão o rótulo – *para senadores*" (art. 30).

Do sistema majoritário-distrital voltava-se – mas só para essa eleição, como se verá – ao sistema simplesmente majoritário, de lista. Logo se retomaria o voto por distritos, de três nomes, como na Lei de 1860. Dispôs a Lei nº 35, de 26 de janeiro de 1892, por seu artigo 36: "Para a eleição de deputados, os Estados da União serão divididos em distritos eleitorais de três deputados, equiparando-se aos Estados, para tal fim, a Capital Federal. Nesta divisão se atenderá à população dos Estados e do Distrito Federal, de modo que cada distrito tenha, quanto possível, população igual, respeitando-se a contiguidade do território e integridade do município."

Os Estados que dessem cinco deputados ou menos constituiriam um só distrito. Quando o número de deputados não fosse perfeitamente divisível por três, juntar-se-ia a fração ao distrito da capital para a formação dos distritos.

E retornava também o voto incompleto: cada eleitor votaria em dois terços do número de deputados. Mas, das unidades federadas, somente duas – Goiás e Alagoas – alcançavam um número de deputados federais divisível por três, fazendo com que, em dezenove distritos, o eleitor não pudesse votar, efetivamente, em dois terços do total; nos de quatro ou cinco deputados, votaria em três nomes.

XI

A Lei Rosa e Silva, de nº 1.269, viria em 15 de novembro de 1904. Os distritos passaram a ser de cinco nomes. Os Estados que dessem sete deputados ou menos constituiriam um só distrito. Quando o número de deputados não fosse divisível por cinco – e somente era divisível em dois Estados, Ceará e Paraíba, e no Distrito Federal –, juntar-se-ia a fração, quando de um, ao distrito da capital e, quando de dois, ao primeiro e segundo distritos.

Cada eleitor poderia votar em três nomes nos Estados cuja representação constasse apenas de quatro deputados; em quatro nomes, nos distritos de cinco; em cinco, nos de seis; e em seis, nos distritos de sete deputados.

E o voto poderia ser cumulativo. Por essa cumulação, e pelo voto incompleto, procurava Rosa e Silva, no substituto que apresentou, afinal aprovado, assegurar a representação das minorias.

Em discurso de 10 de junho de 1904, em que apresentou sua emenda, Rosa e Silva disse que a necessidade de uma reforma eleitoral constituía fundada aspiração nacional e se impunha ao espírito de todos que refletiam sobre a coisa pública[23].

Depois de mencionar o alistamento e as comissões que deveriam prepará-lo, o censo – que não considerava compatível com a Constituição nem com o regime republicano a exigência, para o voto, de saber ler e escrever –, Rosa e Silva referiu-se a ponto fundamental: a representação das minorias. Ele a queria "real, emanada das urnas e não como doação legal, nem como produto da liberalidade das situações dominantes nos Estados".

Acreditava que ao legislador não cumpria fixar a proporção em que as minorias deveriam representar-se, mas unicamente assegurar a verdade do processo eleitoral e adotar um sistema que lhes facilitasse eleger seus representantes, dependendo o maior ou menor número deles dos esforços e do valor eleitoral das respectivas agremiações. E para a efetividade e proporcionalidade da representação das minorias, conviria "o alargamento das circunscrições eleitorais".

Para ele, a divisão dos Estados em distritos de três nomes, como se dispunha na Lei nº 35, por um lado não permitiria a proporcionalidade da representação das minorias, desde que houvesse "uma só base, para todas elas", e por outro lado, facilitaria a continuação dos "rodízios"[24], pois cada eleitor somente poderia acumular dois votos.

Podendo o eleitor votar em quatro nomes, onde as minorias fossem fracas, a oposição, ainda assim, poderia eleger um representan-

---

23. *Anais do Senado do Império*, ata de 10/6/1904, p. 301.
24. Em um discurso no Senado, em 1875, Figueira de Melo explicava o que se chamava, no Império, de "rodízio", apresentando duas hipóteses. A primeira, de um distrito com 180 eleitores, 120 da maioria e 60 da minoria: "Esses eleitores da maioria dividem-se em três grupos – 40 votam nos candidatos A e B, 40 votam nos candidatos B e C, os outros 40 nos candidatos A e C. Portanto, os candidatos A, B e C vêm a ter 80 votos cada um e suplantam, assim, os 60 da minoria, que não poderá eleger seu candidato." A segunda hipótese parecia, de início, ainda mais favorável à representação da minoria: "A maioria tem 765 eleitores e a minoria, 500, número até muito superior ao terço; ainda assim, a minoria não será representada, desde que houver uma regular e simples divisão de votos. Basta que das 765 cédulas, correspondentes ao número de eleitores da maioria, se tirem 510, e em todas estas se escreva o nome do candidato A, e terá este 510 votos, número superior ao da minoria; que dentre esses 510 eleitores, que votarão no candidato A, 255 votem no candidato B e 255 no candidato C. Ora, 255 eleitores, que ainda não foram contados, votam nos dois candidatos B e C que, tendo, já, cada um, 255 votos da turma dos 510 eleitores, ficarão também com a maioria de 10 votos sobre os 500 pertencentes à maioria" (in: PINHEIRO, Luiz F. Maciel, *Reforma eleitoral*. Rio de Janeiro: Typographico do Direito, 1876, p. 200).

te, acumulando todos os seus quatro votos em um candidato; e, onde fossem fortes, poderia eleger dois candidatos.

Em verdade, a experiência de 1875, do terço, havia mostrado que a repartição arbitrária não importava em nenhuma garantia de representação aos grupos menores. Recursos como o do "rodízio" deixavam à maioria a totalidade das vagas. Mas, na solução Rosa e Silva, a própria complexidade do processo inviabilizava a consecução de seu objetivo. E, de resto, toda a máquina fraudulenta – envolvendo o alistamento e a qualificação dos eleitores, a votação, a apuração e, afinal, a verificação e o reconhecimento dos diplomas – não haveria de ser corrigida por meros arranjos de técnica eleitoral. Somente o regime proporcional, que viria com a 2ª República, atenderia à necessidade de dotar as Câmaras de representantes da oposição.

XII

Teve assim o Brasil um sistema majoritário-distrital para as eleições para o Legislativo por sessenta e sete anos: de 1885 a 1860, com distritos de um nome; de 1860 a 1875, com distritos de três; de 1881 a 1890, com distritos de um; de 1892 a 1894, com distritos de três; e, finalmente, de 1904 a 1930, com distritos de cinco.

Ora, se temos o modelo proporcional entre nós desde 1932, com o intervalo de oito anos, do Estado Novo, sem eleições, ele vigora então por menos tempo que o majoritário-distrital.

E uma vez que sempre se anuncia, pela imprensa, o sentimento geral, no Congresso, por uma reforma política que contemple, em um de seus itens principais, a introdução de um sistema distrital misto, a modos da Alemanha, cabe rememorar as lições da história.

Em primeiro lugar, o que nos aponta o passado é, no sistema distrital, o tão deplorável desfavor das minorias. Isso era lembrado, há mais de um século, pelo grande liberal inglês Walter Bagehot, ao analisar o quadro político de seu país: "Em muitos distritos hoje existentes, a cassação de votos da minoria é sem esperança e crônica. Eu mesmo tenho votado em um condado agrícola por vinte anos e sou um liberal; mais dois *tories* têm sido sempre eleitos e durante toda a minha vida serão eleitos. Como as coisas estão, meu voto é inútil."[25]

25. BAGEHOT, Walter, The English Constitution. 1867, p. 134.

E, contemporâneo de Bagehot, outro grande liberal inglês, Stuart Mill, iria ressaltar "as vantagens transcendentes" da representação proporcional, deplorando o governo "de privilégios, em nome da maioria numérica, que é praticamente a única a ter voz no Estado", com "uma exclusão total das minorias"[26].

Outra grave "doença" do modelo distrital seria o "mapismo": como há de ser dividido, e corretamente, o território eleitoral? Difícil evitar, aí, as influências e os deslizes políticos nessa distribuição de áreas, sempre se recordando, aí, o *gerrymander* e o "efeito Deferre", quando, nos Estados Unidos, em 1812, e na França, em 1983, se viu o desenho tendencioso das circunscrições eleitorais?[27]

E, no caso do Brasil de hoje, com seu crescimento desordenado, com suas cidades, no dizer de Gilberto Freire, "inchadas", com seu tão acentuado deslocamento populacional, impor-se-ia sempre a continuada atualização e correção dos distritos, contrariando eleitores e eleitos, confundindo lealdades políticas.

---

26. STUART MILL, *Considerações sobre o governo representativo*. Brasília: UnB, 1981, p. 76.
27. V. PORTO, Walter Costa, *Dicionário do voto*. 2ª ed., Brasília: UnB, 2000, pp. 221 ss. e 165.

10. Telegramas falsos, cartas falsas, jornais falsos

O primeiro caso conhecido na República de falsidade em comunicação, para proveito eleitoral, deu-se em Alagoas, mas veio em favor da oposição.

A lei mais importante do período, de nº 1.269, conhecida por Lei Rosa e Silva[1], foi promulgada em 15 de novembro de 1904. Em razão dela, os distritos passaram a ser de cinco nomes, mas Estados como Alagoas, que designavam seis deputados, constituiriam um só distrito. E a lei trouxe o voto limitado, ou incompleto. Em Alagoas, o eleitor votaria somente em cinco nomes. E sendo o voto também cumulativo, poderia o eleitor atribuir todos os seus votos ou parte deles a um só candidato.

No substituto que apresentou ao projeto, o senador Rosa e Silva explicou que, com o voto cumulativo, em listas incompletas, buscava uma representação "real, emanada das urnas e não como doação legal, nem como produto da liberalidade das situações nos Estados"[2].

A lei foi recebida com grandes esperanças pela oposição, mas, como relatam os cronistas, foi baldado o intuito do legislador, pelas situações locais dominantes.

---

1. A lei se originou de projeto do deputado Anísio de Abreu, mas tal o esforço, neste, do senador Rosa e Silva que o texto, aprovado, sempre recebeu o nome dele.
2. FULGÊNCIO, Tito, *A carteirinha do eleitor*. Belo Horizonte: Imprensa Oficial, 1917, p. 5.

Indicou-se, no entanto, que, em seu primeiro teste, nas eleições de 1906, o situacionismo do Rio Grande do Sul, de Pernambuco e do Maranhão portou-se com "lisura e lealdade". No primeiro Estado, vieram para a Câmara "três irredutíveis e brilhantes adversários", os federalistas Wenceslau Escobar, Antunes Maciel e Pedro Moacir. E no Maranhão, que constituía um único distrito, os oposicionistas chegaram a conquistar duas cadeiras[3].

Nos outros Estados, no entanto, e com o prosseguimento dos pleitos, o governismo pleiteava e conseguia preencher todos os postos, designando o chamado "terço", hipoteticamente reservado às oposições. Como se verá, em 1912, Gilberto Amado era, até dez dias das eleições, o candidato do "Centro" à quarta vaga em Sergipe. E em 1915 seria eleito, com a indicação de Pinheiro Machado, para essa vaga[4].

Mas, em 1906, os oposicionistas de Alagoas – Estado então dominado pela "Oligarquia dos Malta"[5] – conseguiram eleger o deputado Ângelo Neto com um expediente reprovável. É o que conta Carlos Pontes: "Chega, afinal, o dia das eleições e nesse dia, pela manhã, surge na repartição dos Telégrafos um policial e ali entrega, com todos os exigíveis requisitos de autenticidade, vários telegramas oficiais, como procedentes do Palácio do Governo e dirigidos aos chefes políticos dos núcleos eleitorais mais importantes do interior do Estado, recomendando-lhes respeitassem a liberdade do voto e apurassem seriamente o resultado das urnas."[6]

O mais ladino dos destinatários, segundo Pontes, estranhou a ordem e logo respondeu manifestando essa surpresa, e ainda mais surpreendido ficou o suposto signatário. Mas nada poderia ser feito. Como confessar, de público, que o governo não seria capaz de tal procedimento, de conduta tão elevada e democrática, a recomendá-lo à opinião esclarecida do país?

---

3. PONTES, Carlos, *Motivos e aproximações*. Rio de Janeiro: Jornal do Comércio, 1953, p. 187.
4. Ver Capítulo 13, p. 101.
5. Euclides Malta, o primeiro da oligarquia, governou Alagoas de 1900 a 1903. Sucedeu-lhe o irmão, Joaquim Paulo, de 1903 a 1906. Euclides voltou ao poder em 1906, reelegendo-se em 1909, ficando até 1912, quando renunciou, em 13 de março daquele ano, retirando seu candidato, Natalício Camboim, passando-se à eleição, sem competidores, do coronel Clodoaldo da Fonseca, primo-irmão do presidente Hermes. Numa tentativa de obstar a "salvação" – processo em que o bloco militar, amparado pelo presidente, buscava afastar e aniquilar as forças oligárquicas que dominavam sobretudo nos Estados do Norte e do Nordeste –, os Maltas chegaram a levantar a candidatura de outro parente de Hermes, o general Olimpio da Fonseca. Mas capitularam no que se denominou "Acordo Camboim", que ficou, para alguns de nossos historiadores, como sinônimo de "capitulação ingênua".
6. PONTES, Carlos, ob. cit., p. 189.

II

O caso mais grave, em toda a 1ª República, mesmo porque vinculado à eleição presidencial, foi o que quase vitimou a candidatura de Arthur Bernardes, em 1921.

Em novembro daquele ano, o *Correio da Manhã* publicava uma carta que Bernardes, candidato à sucessão de Epitácio Pessoa, teria dirigido ao senador mineiro Raul Soares e em que se referia ao banquete oferecido pelo ex-presidente Hermes da Fonseca a seus companheiros do Exército e da Marinha, realizado em 2 de junho no edifício do Palace Hotel.

Há muito desacordo quanto à data ou às datas da publicação. Bruno de Almeida Magalhães fala de uma primeira carta, datada de 6 de junho e publicada na edição do *Correio* de 13 de outubro e de outra datada de 24 de abril e publicada na edição de 19 de novembro[7]. Afonso Arinos diz que a segunda carta não chegou a ser publicada[8]. Afrânio de Carvalho, citando Bruno de Almeida Magalhães, dá a publicação da primeira carta no dia 9 e da segunda no dia 13[9]. Finalmente, Hélio Silva diz que, publicada a carta no dia 9 de outubro, "o clichê não dera boa impressão" e dois dias depois, portanto no dia 11, ela foi reimpressa, ao lado de uma segunda carta[10].

O *Correio*, no início da matéria, comentava: "O Sr. Raul Soares havia perdido duas cartas da maior inconveniência e gravidade que seu candidato à presidência lhe havia escrito. Uma das referidas cartas, documento de um caso patológico, prova provada de cretinice, de falta de senso, de cinismo, alguém conseguiu obter e acha-se agora em nossas mãos."

E a carta era a seguir transcrita: "Bello Horizonte, 3-6.921. Amº Raul Soares. Saudações afetuosas. Estou informado do ridículo e acintoso banquete dado pelo Hermes, esse sargentão sem compostura, aos seus apaniguados, e de tudo o que nessa orgia se passou. Espero que use de toda a energia, de acordo com as minhas últi-

---

7. MAGALHÃES, Bruno de Almeida, *Arthur Bernardes, estadista da República*. Rio de Janeiro: José Olympio, 1973, pp. 99 e 101.
8. ARINOS DE MELO FRANCO, Afonso. *Um estadista da República*, vol. II, p. 1022.
9. CARVALHO, Afrânio de, *Raul Soares – Um líder da República Velha*. Rio de Janeiro: Forense, 1978, p. 204.
10. SILVA, Hélio, *1922 – Sangue nas areias de Copacabana*. Rio de Janeiro: Civilização Brasileira, 1964, pp. 61 e 63.

mas instrucções, pois essa canalha precisa de uma reprimenda para entrar na disciplina. Veja se o Epitácio mostra agora sua apregoada energia, punindo severamente esses ousados, prendendo os que sahiram da disciplina e removendo para bem longe esses generaes anarchisadores. Se o Epitácio, com medo, não attender, use da diplomacia, que depois de meu reconhecimento ajustaremos contas. A situação não admite contemporisações, e os que forem venais, e que é quasi a totalidade, compre-os com todos os seus bordados e galões. Abraços do Arthur Bernardes."

De toda a vasta bibliografia sobre o incidente, pode-se retirar a seguinte seqüência:

1. Tudo começa com o primeiro fraudador, Oldemar Maria de Lacerda, freqüentador do Palácio do Catete no governo Hermes. Envolveu-se ele na compra de armas para conflagrar o Estado do Espírito Santo, em 1916. "De posse do dinheiro, Oldemar consumiu-o e, em lugar do armamento, enviou ao destino caixotes com ferragens", segundo Bruno de Almeida Magalhães[11].

2. Oldemar foi, depois, processado por falsificação de uma cautela de ações de sociedade comercial e, mais uma vez, por estelionato contra alguns estabelecimentos. Mais tarde, foi indiciado em inquérito por receber dinheiro de uma empresa de equipamentos ferroviários, prometendo a seus dirigentes a preferência para fornecimento de trilhos e outros acessórios para a Estrada de Ferro Central do Brasil.

3. Um segundo fraudador, Jacinto Guimarães, envolvera-se, inicialmente, em caso de falsificação de procuração na cidade mineira de Mar de Espanha. Depois, foi condenado por falsificação de apólices municipais. Fugindo para a Inglaterra, esperou a prescrição da pena e, outra vez no Brasil, foi indiciado em processo de falsificação de títulos de crédito.

4. Aproximaram-se Oldemar Lacerda e Jacinto em um projeto para a exploração da pesca, propondo ao governo o arrendamento da Ilha de Trindade.

5. Fervoroso adepto da candidatura Hermes, outra vez à Presidência, candidatura que entrara em declínio, imaginou Oldemar a fabricação de uma carta do candidato mineiro que o comprometesse com as Forças Armadas, encarregando para isso seu amigo Jacinto.

11. MAGALHÃES, Bruno de Almeida, ob. cit., p. 95.

6. Uma primeira carta teria sido redigida e mostrada ao senador Irineu Machado[12], que sugeriu mudanças em alguns de seus termos, chegando-se, então, a uma redação final.

7. Oferecida aos parentes e amigos do Marechal Hermes e também a Nilo Peçanha – a quem se teria pedido a importância de cem cruzeiros –, houve o desinteresse de todos.

8. Mostrada a carta aos adeptos da candidatura Bernardes, teve conhecimento dela o próprio líder mineiro, respondendo ele "que nada escrevera capaz de comprometê-lo perante quem quer que fosse"[13].

9. Um dia depois da publicação da carta, o Clube Militar reunia-se para exame do caso e proclamou, em moção firmada pelos oitenta sócios presentes: "... ou S. Exa. tem razão em os qualificar de canalha venal, ou inutilmente ultrajou o Exército. Na primeira hipótese, o Exército deve ser dissolvido pois a defesa da Nação não pode estar confiada a janízaros e canalhas; na segunda, S. Exa. criou absoluta incompatibilidade entre a sua pessoa e o Exército. Existe, pois, um dilema, como solução única: ou a nossa dissolução, ou o Exército não aceita que S. Exa. seja o Presidente da República"[14].

10. E, no dia seguinte, é publicada pelo *Correio* uma segunda carta, ao lado da primeira, esta agora "com boa nitidez". A segunda carta estava assim redigida: "Minas, 6-6-921. Meu caro Raul Soares. Saudações affectuosas. Sciente dos dizeres da última carta, fico inteirado dos compromissos tomados para o resultado seguro da Convenção. Todavia, descordo com outra prorrogação porque ella devia ter sido realisada antes da chegada do Nilo, pois, como V. disse, esse moleque é capaz de tudo. Remova toda difficuldade como bem entender, não olhando despesas, o que já fiz ver ao João Luiz. Das classes armadas nada devemos temer, devido aos compromissos assumidos pelo Epitácio, agindo com toda energia. Da política mineira só tenho adeantar que os elementos do Salles estão sendo trabalhados tenazmente para abandoná-lo e que a sua candidatura à presidência do Estado está garantida porque obrigaremos os polí-

---

12. Segundo Arinos, o senador era partidário exaltado do marechal Hermes e adversário ferrenho de Minas e, com "temerária capacidade de ação, conforme mostra sua tempestuosa vida, desdenhava todas as fronteiras, a começar pela moral" (ARINOS DE MELO FRANCO, Afonso, ob. cit., p. 1018).
13. MAGALHÃES, Bruno de Almeida, ob. cit., p. 103.
14. SILVA, Hélio, ob. cit., p. 63.

ticos recalcitrantes, sob pena de perderem as suas posições, e V. quando me succeder continuará a levar na devida verba o que faltar das grandes despesas que estamos fazendo, para que depois não venha a se dar escândalo. Abraço do Arthur Bernardes."[15]

11. Uma semana depois, Bernardes vem ao Rio para apresentar, em banquete que era tradicional, sua plataforma de governo. E, segundo Arinos, o que ocorreu foi "espantoso": "Aquele homem desconhecido até há pouco, de quem, por isso mesmo, nada se poderia dizer de bem nem de mal, é recebido na cidade como se fosse um bandido público, um traidor da pátria, um 'réprobo', enfim, como ficou sendo costume tratá-lo... Desde longe, quando o cortejo deu entrada na Avenida, vindo da Central, estrugiram alaridos que só aos poucos fui percebendo serem de apupos, assovios e injúrias. Vagabundos, capangas (diziam que trazidos de Niterói), simples moleques de rua, misturados com mulheres do povo, senhoras bem vestidas, militares fardados, civis de boas roupas, tudo reunido numa histeria coletiva, assaltavam os automóveis, insultavam com palavras obscenas os ocupantes, golpeavam com bastões arrancados à cercadura das árvores os vidros e faróis, urravam como possessos, numa espécie de libertação furiosa."[16]

12. O mais importante desmentido sobre a veracidade da carta viera do Marechal Hermes em declaração à *Gazeta de Notícias*: "Não tenho dúvida absolutamente de sua falsidade. Trata-se, evidentemente, de uma falsificação miserável, porque ninguém pode julgar o Dr. Arthur Bernardes capaz de escrever tamanha torpeza."[17]

13. Mas, tendo sido exigida, pela imprensa e pela Câmara, a prova pericial sobre a falsidade ou autenticidade das cartas, o Clube Militar, em reunião de 12 de novembro, constituiu uma comissão para promovê-la. No parecer da comissão, ao final de dezembro, se lia: "Considerando que todos os elementos morais se alinham logicamente em contrário à falsidade... à vista de tudo quanto acabou de ser exposto, a Comissão foi levada a concluir, embora com o mais profundo pesar, pela autenticidade da carta em exame, porque ela resistiu a todas as provas realizadas com imparcialidade e retidão,

---
15. SILVA, Hélio, ob. cit., p. 61.
16. ARINOS DE MELO FRANCO, Afonso, ob. cit., p. 1027.
17. MAGALHÃES, Bruno de Almeida, ob. cit., p. 109.

para se descobrirem os germes de sua alegada falsidade."[18] E o parecer foi aprovado em reunião do Clube, de 29 de dezembro.

14. Em proclamação datada daquele mesmo dia, Bernardes afirmava: "Já agora ninguém pode increpar-me o ter esgotado todos os esforços a fim de evitar se consumasse o atentado à verdade e à Justiça, do qual acabo de ter conhecimento. Nada me resta senão afirmar que aquilo que é falso, falso há de ser para todo o sempre, quaisquer que sejam os laudos proferidos..."[19]

15. A 14 de fevereiro de 1922, Rui Barbosa escreve, de Petrópolis: "Nada, na história das falsificações célebres, nada há mais grosseiro que o ponto de partida desse caso."[20]

16. No dia 1º de março de 1922, Bernardes se elegia presidente. No dia 24, os falsários confessavam toda a trama.

III

Em Pernambuco, em 1954, uma edição do jornal comunista *Folha do Povo* foi falsificada.

Para o governo do Estado, o chefe do Executivo, Etelvino Lins, lançara a candidatura do general gaúcho Cordeiro de Farias. Velho pessedista, Etelvino havia conseguido o apoio a Cordeiro do udenista João Cleofas, senador e ministro da Agricultura do governo Vargas. Cleofas rompeu o acordo e lançou-se também candidato, reeditando, mais uma vez, o choque entre pessedistas e udenistas.

Como conta Luiz do Nascimento[21], no primeiro trimestre de 1954, a *Folha* começara a combater o "esquema Etelvino Lins" e a candidatura Cordeiro de Farias. Nos meses seguintes, deu ênfase à campanha em favor dos "candidatos de Prestes" a deputados. Na edição de 18 de setembro vinha, em letras garrafais, o título: "Aliança patriótica para eleger João Cleofas". E, em outras edições, páginas inteiras de propaganda dos candidatos comunistas inscritos em diversos partidos.

---
18. ARINOS DE MELO FRANCO, Afonso, ob. cit., p. 1033.
19. Idem, p. 1034.
20. Idem, p. 1038.
21. NASCIMENTO, Luiz do, *História da imprensa de Pernambuco*. Recife: UFPE, 1967, pp. 368-9.

Mas, no dia da eleição, circulou uma *Folha do Povo* falsificada, em formato menor que o habitual, com um desenho, na primeira página e repetido na terceira, de Prestes em corpo inteiro e com uma manchete recomendando: "Prestes dirige-se aos trabalhadores: para Governador de Pernambuco vote em branco. Para deputados, escolham nossos candidatos."

Cinqüenta mil exemplares haviam sido distribuídos gratuitamente na capital e no interior do Estado, logo ao nascer do dia, para dar a entender aos eleitores comunistas e simpatizantes que Prestes retirara o apoio a Cleofas, seu candidato até a véspera do pleito.

Como se processara a falsificação? O fornecimento de energia fora cortado na área da oficina gráfica do jornal, durante o período das 19 horas do dia 2 às 7 horas da manhã seguinte, e das oficinas da empresa J. Néri da Fonseca saíra a falsa edição.

11. Os melhores eram escolhidos como flores para ornato de bancada

Uma frase de Gilberto Amado, repetida em seus livros e conferências, tornou-se emblemática para caracterizar o quadro político na República Velha: "as eleições eram falsas mas a representação verdadeira".

Em livro de memória, ele explicava: "As eleições não prestavam, mas os deputados e senadores eram os melhores que poderíamos ter. Por exemplo – para oferecer apenas uma ilustração – no Distrito Federal o voto não era a bico de pena, como no interior do país; era de fato depositado na urna. Resultado: representação falsa. Na terra de Osvaldo Cruz, de Miguel Couto, dos sábios da Politécnica, dos professores de Direito, dos grandes jornalistas, de tanta gente notável, o Conselho Municipal estava longe de refletir a alma e o pensamento da cidade. Constituía uma verdadeira desrepresentação."[1]

À mesma conclusão, mas não com o elitismo tão exacerbado de Gilberto Amado, chegara Afonso Arinos. Para ele: "Durante a Primeira República o sistema eleitoral e as oligarquias estaduais constituíam os instrumentos de seleção de um Legislativo bastante homogêneo. Havia uma sorte de Congresso de notáveis, eleitos não pelos eleito-

1. AMADO, Gilberto, *Presença na política*. Rio de Janeiro: José Olympio, 1958, p. 84.

res primários, mas pelos 'coronéis' dos municípios e das Comissões Executivas partidárias. Esses chefes municipais e estaduais surgiam, por sua vez, como produtos de um *consensus* histórico e emergiam naturalmente do jogo sutil das forças e interesses locais e regionais."[2]

II

A grande compressão do oficialismo sobre a vontade popular afirmada, que tanto ocorreu no Império com o que se denominava a verificação e o reconhecimento dos poderes sendo entregue às próprias Assembléias, teve ainda maior relevância na 1ª República.

Na Constituição monárquica de 1824, dizia-se, em seu artigo 21, que a "verificação dos poderes" dos membros das Câmaras se exercitaria na forma de seus regimentos.

Na primeira Constituição republicana, de fevereiro de 1891, dispunha-se, no parágrafo único de seu artigo 18: "A cada uma das Câmaras compete: verificar e reconhecer os poderes de seus membros."

De começo, o regimento da Câmara determinava que, nas sessões preliminares de cada legislatura, o mais velho entre os presentes assumisse a presidência e designasse cinco, entre os mais moços, para formar a comissão que julgaria a documentação da eleição e proporia a diplomação dos que entendesse eleitos.

Nos dias iniciais da República viu-se, então, uma ânsia das facções em que se dividia o Partido Republicano em indicar como candidatos os mais avançados em idade. Daí que "andassem a escavar macróbios" como, com muita malícia, diagnosticava Dunshee de Abranches[3].

Em seu primeiro ano de governo, Campos Sales fez apresentar, pelo seu líder na Câmara, Augusto Montenegro, emenda ao regimento em que se dispunha que a presidência dos trabalhos nas sessões preparatórias seria entregue ao mais velho entre os presentes, "salvo se entre esses se encontrar o presidente ou qualquer dos vice-presidentes que serviram na última sessão legislativa"[4].

---

2. ARINOS DE MELO FRANCO, Afonso, *A escalada*. Rio de Janeiro: José Olympio, 1965, p. 51.
3. ABRANCHES, Dunshee de, *Como se faziam presidentes*. Rio de Janeiro: José Olympio, 1973, p. 287.
4. A emenda recebeu, logo, a designação de "guilhotina Montenegro" (in: PORTO, Walter Costa, *O voto no Brasil*. 2ª ed., Rio de Janeiro: Topbooks, 2002, pp. 192 ss.).

Com a emenda, o situacionismo voltou ao comando de todo o processo de diplomação dos parlamentares, podendo então a maioria, como pretendeu Campos Sales, garantir ao governo "decisão e fidelidade nas deliberações"[5].

III

Os críticos da República Velha falaram sempre de "um terceiro escrutínio". Teve grande repercussão a denúncia feita por Barbosa Lima Sobrinho, deputado por Pernambuco, à Constituinte, em 1890, sobre a "célebre teoria do terceiro escrutínio". Consistia, para ele, na "vergonhosa norma adotada por algumas Câmaras, digo, mal adotada por algumas Câmaras, que se inspirava servilmente no *mot d'ordre* que vinha do alto e procurava satisfazer a má vontade de certos gabinetes contra representantes legitimamente eleitos, que vinham contrariar as idéias aceitas pelo poder então dominante"[6].

Poder-se-ia entender a expressão mais adequada às eleições indiretas do Império, antes da reforma de 1881, quando, além dos dois graus da eleição, caberia falar de mais um. Mas a denominação era justificada pela análise de Arinos: naquela 1ª República, "os membros do Congresso vinham, pois, escolhidos por um colégio eleitoral censitário, numa eleição de segundo grau não escrita, mas que funcionava e permitia aquela representação, tanto quanto possível homogênea"[7]. E mais bem esclarecida por João Neves da Fontoura: "O mecanismo era o seguinte: um candidato alcançava grande soma de votos; aparentemente devia ser considerado eleito. Era o primeiro escrutínio. Depois, vinha a Junta Apuradora, no Estado. Perante ela, travava-se nova batalha pela posse do diploma. Era o segundo escrutínio. Finalmente, por vezes o diplomado pela Junta acabava degolado no plenário da Câmara ou do Senado. Era o terceiro e decisivo escrutínio, manejado invariavelmente pela conveniência da política federal ou pelos caprichos dos supremos dirigentes da Nação."[8]

---

5. CAMPOS SALES, *Da propaganda à presidência*. São Paulo: A Editora, 1908, p. 104.
6. In: *Anais*, sessão de 18/12/1890, p. 41.
7. ARINOS DE MELO FRANCO, Afonso, ob. cit., p. 51.
8. FONTOURA, João Neves da, *Memórias – Borges de Medeiros e seu tempo*. Rio de Janeiro/Porto Alegre/São Paulo: Globo, 1958, vol. I, pp. 232-3.

A denominação foi muito utilizada. Em discurso de 1934 sobre o regime anterior, lembrava o deputado Adolpho Bergamini que muitos não desejavam alistar-se como eleitores e lhe diziam: "Não vale a pena. Ter trabalho enorme; mandar buscar documentos; ficar sujeito a que o meu pedido seja indeferido por não ficar provado que sei ler e escrever; perder dias inteiros, ali, acotovelado por toda a gente; ver meu voto anulado no terceiro escrutínio, quando do reconhecimento; não ver o voto apurado porque esse escrutínio cancela por completo as eleições no Brasil. Não, Bergamini. Tudo, menos isso!"[9]

IV

Não há nenhuma dúvida quanto à falsificação das eleições naquela República Velha. Tornou-se um truísmo classificá-las de "eleições a bico de pena", tais como as do regime anterior, o monárquico, falsamente corretas, em vista da documentação apresentada, mas, em verdade, inteiramente falseadas.

Eleições que se faziam mais nas atas que nas urnas, graças aos especialistas que, segundo Francisco de Assis Barbosa, "enchiam laudas e laudas de almaço, num paciente exercício de caligrafia, com a caneta enfiada sucessivamente entre cada um dos dedos da mão direita, para repetir em seguida os mesmos golpes de habilidade com a mão esquerda. A pena *Mallat 12*, a mais comum, era também a mais indicada para semelhante prestidigitação – corria sobre o papel, ora com força, ora com suavidade, o bico virado, para cima ou para baixo, em posições as mais diversas, a fim de que o traço não saísse igual – frouxo, firme, tremido, grosso, fino, bordado, caprichado, mas sempre diferente"[10].

Eleições sempre falsas, mas com um resultado, para Gilberto, proveitoso: "Os melhores eram escolhidos como flores, para ornato de bancada. Médicos, advogados, eleitos pelos chefes, pelas circunstâncias, indicados acaso indiretamente pelo povo", comentava ele[11].

---

9. In: *Anais*, 1934, p. 36.
10. BARBOSA, Francisco de Assis. In: ARINOS DE MELO FRANCO, Afonso, *História do povo brasileiro*. São Paulo: J. Quadros Editores Culturais, 1967, 5º vol., p. 180.
11. AMADO, Gilberto, ob. cit., p. 38.

V

Mas o maior elogio a esse caprichoso esquema de fraude na fase final dos pleitos viria de um jornalista que teve certa participação na política da República Velha. E que, nas páginas do *Jornal do Comércio* e do *Diário Carioca*, publicou suas memórias, reunidas depois em livro[12].

Para Joaquim de Salles, deputado por Minas Gerais em várias legislaturas, o reconhecimento dos poderes "era uma formalidade com que a política federal realizava o equilíbrio das forças partidárias nos Estados visando, em geral, a paz no país. Não havia um grande empenho em sacrificar essa paz à verdade aparente que se atribuía à livre manifestação das urnas". O fato, segundo ele, "é que num país de analfabetos as eleições reais representariam um mal sem remédio e esta é a lição que nos vem de outras partes onde o grau de instrução das massas equivale mais ou menos ao nosso. Sem instrução popular cívica não há opinião pública, e onde não há opinião pública, eleição verdadeira é uma loucura perigosa. Nesta hipótese o melhor é um sistema misto o qual consiste em dar à verdade aparente uma proporção razoável e ao reconhecimento livre uma contribuição necessária em vista das exigências do nível elevado da representação nacional"[13].

O reconhecimento de poderes, tão arbitrário, "tinha por fim permitir o reconhecimento de homens como Sabino Barroso, Gastão da Cunha, Campista, Carlos Peixoto, João Luiz Alves, Estevam Lobo, Pandiá Calógeras e tantos outros cuja presença no Parlamento só servia para emprestar brilho à representação nacional". E ele concluía: "Reformar a lei eleitoral no sentido de dar ao voto uma expressão real seria encher Câmara e Senado da borra mental da Nação. [...] Ou a eleição seria verdadeira e a Câmara se transformaria num estábulo, ou não seria verdadeira e estaríamos em pleno regime da mentira e do ludíbrio. Durante quase 50 anos o Brasil viveu assim dessa vida artificial de uma democracia baseada na fraude e na hipocrisia. [...] Não há mal, todavia, que não traga algum proveito. O regime da

12. SALLES, Joaquim de, *Se não me falha a memória (Políticos e jornalistas do meu tempo)*. Rio de Janeiro: São José, 1960.
13. Idem, p. 122.

representação popular no Brasil, fundado na fraude, deu-nos uma fase de brilho literário e revelou muito talento que, sem ele, ficaria perdido e sem utilidade no fundo de alguma aldeia de província."[14]

VI

Dessa escolha "como flores, para ornato de bancada", bastariam dois exemplos: o primeiro do romancista Coelho Neto, o segundo do próprio Gilberto Amado, teorizador maior dessa falsidade dos pleitos que, segundo ele, levava ao maior brilho da representação.

14. SALLES, Joaquim de, ob. cit., p. 124.

12. "Pobre Coelho Neto... Não compreendeu que, quando o padrinho morre, o afilhado fica pagão"

Coelho Neto foi, graças a Pinheiro Machado, inscrito na chapa oficial e reconhecido deputado federal pelo Maranhão, em 1909. Permaneceu na Câmara, na legislatura seguinte, de 1912 a 1915 – o mandato era, então, de três anos. E, afinal, foi mais uma vez reconhecido, em 1915, encerrando, em 1918, sua atividade no Parlamento. É que lhe faltou, então, o apoio de Pinheiro, assassinado em setembro de 1915.

Em uma carta a seu amigo, João Lúcio de Azevedo, de 14 de abril de 1918, Capistrano de Abreu comentava: "Irá, também, a contestação de Coelho Neto a um diploma de deputado federal pelo Maranhão. Ainda não a li, deve estar tremenda. Pobre Coelho Neto! Captou a simpatia de Pinheiro Machado, conseguiu que o elegessem, assentou a vida sobre a base de trinta contos, fracos! fracos! e agora terá de baixar ao terço. Não compreendeu que, quando o padrinho morre, o afilhado fica pagão e quis grimpar, mobilizou a imprensa da capital, incomodou-se e obteve manifestação nos Estados por onde passava, avocou as agências telegráficas, fez conferências em São Luís. Nada compensou a falta de padrinho."

De fato, na cronologia da vida e obra de Coelho Neto, se diz: "1918 – A politicagem maranhense, com Urbano Santos à frente, excluiu o nome de Coelho Neto da representação de seu Estado, na Câmara dos Deputados; viagem do escritor a São Luís, onde a mocidade o recebe com grandes manifestações de simpatia e solidariedade; discursos candentes em praça pública e artigos vibrantes nos jornais. A imprensa brasileira, em sua totalidade, coloca-se ao lado de Coelho Neto, prestigiando-o incondicionalmente. Carta de Rui Barbosa anatematizando os politiqueiros maranhenses. Mensagem de solidariedade dos intelectuais da Paraíba a Coelho Neto, encabeçada por Carlos D. Fernandes, Orris Soares e Alcides Bezerra."

A junta apuradora das eleições realizadas em 1º de março de 1918, no Maranhão, diplomara como deputados Herculano Nina Parga, com 9.713 votos; Francisco da Cunha Machado, com 7.692; Arthur Quadros Collares Moreira, com 7.527; Marcelino Rodrigues Machado, com 7.508; Luiz Antônio Domingues da Silva, com 7.133; José Barreto Costa Rodrigues, com 5.101; e Agripino Azevedo, com 4.840.

E na ata geral figuravam, "com votação, em seguida, aos candidatos diplomados", Antônio de Castro Pereira Rego, com 3.388 votos, e Henrique Coelho Netto, com 1.230 votos. Situara-se ele, então, como segundo suplente.

II

Coelho Neto protestou, perante a Comissão dos Cinco, contra as eleições, "notadamente quanto ao candidato diplomado, Marcelino Rodrigues Machado", e, segundo o relatório da comissão, sua contestação dividia-se em duas partes: uma relativa ao processo eleitoral, outra relativa à inelegibilidade do referido candidato. Quanto ao processo eleitoral, dizia: "1) que as cédulas usadas nas mencionadas eleições foram cortadas e impressas em papel colorido, em contrário do que impõe a lei imperativa – que elas não devem ter distintivo algum (§ 5º do art. 17 da lei citada); 2) que, como consta da circular publicada no Diário Oficial do Estado, os cinco candidatos mais votados foram recomendados, não somente pelo Governador em exercício, como pelo que lhe devia suceder, como sucedeu no dia 1º de março, justamente quando se feria o pleito; 3) que, afinal, as referidas eleições, que não foram efetivamente realizadas, constituem uma farsa".

Quanto ao candidato Marcelino Rodrigues Machado, alegava Coelho Neto que ele, "por exercer o cargo de inspetor junto ao Lyceu Maranhense e não haver se exonerado antes dos três meses que precederam à referida eleição, é manifestamente inelegível, porquanto está compreendido entre os funcionários administrativos federais demissíveis independentemente de sentença judicial (art. 37, II, letra f, da Lei nº 2.308, de 27 de dezembro de 1916)". E juntou ele dois pareceres em abono de sua tese, um de Clóvis Bevilacqua, outro de José Pires Brandão.

III

Em um primeiro parecer, de 30 de abril de 1918, a Comissão afastou as primeiras alegações de Coelho Neto, entendendo que "sempre que se puder verificar a verdade da eleição, não obstante irregularidades que se tenham dado, ou sempre que a irregularidade apontada não é por si só bastante para destruir a verdade do que se afirma na ata, e não há contra esta outros elementos que possam abalar-lhe a confiança, não se deve anular a eleição"[1].

Em um segundo parecer, de 1º de maio de 1918, com respeito à imputação de inelegibilidade ao outro candidato, decidiu a Comissão: "... como diz Viveiros de Castro (*Direito administrativo*, p. 515) a fraseologia de nossa legislação não está inteiramente assentada sobre o significado das expressões – funcionários públicos – e empregados públicos – pois que geralmente as palavras – empregados públicos – designam não só esta classe especial de agentes da administração, como também todos os seus funcionários, diretos ou indiretos, e assim também a palavra – funcionários – é usada algumas vezes para designar não só os que assim tecnicamente se denominam, como quaisquer empregados públicos". E que "ainda mesmo considerados funcionários públicos os inspetores de ensino de que trata o Decreto nº 11.530, de 18 de março de 1915, não são eles demissíveis independente de sentença judicial, porquanto o exercí-

---

1. In: *Anais da Câmara dos Deputados*, sessões de 18/4/1918 a 3/5/1918. Rio de Janeiro: Imprensa Nacional, p. 363.

cio do mesmo cargo tem duração legalmente determinada, com que uma cláusula estipulada por ocasião da nomeação"[2].

Em um longo discurso, transcrito em trinta e seis páginas dos *Anais da Câmara*, Coelho Neto narra a visita que fez a Urbano Santos, vice-presidente da República, chefe político do Maranhão, quando os primeiros rumores davam pela sua substituição na chapa oficial dos deputados do Estado: "O Sr. Urbano Santos recebeu-me, com simplicidade e de pijama, no seu escritório, emparedado em livros. Quando entrei, S. Ex. tinha na mão uma brochura intercalada pelo indicador e os vincos que lhe arregoavam a fronte, como ondulações de madría em fios de procela, anunciavam que o cérebro do homem começava a abonnançar-se de tormentosas cogitações das quais eram os últimos vestígios aquelas encapeladas rugas. A acolhida foi amistosa. [...] E fui eu que rompi o silêncio interrogando sobre a minha situação indecisa. [...] S. Ex. tomou um cigarro, desfei-o, botelhou o fumo na palma côncava da mão, enrolou-o, acendeu-o de cara e banda o olho pisco e, soprando saboridamente a primeira fumaça, cruzou as pernas no estendal da cadeira, balançando graciosamente os pés esparralhados em anchas chinelas de carneira. E disse, arrufando o sobrolho: 'Que não compreendia aquilo. Estava cansado de telegrafar para o Maranhão e nada! Nem o Brício lhe respondia'. Cuspilhou de esguicho e, depois de pensar, afirmou, prefaciando as palavras com um meneio de cabeça: 'Não acreditava em modificações.'"

Coelho Neto falou, depois, da traição e de como o emissário final, que viera lhe comunicar a exclusão, criticara o chefe: "O Urbano é assim: burla, não por maldade, mas porque lhe falta a coragem da franqueza. Encolhe-se sempre em protelações, com aquele horror da responsabilidade, de que fala o filósofo e confia no tempo, que é o seu encarregado de negócios, para a resolução dos casos difíceis."

E terminou por afirmar que com ele estavam "todos os que se queixam de opressão, todas as vítimas de dolo, todos quantos, por violência ou fraude, se vêem despojados do que lhes garante a Constituição"[3].

---

2. In: *Anais...*, ob. cit., p. 585.
3. Idem, pp. 585 a 621.

Coelho Neto mostrava-se ingênuo ao supor que, com alegações jurídicas, em seu protesto à Comissão, poderia reverter o processo político de sua exclusão. E, afinal, como poderia ele indignar-se contra o vício da eleição que o afastara da Câmara, se o falseamento do pleito é que, por três vezes, o reconhecera deputado?

13. A eleição, um meio de desrepresentação

Gilberto Amado é o melhor exemplo de como, em nossa 1ª República, as decisões de todo o corpo eleitoral eram moldadas pelos círculos de poder na Capital Federal, de como todo o processo se definia pelas articulações e conchavos dos grupos dirigentes do chamado "Centro", negadas, conseqüentemente, quaisquer consultas à vontade popular. E é exemplo também de como estava restrito o acesso aos postos de relevo àqueles nascidos nos pequenos Estados.

O próprio Gilberto chegou a lamentar – e foi o único a fazê-lo, de todos os políticos do tempo – que, nascido em Sergipe, lhe caberia ser somente mero figurante na cena política.

Já em 1916, disse ele, convencera-se "de que, no Brasil, os homens não eram politicamente iguais. Gozando da igualdade jurídica perante as leis, não fruem os indivíduos as mesmas prerrogativas do ponto de vista político. Há no Brasil cidadãos de primeira, segunda, terceira, até décima categoria". Segundo ele, "os cargos não se oferecem ao indivíduo procedente de Estado pequeno com a mesma naturalidade com que se apresentam a um indivíduo de Estado grande. As situações federais são abertas aos habitantes das circunscrições que, pelo índice demográfico e capacidade econômica, constituem a realidade política da Nação"[1].

Gilberto Amado perguntava-se se seu dom de ascender à intimidade de um Pinheiro Machado, "palpitante de mando, núcleo de poder", e de um Raul Soares, "detentor em momento dado de grande soma efetiva de comando", não resultaria de uma ânsia inconsciente de compensar, pelo contato com eles, "a frustração de um filho de Estado pequeno que por si mesmo jamais poderia partilhar da direção dos acontecimentos"[2].

II

Bacharelando-se em Direito pela Faculdade do Recife, Gilberto Amado chega ao Rio em 1910 e logo se destaca em razão de um artigo, no *Jornal do Comércio*, sobre o poeta Luiz Delfino, que havia falecido. Nomeado professor de Direito Criminal da faculdade em que se formara, vai, nos começos de 1912, a Aracaju, pretendendo uma vaga de deputado federal. Mas não na chapa oficial, vai "disputar o terço, com o apoio do Centro"[3].

Ao tempo, a lei que regulava os pleitos – a Lei nº 1.269, de 15 de novembro de 1904, denominada Lei Rosa e Silva – estabelecera os distritos de cinco nomes, votando o eleitor em apenas três nomes e podendo cumular seus votos. Nos Estados cuja representação constasse apenas de quatro deputados – como Sergipe –, o eleitor votaria, também, em três nomes, reservando-se o quarto lugar, hipoteticamente, para a oposição. Era um modo de tornar efetiva a promessa da Constituição que procurara garantir, por seu artigo 28, "a representação da minoria"[4].

1. AMADO, Gilberto, *Presença na política*. Rio de Janeiro: José Olympio, 1958, p. 43.
2. Idem, p. 44.
3. AMADO, Genolino, *Um menino sergipano (Memórias)*. Rio de Janeiro: Civilização Brasileira/INL, 1977, p. 179.
4. Comentando o texto, João Barbalho esclareceu que a emenda aditiva, de que resultara a redação final do artigo, falara em "representação das minorias" e fora, "sem razão, modificada". Segundo Barbalho, "devendo a representação nacional ser como a fotografia da opinião do país e reproduzi-la com seus diferentes matizes e nas devidas proporções, é desconhecer a evidência dos fatos pretender que a respeito dos problemas políticos que interessam à nação, somente haja duas diversas manifestações da opinião pública, que esta nunca tenha senão duas únicas divisões – maioria e minoria, como se somente houvesse dois únicos modos de ver as coisas públicas, dois únicos interesses de ordem geral a pleitear, duas únicas aspirações divergentes, dois únicos partidos políticos, em suma" (in: BARBALHO, João, *Constituição Federal brasileira (1891)*, comentada. Brasília: Senado Federal, 2002, p. 82).

Mas, em verdade, o oficialismo acabava por ocupar esse espaço do "terço", indicando a chapa completa, o que sucederia na eleição de Sergipe, de 1912.

Dez dias antes do pleito, o presidente do Estado, general Siqueira de Menezes, que, de início, confirmara a Gilberto o apoio na disputa, convocou-o ao palácio, disse-lhe que, agora, era outro o candidato e mostrou-lhe um telegrama do Rio: a vaga do "terço" pertenceria ao pernambucano João Siqueira, "que não era parente do General, porém amigo do Marechal no Catete"[5].

III

Aproximando-se de Pinheiro Machado, privando de sua intimidade de líder inconteste, que fazia e desfazia carreiras políticas, Gilberto contou como lhe foi dada a notícia de que disputaria, por Sergipe, um lugar na Câmara prestigiado, agora, pelo Centro: "Sorrindo, da maneira particular que tanto o distinguia, pôs a mão em meu ombro e disse: '– Vá almoçar lá em cima, na segunda feira...' E abrindo mais o sorriso, acrescentou: 'O Valadão estará lá.' Valadão era Manuel Prisciliano de Oliveira Valadão, Governador eleito de Sergipe. Fui lá, no dia marcado. Logo que sentamos à mesa, Pinheiro, com aquela voz característica para mim inesquecível, disse: 'Valadão, exponha a esse perna-fina o que acabamos de conversar...' Tinha sido decidida a minha entrada na chapa para deputados federais na eleição que se processaria poucos meses depois."[6]

Mais tarde, pretendendo o Senado, Gilberto viu, em seu lugar, ser indicado Lopes Gonçalves, maranhense, senador pelo Amazonas: "Ao termo da legislatura, o Amazonas não quis reelegê-lo. Não o quis eleger o Maranhão. As surpresas da Política no Brasil! Sem sinal indicativo, sem prenúncio nenhum, cai-me na vida essa bomba. Amazonas recusa o gordão elogioso cuja eloqüência nada ajuntava ao Governo, nenhum serviço efetivo representava. Maranhão repudiou o filho por quem não se considerava enaltecido. Sergipe o elegera então." "– O Gilberto é moço, pode esperar."[7]

---
5. AMADO, Genolino, ob. cit., p. 180.
6. AMADO, Gilberto, *Mocidade no Rio e primeira viagem à Europa*. Rio de Janeiro: José Olympio, 1956, pp. 116-7.
7. Idem, p. 222.

Já senador, na legislatura iniciada em 1926, Gilberto iria deplorar sua acomodação ao processo vicioso das depurações, ao votar pelo reconhecimento do marechal Pires Ferreira, "quase sem votos, contra Felix Pacheco, eleito por imensa maioria". Argumentava-se contra Felix que ele devia a carreira ao marechal e que este, numa eleição verdadeira, não "a bico de pena", como a que elegera Felix, "seria fatalmente vitorioso": o reconhecimento "importaria em restabelecer a vontade fraudada do eleitorado, impossibilitado de se exprimir pela coação do Governador, favorável a Felix".

Gilberto se dobrara: "As consciências se satisfaziam com tais raciocínios. [...] Fechada a questão, como poderia o Senador por Sergipe, pessoa do Governo, com problemas da sucessão no Estado, faltar ao dever partidário de acompanhar a maioria?"[8].

IV

Em artigos, discursos, mas sobretudo em seu livro *Eleição e Representação (Curso de direito político)*, que ele considerou, depois, "trabalho fundamental em toda minha vida de publicista"[9], Gilberto Amado trouxe uma lúcida contribuição ao exame do quadro político brasileiro e das possibilidades de sua reforma.

O livro resultou de conferências, de 1931, no salão principal da Escola Nacional de Belas Artes, no Rio de Janeiro. O texto foi inicialmente publicado, naquele mesmo ano, pela Oficina Industrial Gráfica, "sem alteração de forma", segundo Gilberto, como pronunciara diante do público, guardando "o tom, o caráter da expressão oral".

Deputado, ele pronunciara, em 25 de setembro de 1925, na Câmara, o que disse ser um dos mais práticos, precisos e objetivos discursos de sua carreira. Este é transcrito ao fim do primeiro capítulo do livro. Era um momento em que se discutia a reforma da lei eleitoral – a Lei Rosa e Silva – e em que se tratava de reunir a convenção que escolheria, como candidato à Presidência, Washington Luís.

Quando pronuncia as conferências, que retomam as linhas gerais do discurso, Gilberto Amado, que se elegera senador em 1926 e perdera o posto com a Revolução de 30, estava catalogado como um dos "carcomidos" da República Velha.

---

8. AMADO, Gilberto, *Depois da política*. Rio de Janeiro: José Olympio, 1960, p. 19.
9. AMADO, Gilberto, *Presença na política*, p. 291.

Uma perspectiva elitista perpassa sua análise e suas propostas. Para o cientista político Olavo Brasil de Lima Júnior, autor da introdução à edição publicada do livro pelo Senado Federal, o pensamento de Gilberto Amado se caracterizaria "como sendo de corte liberal, mas elitista, acrescido de um tom nacionalista romântico"[10].

Os pontos centrais de sua análise fundavam-se, primeiro, na assertiva de que eleição e representação eram coisas diferentes: a eleição poderia ser "um instrumento, um meio de *desrepresentação*, em vez de *representação*". E argumentava que as eleições no Rio de Janeiro, nos últimos anos, eram feitas "ao abrigo de toda a fraude". Mas, vendo a fragilidade dos que eram eleitos para o Conselho Municipal do Distrito Federal, "na terra de Oswaldo Cruz, de Miguel Couto, dos sábios da Politécnica, dos professores de Direito, dos grandes jornalistas, de tanta gente notável", ele estigmatizava: "Às vezes, quanto mais verdadeira a eleição, mais corrupta ela é, mais contrária ao espírito de representação, à finalidade da democracia."[11]

Essa verdadeira desrepresentação viria da ausência de partidos, "núcleos de interesses objetivando-se por meio do sufrágio organizado em definições parlamentares".

Adepto fervoroso do sistema proporcional, Amado foi otimista em avançar sua utilização em todo o mundo: "A França está discutindo o projeto que a estabelece para as eleições do próximo ano, e a Inglaterra quase a adotou, na Câmara dos Comuns, por ocasião da votação da reforma eleitoral no começo deste ano. Os Estados Unidos marcham, a passos largos, para ela. E são os únicos países importantes que, à exceção dos sul-americanos, ainda não a estabeleceram."[12]

Suas previsões não se confirmaram: na França, a representação proporcional foi adotada brevemente, em 1945 e 1986; nos Estados Unidos e na Inglaterra, não vingou.

Como propostas para a reforma de nossas instituições, alinhou Gilberto, "retirar-se o governo da União e o governo dos Estados –

---

10. Essa introdução foi, seguramente, o último texto elaborado por Olavo Brasil de Lima Júnior antes de falecer. Autor de *Partidos políticos brasileiros: a experiência federal e regional – 1945/1964* (Rio: Graal, 1983), *Sistema eleitoral brasileiro – Teoria e prática* (Rio: Iuperj/Rio Fundo Editora, 1991), *Democracia e instituições políticas no Brasil dos anos 80* (São Paulo: Loyola), *Instituições políticas democráticas: o segredo da legitimidade* (Rio de Janeiro: Jorge Zahar, 1997), Olavo Brasil de Lima Júnior trouxe uma valiosíssima contribuição aos estudos políticos e, de modo especial, ao exame dos partidos, que analisou com o equilíbrio e a correção que marcaram sua vida de pesquisador.
11. AMADO, Gilberto, *Eleição e representação*. Brasília: Senado Federal, 1999, p. 29.
12. Idem, p. 4.

completamente – do terreno eleitoral e das lutas políticas"[13]. O Código Eleitoral de 1932 viria, ao entregar o reconhecimento e a verificação dos poderes a um Justiça especial, atender ao que se dizia ser uma aspiração geral: "arrancar-se o processo eleitoral, ao mesmo tempo, do arbítrio dos governos e da influência conspurcadora do caciquismo local"[14].

Depois, Gilberto Amado valorizou o papel dos partidos. Sem eles, "sem esses instrumentos imperfeitíssimos, incompletíssimos, atacados por uns (os teóricos da força) aqui e ali, mas prevalecentes e sobreviventes em todo o mundo", qualquer idéia de eleição ou de representação teria, no Brasil, "um caráter mentiroso, indigno, pulha, será um logro, uma farsa, igual a em que temos vivido"[15].

O Código de 1932 viria logo após, pela primeira vez em nossa legislação, falar de partidos e coligações. Mas permitia ainda que "grupos de cem eleitores, no mínimo", pudessem registrar listas de candidatos. E mais, que candidatos avulsos – que não constassem das listas registradas – pudessem disputar os pleitos.

Somente no final de 1945, com o encerramento do Estado Novo, é que se trouxe, com o Decreto-lei nº 7.586, o monopólio que não mais seria quebrado, no país, dos partidos políticos na apresentação dos candidatos. Daí por diante, somente eles concorreriam à expressão do sufrágio.

Gilberto Amado sugeriu, finalmente, um círculo único com a representação proporcional para suprir as deficiências da eleição por circunscrições, na expressão das diversas correntes nacionais. A primeira conseqüência desse círculo único seria "que os deputados dos estados defenderiam os seus estados, velariam pelos interesses dos seus estados, porque filhos desses estados lhe conhecem mais as necessidades, mas como brasileiros. Seriam deputados da nação, obedeceriam ao partido nacional, a que se houvessem filiado, mas não ao chefe local, municipal ou estadual, como atualmente acontece". E os grandes Estados não seriam prejudicados, pois, sendo os mais populosos, teriam, obviamente, maior quantidade de números uniformes, e, portanto, maior número de deputados. E prevaleceriam ainda na aplicação das sobras e restos, porque teriam maior

---

13. AMADO, Gilberto, ob. cit., p. 149.
14. Exposição de Motivos da 19ª Subcomissão Legislativa. In: CABRAL, João G. da Rocha, *Código Eleitoral da República dos Estados Unidos do Brasil*. 3ª ed., Rio de Janeiro: Freitas Bastos, 1934, p. 31.
15. AMADO, Gilberto, ob. cit., pp. 151-2.

soma de votos para completar os números uniformes necessários à distribuição das cadeiras vagas pelos partidos[16].

V

Seria curioso imaginar o que resultaria se a sugestão de um círculo único, nas eleições para a Câmara Federal, fosse aprovado em nosso país. O número de votos válidos nas ultimas eleições proporcionais de outubro de 2002, num total de 67.330.959, dividido pelo número de cadeiras na Câmara, 513, indicaria o quociente eleitoral de 131.249. Os quocientes aplicados no último pleito, em razão da limitação constitucional de um mínimo de 8 e um máximo de 70 deputados por Estado, implicaram a seguinte distribuição de cadeiras:

Unidades da Federação	Votos válidos	Quociente	Vagas na Câmara
Acre	278.558	34.819	8
Alagoas	1.165.608	129.512	9
Amazonas	1.148.892	143.611	8
Amapá	241.112	30.139	8
Bahia	5.956.123	152.721	39
Ceará	3.628.331	164.924	22
Distrito Federal	1.208.641	151.080	8
Espírito Santo	1.652.841	183.649	9
Goiás	2.610.673	153.569	17
Maranhão	2.427.031	134.835	18
Minas Gerais	9.605.817	181.241	53
Mato Grosso do Sul	1.095.345	136.918	8
Mato Grosso	1.269.818	158.729	8
Pará	2.661.234	156.543	17
Paraíba	1.723.093	143.591	12
Pernambuco	3.812.927	152.517	25
Piauí	1.472.161	147.216	10
Paraná	5.146.730	171.557	30
Rio de Janeiro	8.061.181	175.243	46
Rio Grande do Norte	1.460.644	182.580	8
Rondônia	658.831	82.353	8
Roraima	168.972	21.121	8
Rio Grande do Sul	5.943.320	191.720	31
Santa Catarina	3.066.400	191.650	16
Sergipe	866.673	108.334	8
São Paulo	19.611.558	280.165	70
Tocantins	589.968	73.746	8

16. AMADO, Gilberto, ob. cit., p. 154.

Com a aplicação do novo quociente, válido para toda a nação – a modos de países de pequena extensão, como Israel e Holanda –, haveria uma drástica redução das bancadas desses ex-territórios, Amapá, Rondônia, Roraima, a redistribuição das cadeiras por outros Estados – de modo especial São Paulo, que passaria a ter pelo menos 149 deputados – e se encerraria um debate recorrente, que se iniciou em nossa primeira Constituinte republicana. Mas talvez se atentasse, assim, contra nossa situação de país federal, com tão grandes diferenças demográficas e econômicas entre as unidades federadas.

Segundo Duverger, o federalismo se constituiria em "um maravilhoso meio para justificar as desigualdades de representação"[17]. É que, na cena eleitoral, ele pretende substituir a idéia da representação dos indivíduos pela das comunidades naturais. E resulta, então, que circunscrições menores, menos povoadas, se valorizem eleitoralmente, em detrimento de outras, de maior área geográfica e maior densidade populacional.

Que se tenha, no Brasil, estabelecido um mínimo e um máximo de representantes por Estados, na Câmara, levou a que, em estudo pioneiro, de 1959, o mestre Miguel Reale formulasse um protesto. Nada permitiria, segundo ele, que considerações peculiares ao sistema federalista – que incidem na formação do Senado – influíssem na composição da Câmara[18].

Depois dele, pronunciaram-se grandes nomes de nosso quadro acadêmico, a maior parte reivindicando que se imitasse aqui a fórmula americana – copiada por inteiro em tantos outros itens – e que se limitasse a aplicação do critério federativo à igualdade de representação no Senado.

A única voz a justificar essa nossa desigualdade na Câmara foi a de Wanderley Guilherme dos Santos. Lembrando que José de Alencar, há mais de cem anos, ensinara que a boa representação política precisaria evitar dois extremos – o rolo compressor da maioria sobre a minoria e o veto paralisante desta sobre a primeira –, Wanderley disse que a tradição brasileira, ao inverso da americana, nunca foi a do perfeito equilíbrio dos Estados na Câmara, mas "a do prudente

---

17. In: COTTERET, Jean Marie; ÉMERI, Claude e LALUMIÈRE, Pierre, *Lois électorales et inegalités de répresentation en France*. Paris: Armand Colin, 1960, p. IX.
18. REALE, Miguel, "O sistema de representação proporcional e o regime presidencial brasileiro". *Revista Brasileira de Estudos Políticos*, nº 7, nov. 1959, p. 9.

alencariano estabelecimento de faixas e limites para a representação das maiores e menores unidades federais"[19].

Alencariano e também – acrescentamos – epitaciano, pois o primeiro a reclamar da força dos grandes Estados e do esmagamento das unidades federadas menores foi Epitácio Pessoa. Propondo, na Constituinte de 1890/1891, uma representação igual, na Câmara como no Senado, foi seu esforço que motivou, afinal, a disposição da Carta estabelecendo um mínimo de quatro representantes para cada Estado-membro[20].

---

19. SANTOS, Wanderley Guilherme dos, "Representação, proporcionalidade e democracia". *Estudos Eleitorais*. Brasília: TSE, nº 1, jan./abr. 1997, p. 179. Essa discussão é tratada com mais vagar em livro anterior do autor, *O voto no Brasil*. 2ª ed., Rio de Janeiro: Topbooks, 2002, pp. 395 ss.
20. In: ROURE, Agenor de, *A Constituinte republicana*. Brasília: Senado Federal, p. 373.

14. De Dantas foi a vitória, Chico Marreta morreu

Também nos Estados se dava a verificação e o reconhecimento dos poderes pelo Legislativo, que julgava, no fundo e na forma, as eleições para o governo e a Assembléia; no caso de Pernambuco, também, para o Senado estadual. E se via, igualmente, nesse julgamento, a pressão do situacionismo local e, por vezes, do federal, invalidando a verdade das urnas. Se bem que aí pese sempre a dúvida, já que, na qualificação dos eleitores, no depósito dos votos, na apuração, vícios e fraudes acumulavam-se, podendo bem se repetir, com o senador Rosa e Silva, em discurso de 1924, que "entre eleições fictícias e eleições presididas por governos que não permitem o voto aos adversários, todas as atas estão nas mesmas condições, cabendo ao poder verificador o livre arbítrio de escolher"[1].

Paradigmático foi o pleito de dezembro de 1911, em Pernambuco, quando se defrontaram, para o governo do Estado, o mesmo senador Rosa e Silva e o general Dantas Barreto.

Como explicou Costa Porto, Rosa e Silva vinha dirigindo o Estado havia quinze longos anos, reinando, desde 1896, pelos governadores Correia da Silva, até 1889; Sigismundo Gonçalves, que lhe completou o mandato; Gonçalves Ferreira, de 1900 a 1904; outra vez Sigismundo,

1. In: *Diário do Congresso*, sessão de 21/5/1924.

de 1904 a 1908; e, finalmente, Herculano Bandeira, de 1908 a 1912. "Montara sua máquina, dominava todas as posições, tinha a polícia, o fisco, o tesouro, mandava e desmandava."[2] Mas com a eleição, em 1910, do marechal Hermes da Fonseca para a Presidência da República, vencendo Rui Barbosa e a "reação civilista", o bloco militar entendeu devesse afastar as forças oligárquicas, com domínio sobretudo nos Estados do Norte e Nordeste do país. O que se denominou de "salvações" justificou a ação do Exército no Amazonas, no Ceará, no Rio Grande do Norte, em Alagoas, na Bahia e também em Pernambuco, onde, contra a força de Rosa e Silva, foi preciso apresentar a candidatura do então ministro do Exército, Dantas Barreto.

Dantas era pernambucano, filho de humildes agricultores do município de Bom Conselho. Mas saíra, criança, do Estado, indo para o Rio, onde depois ingressara como voluntário nas tropas que lutariam no Paraguai, retornando oficial, por atos de bravura.

II

Do que foi a campanha para o governo de Pernambuco, da selvageria que a contaminou, com choques de rua, com assassinatos, dá conta largamente a crônica política[3].

E inúmeros os episódios cômicos, bastando referir dois deles: em um comício organizado pela oposição dantista, compareceu o próprio chefe de polícia, Ulisses Costa, a fim de manter a ordem. Os ânimos se exaltaram, as casas comerciais fecharam as portas, tiros espoucaram, e o chefe de polícia foi alvo de agressão, a bengaladas, por um senhor de engenho, Sebastião Alves, presidente da Liga Comercial Pró-Dantas. O primeiro promotor da capital ofereceu denúncia contra o agressor por desacato à autoridade, agravado por lesão corporal, embora leve, mas sem nenhum resultado. Conhecido e famoso, depois do incidente, Sebastião Alves carregou, enquanto viveu, o apelido de "Bengala Santa".

---

2. PORTO, José da Costa, *Os tempos de Rosa e Silva*. Recife: UFPE, 1970, p. 182.
3. Em São José do Egito, como conta Ulysses Lins, "a cidade foi cercada por algumas dezenas de homens armados... e um dos componentes do grupo, Marçal Salvador, atirara no administrador da Mesa de Rendas do Estado, Filipe Henrique Girão, matando-o, na ocasião em que, pela manhã, muito cedo, ele abria a porta da repartição" (ALBUQUERQUE, Ulysses Lins de, *Um sertanejo e o sertão*. Belo Horizonte: Itatiaia, 1989, p. 71).

Outro episódio burlesco deu-se quando, em 2 de novembro de 1911, ouviram-se, no interior do quartel do 1º Corpo de Polícia, o que pareceram apupos em favor do general Dantas Barreto, dando a impressão de que integrantes da corporação, tida como "rosista", aclamavam o candidato adversário. E a imprensa de oposição explorou o fato de que o dantismo começara a empolgar a própria força policial. Mas a versão oficial, de grande ridículo, trazida pelo *Jornal do Recife*, foi a de que não era real "que qualquer soldado da polícia tenha dado vivas ao General Dantas Barreto. Os soldados deram vivas ao seu companheiro Marreta". E se explicava que um cabo do 1º Batalhão, conhecido como Marreta, fizera aniversário e sua mãe fora ao quartel, levando-lhe uma galinha assada que, distribuída a seus companheiros, provocou destes vivas entusiásticos à "mãe do Marreta". Daí por diante, os dantistas começaram a chamar Rosa e Silva de "Mãe do Marreta", e de "marretas" seus correligionários. E, em um dos jornais, Cabrion – pseudônimo do poeta Mendes Martins – glosou: "A coisa é mesmo horrorosa / terrível, medonha, preta / mudar o nome de Rosa / para o de Mãe do Marreta."[4]

Em um dos teatros da cidade, um espetáculo seduzia os espectadores e, entre suas canções, uma, simples e contagiante, com o título de *Vassourinhas*. A marchinha foi adaptada para a cena política e todos cantavam assim: "Pernambuco há vinte anos, Pernambuco há vinte anos que vivia escravizado / o General Dantas Barreto, o General Dantas Barreto vem salvar o nosso Estado / salvai, salvai, querido General / o nosso Estado das mãos do traidor / vem libertar o povo escravizado / vem semear a paz, a luz, o amor."[5]

III

A eleição deveria realizar-se em março de 1912, mas o governador Herculano Bandeira renunciou ao cargo e, pela Constituição, o pleito deveria ocorrer sessenta dias após a renúncia, em 5 de novem-

---

4. Como explica Costa Porto, a palavra "Marreta", como se colhe do romance de João Clímaco, *Sol posto*, também foi vulgar no Ceará, aplicada aos adversários de Francisco Rabelo, partidários de Floro Bartolomeu e do Padre Cícero: "Ali, o rabelismo encarnava a 'salvação' e os floristas, de algum modo, representavam o velho espírito da oligarquia aciolista, quase a repetir, em Pernambuco, o conflito Dantas versus Rosa" (PORTO, José da Costa, ob. cit., pp. 194-5).
5. PORTO, José da Costa, ob. cit., p. 190.

bro. Costa Porto explica: "... segundo a Constituição estadual, as eleições governamentais deveriam ter lugar de quatro em quatro anos, 120 dias antes da posse, fixada em 7 de abril – portanto, no caso, a 7 de dezembro de 1911. Mas a Carta de 17 de junho omitira a hipótese de vaga do cargo, o que foi corrigido por lei complementar de 1904, segundo a qual, nesta hipótese, a eleição deveria processar-se 60 dias após sua ocorrência"[6].

Com a renúncia do governador Herculano, antecipava-se o pleito para 5 de novembro, diferença pequena, de um mês e dois dias, mas tempo precioso para a situação rosista, já que o interesse da oposição era contar com mais tempo para a campanha, com a candidatura de Dantas ganhando, a cada momento, mais força.

Rosa e Silva não esperava que, por atos ou por omissão, o governo Hermes da Fonseca apoiasse a "salvação" que o vitimaria. Afinal, o presidente muito lhe devia: fora ele, Rosa e Silva, que desempatara a hesitação do Partido Republicano ante sua candidatura, como contou Rui Barbosa em discurso de novembro de 1914[7]. E, depois, Rosa recusara sua própria candidatura, segundo o relato de João Mangabeira: diziam todos que o candidato ideal seria Rosa e Silva, que traria consigo Pernambuco, podendo o eixo São Paulo–Rio–Bahia–Pernambuco modificar os rumos dos acontecimentos, tanto mais quanto Rosa atrairia pelo menos a maioria do Norte. Mas, adianta Mangabeira, "homem de lealdade absoluta", o pernambucano "cortou, curto, a conversa, antes que José Marcelino a respeito lhe falasse, quando este procurou sondá-lo"[8].

Toda a crônica é concorde em que o comandante do 5º Distrito, general José Carlos Pinto Júnior, tenha, até as eleições, se mantido com isenção. Dele disse Joaquim Pimenta: "Hábil, sagaz, maneiroso, acolhendo sempre risonho e indistintamente quantos o procurassem... Aparentando uma neutralidade fria, retilínea, inquebrantável entre governistas e oposicionistas, insinuava-se na confiança de uns e de outros, fazendo crer, por declarações reiteradas, por modos cavalheirescos, por atitudes que menos pareciam de um homem de espada do que de um sereno e afável juiz de paz, que a sua presença em Pernambuco só visava a único fim: proporcionar a todo o que

---
6. PORTO, José da Costa, ob. cit., p. 173.
7. Discurso de 13/11/1914. In: *Diário do Congresso Nacional*, de 14/11/1914, p. 2913.
8. PORTO, José da Costa, ob. cit., p. 164.

estivesse a seu alcance para o pleito corresse livremente, com amplas garantias sem tumultos, sem agressividade, sem represálias."[9] Mas não foi o que se viu depois de realizado o pleito. Dantas foi vitorioso em Recife, Cabo, Escada, Jaboatão, Caruaru. As urnas do sertão do Estado, no entanto, trouxeram esmagadora maioria para Rosa e Silva. E o *Diário de Pernambuco*, de propriedade de Rosa e Silva[10], publicava o resultado final: Rosa e Silva – 21.613 votos; Dantas Barreto – 19.585, com a diferença, então, para o primeiro, de apenas 2.200 votos.

Passava-se, então, para a grande batalha do "reconhecimento". E tudo parecia contrário a Dantas. Primeiro porque sempre se argüira sua inelegibilidade, por lhe faltarem os quatro anos de domicílio, como exigia a Constituição estadual. É certo que os juristas ligados aos homens das "salvações" já tinham trazido a ressalva de que o requisito do domicílio não valeria com relação a diplomatas e militares que, "sem pouso certo, sem domicílio escolhido livremente – pois teriam de trabalhar onde fossem destacados – votariam e seriam votados em qualquer parte do país"[11].

Depois, no Senado estadual e na Câmara, Rosa e Silva reunia esmagadora maioria. Dos quinze membros do Senado, catorze em exercício, e dos trinta deputados da Câmara, vinte e oito em exercício, Dantas somente contava com três dos deputados.

Mas a violência que se instalou no Recife, com o povo e o Exército em conflito com a força policial, veio em favor de Dantas. Senadores e deputados deixaram a capital e o próprio governador, Estácio Coimbra, afastou-se para seu engenho, no município de Barreiros, deixando seu secretário-geral, doutor Florentino dos Santos, encarregado de "responder pelo expediente".

O general Carlos Pinto entendeu que o governo ficara acéfalo e intimou o presidente do Senado, Antônio Pernambucano, como substituto legal de Epitácio. Impossibilitado de tomar posse, ao que disse, por "forte crise nervosa", Pernambucano esquivou-se da mis-

---

9. PIMENTA, Joaquim, *Retalhos do passado*. Rio de Janeiro: Departamento de Imprensa Nacional, 1949, pp. 130-1.
10. Na edição de 7 de novembro, com a fotografia de seu diretor-proprietário, "eleito para o período 1911-1915", liam-se estes versos: "Rujam ódios insanos / Esbravejem despeitos insensatos / Pela evidência lógica dos fatos / Este é o eleito dos pernambucanos" (in: PORTO, José da Costa, ob. cit., pp. 196-7).
11. PORTO, José da Costa, ob. cit., p. 200.

são. O que deu motivo a que o general Carlos Pinto convocasse o vice-presidente, padre Bezerra de Cavalho, para assumir o cargo[12].

Seu primeiro ato foi convocar o Congresso para, com o resultado do pleito, julgá-lo e reconhecer o vitorioso. E a 18 de dezembro de 1911, numa assembléia de quarenta e dois representantes, compareceram somente treze, cinco senadores e oito deputados.

Depois da anulação de muitas seções, por irregularidades e fraude, a conclusão foi que Dantas Barreto havia obtido 19.523 votos, contra 18.353 de Rosa e Silva.

Dantas havia ganho por 1.164 votos. O povo, nas ruas, então saudou: "De Dantas foi a vitória / Chico Marreta morreu."[13]

---

12. No jornal, Cabrion comentou: "Com a vida não há quem possa / Ó destino extraordinário / Lá vai finalmente a joça / Cair nas mãos do vigário" (in: PORTO, José da Costa, ob. cit., p. 215).
13. PIMENTA, Joaquim, ob. cit., p. 137.

15. A tal Comissão dos Cinco acaba fazendo o sete

O não-reconhecimento e a conseqüente não-diplomação daqueles que apareciam à opinião pública como eleitos denominou-se, na crônica política, "degola"[1]. E tanto se repetiu o fenômeno que, em 1925, no Manifesto dos Libertadores Rio-Grandenses, dizia Assis Brasil: "Ninguém tem certeza de ser alistado eleitor; ninguém tem certeza de votar, se porventura for alistado; ninguém tem certeza de que lhe contem o voto, se porventura votou; ninguém tem certeza de que esse voto, mesmo depois de contado, seja respeitado na apuração da apuração, no chamado terceiro escrutínio, que é arbitrária e descaradamente exercido pelo déspota substantivo, ou pelos déspotas adjetivos, conforme o caso for da representação nacional ou das locais."[2]

1. O termo teria sido retirado da sangrenta realidade das lutas do Rio Grande do Sul, onde se eliminavam, efetivamente, os adversários e transposto para o quadro mais ameno da fraude, no reconhecimento dos diplomas e em que a degola representava somente a morte política dos contendores. Das dez mil vítimas da Revolução de 1893, no Rio Grande do Sul, pelo menos mil, ao que se conta, teriam sido degoladas. Segundo Alfred Jacques, o processo era explicado por um gaúcho velho: "Hay dos maneras de degollar um cristiano, a la brasileira (dois talhinhos seccionando as carótidas) ou a la criolla (de orelha a orelha)" (in: PORTO, Walter Costa, *Dicionário do voto*. 2ª ed., Brasília UnB, 2000, p. 157).
2. In: *Idéias políticas de Assis Brasil* (org. Paulo Brossard). Brasília/Rio de Janeiro: Senado Federal/Fund. Casa Rui Barbosa, vol. III, 1990, p. 277.

E, entre tantos casos, poderiam ser citados, entre os de maior repercussão:

No Governo Campos Sales – Em 1900, a preterição de Washington Luís, votado por São Paulo. Opositor do Partido Republicano Paulista, seu afastamento foi determinado por Campos Sales, de acordo com o governador Fernando Prestes[3]. E também, a degola de todos os candidatos paraibanos – o senador e os deputados – apoiados pelo governador do Estado, Gama e Melo.

Campos Sales, aí, apoiando seu ministro Epitácio Pessoa[4], contrariou seu entendimento de que, no reconhecimento, o fator preponderante seria o da "maior presunção de legalidade", e a presunção, "salvo prova em contrário", seria "a palavra daquele que se diz eleito pela política dominante no respectivo Estado"[5].

No governo Rodrigues Alves – Em 1904, o não-reconhecimento de Leopoldo Correia, candidato por Minas, e de Bernardo Jambeiro e Salvador Pires, pela Bahia, e a diplomação, em seu lugar, de Lamounier Godofredo, Eugênio Tourinho e Felix Gaspar, segundo a crônica política, "estrondosamente derrotados".

No Senado, o reconhecimento do barão de Ladário, que tivera apenas 270 votos, contra 7.334 de seu competidor, Antônio Bittencourt.

No governo Afonso Pena – A degola de Aurelino Leal, candidato único na Bahia. Convocado para ministro da Viação Miguel Calmon, deputado pelo 1º Distrito da Bahia, a situação baiana indicou, para a vaga, Aurelino Leal, que não teve competidor. A eleição foi a 17 de fevereiro de 1907, mas, em abril, cindiu-se o Partido Republicano na Bahia. José Marcelino ficou contra Severino Vieira e, com este, Aurelino, afinal não-diplomado. No Senado, a degola de J. J. Seabra, candidato por Alagoas, e o reconhecimento, pelo Rio, de Quintino Bocaiúva.

No governo Nilo Peçanha – O não-reconhecimento do candidato à Câmara, numa vaga do 1º Distrito da Bahia, Virgílio de Lemos, apresentado pelo governador Araújo Pinho e pelo senador Rui Barbosa.

---

3. Em 1930, o filho do coronel Fernando Prestes, Júlio Prestes, foi o candidato à Presidência da República, vitorioso, apoiado pelo presidente Washington Luiz.
4. Como comentou Dunshee de Abranches, abandonou-se, "quanto ao caso dos candidatos de Epitácio Pessoa, o critério do Catete" (ABRANCHES, Dunshee de, ob. cit., p. 309). Epitácio nem conseguiu fazer, depois, o sucessor de Gama e Melo (in: PEDREIRA, Mário Bulhões, *Defesa dos ex-senadores no caso da Paraíba*, citados por CARONE, Edgard, *A República Velha – Instituição e classe social*. 2ª ed., São Paulo: Difel, 1972, p. 306).
5. Carta de Campos Sales a Rodrigues Alves, citada por CARONE, Edgard, ob. cit., p. 308.

No governo Hermes da Fonseca – Em 1912, o não-reconhecimento de nenhum deputado oposicionista de Pernambuco.

No governo Wenceslau Braz – Em 1915, o reconhecimento, como senador, de Rosa e Silva, contra a candidatura de José Bezerra, que adiante será explicitado. E, em julho daquele ano, a degola de Ubaldino Amaral que, candidato ao Senado pelo Paraná, obtivera 14.507, contra 4.554 de seu opositor, Xavier da Silva, afinal reconhecido.

II

Pesquisadora que examinou o mecanismo das Comissões Verificadoras de Poderes, de 1894 a 1930, Maria Carmem Côrtes Magalhães encontrou um percentual de 9% de não-reconhecimentos, em relação ao total de diplomações. Eis o quadro que apresentou em sua tese, aprovada pelo Departamento de História da Universidade de Brasília:

LEGISLATURAS DE 1894 A 1932

Legislaturas	Reconhecidos	%	Não reconhecidos	%	Total
1894/1896	212	99,9	1	0,1	213
1897/1899	212	92,6	17	7,4	229
1900/1902	212	74,1	74	25,9	286
1903/1905	212	94,6	12	5,4	224
1906/1908	212	94,3	17	7,4	229
1909/1911	212	70,0	12	5,7	224
1912/1914	212	77,1	91	30,0	303
1915/1917	212	98,6	63	22,9	275
1918/1920	212	97,7	3	1,4	215
1921/1923	212	97,3	5	2,3	217
1923/1926	212	100,0	6	2,7	218
1927/1929	212	100,0	—	—	212
1930/1932	212		—	—	212
TOTAIS	2.756		301		3.057

6

6. MAGALHÃES, Maria Carmem Côrtes, *O mecanismo das "Comissões Verificadoras" de Poderes (Estabilidade e dominação política, 1894-1930)*. Brasília: UnB, Departamento de História, 1986, p. 95.

III

Curioso é que Maria Carmem Côrtes Magalhães não tenha encontrado, nos anais da Câmara, nenhum caso de não-reconhecimento nos trabalhos preparatórios das legislaturas de 1927 e 1930, o que parece contradizer o que informam estudiosos do período, de modo especial ao se referirem aos casos de Minas Gerais e da Paraíba, em 1930. Assim, Edgard Carone, para quem, "entre abril e maio de 1930, são sistematicamente 'degolados' 14 deputados situacionistas de Minas Gerais e todos os deputados da Paraíba e nenhum do Rio Grande do Sul"[7]. Ou Barbosa Lima Sobrinho, para quem o Rio Grande do Sul "foi pouco mais que um mero espectador da decisão da maioria, que deu 14 lugares, na bancada de Minas, à Concentração Conservadora, e negou qualquer posto, na representação da Paraíba, aos amigos do Sr. João Pessoa"[8]. Ou Afonso Arinos, que afirmou: "a corrupção eleitoral campeou na degola de toda a bancada federal da Paraíba e em grande parte da mineira, na farsa do reconhecimento eleitoral"[9]. Ou Glauco Carneiro, para quem "dois fatos desastrosos vieram quebrar o relativo torpor em que havia ficado momentaneamente a oposição: a degola dos aliancistas mineiros (14) e de toda a bancada paraibana no Congresso"[10].

Mas a explicação estaria no fato de que, nos dois casos, a "degola" se procedeu nos próprios Estados. É o que explica João Neves da Fontoura: na Paraíba, "uma junta adrede organizada diplomara somente os adversários de João Pessoa, que haviam sido batidos nas urnas. Para ter-se a idéia desse escândalo, basta repetir que, enquanto a chapa Vargas Pessoa ali obtivera 26.095 votos, a combinação Júlio Prestes–Vital Soares não fizera senão 10.579. Pois aquela considerável maioria – segundo a junta – não lograra eleger um só deputado, ao passo que seus contendores conseguiram fazer a bancada inteira!"[11]

---

7. CARONE, Edgard, *A República Velha – Evolução política*. São Paulo: Difel, 1971, p. 416.
8. BARBOSA LIMA SOBRINHO, *A verdade sobre a Revolução de Outubro – 1930*. 2ª ed., São Paulo: Alfa-Omega, 1975, p. 106.
9. ARINOS DE MELO FRANCO, Afonso, *História do povo brasileiro – A República, as oligarquias estaduais*. São Paulo: J. Quadros Editores Culturais, 1967, vol. V, p. 325.
10. CARNEIRO, Glauco, *História das revoluções brasileiras*. 2ª ed., Rio de Janeiro: O Cruzeiro, 1965, p. 367.
11. FONTOURA, João Neves da. *Memórias – A Aliança Liberal e a Revolução de 1930*. Rio de Janeiro: Globo, 1963, vol. II, p. 310.

Maria Carmem Côrtes Magalhães, quanto a Minas, explica: "Em 1930, a 5ª Comissão de Inquérito, responsável pelo estudo do processo eleitoral de Minas Gerais, acusa o não recebimento da documentação proveniente das Juntas Apuradoras locais. Na 2ª Sessão Preparatória, em 16 de abril de 1930, a 'Comissão dos Cinco' emite seu Parecer nº 1, dizendo que 'A comissão nomeada para estudar os diplomas dos candidatos a Deputados que vão formar a 14ª Legislatura da República, tendo examinado atentamente os documentos que lhe foram apresentados, é de parecer que sejam considerados legalmente diplomados os 175 Deputados constantes da lista anexa. Do Estado de Minas Gerais não foi presente à Comissão nenhum diploma pela respectiva Junta Apuradora'. Mas Minas Gerais não ficou sem representação política, pois a 5ª Comissão, de acordo com o art. 5º, § 3º, do Regimento Interno da Câmara, ficou encarregada de apurar os resultados eleitorais dos setes distritos deste Estado e, feito esse trabalho no período de 1º a 11 de maio de 1930, emitiu os pareceres que depois de votados em plenário apresentaram todos os trinta e sete deputados, reconhecidos e empossados no dia vinte de maio de 1930."[12]

Ela insiste: "Numericamente, as Legislaturas de 1927 e 1930 não revelam nenhum problema no processo da 'Verificação dos Poderes.'" Mas indaga: "Os números revelam tudo? O que há por trás do atraso da documentação eleitoral que deveria ser enviada para a Câmara Federal logo nas primeiras sessões preparatórias? Por que as Juntas Apuradoras não fizeram a apuração dos votos em todos os distritos mineiros?"[13]

São questões, conclui Maria Carmem, a serem ainda pesquisadas.

IV

E a decisão pelo reconhecimento das bancadas dos dois Estados – afinal, em obediência ao Regimento que, com a reforma de 1902, entendia por "diploma legítimo o documento que tiver sido expedido pela maioria da junta apuradora" – foi defendido pelo senador Firmino Paim Filho, do Rio Grande do Sul a quem o velho líder

12. MAGALHÃES, Maria Carmem Côrtes, ob. cit., pp. 100-1.
13. Idem, p. 101.

daquele Estado, Borges de Medeiros, havia pedido que verificasse no Rio a possibilidade de um acordo que restituísse a paz à Paraíba. Em manifesto de 7 de outubro de 1930, relata o senador: "A luta na Paraíba resultou não da atuação dos adversários da Aliança Liberal, mas do dissídio aberto, às vésperas do pleito, no partido dominante, em virtude da organização da chapa de deputados e escolha do candidato a senador. Haviam sido sumariamente excluídos o Sr. Antônio Massa, que representava há longos anos a Paraíba no Senado e era vice-presidente da executiva central da Aliança; o Sr. João Suassuna, ex-presidente do Estado; o Sr. Daniel Carneiro, que andava pelo norte em excursão eleitoral, numa das caravanas da Aliança, e o Sr. Oscar Soares, ex-líder da bancada. Fora conservado na chapa de deputados unicamente o Sr. Carlos Pessoa. Não me cabe examinar essa decisão da política oficial da Paraíba. Permite-se-me dizer apenas que ela contrastava com o procedimento, por nós observado no Rio Grande, onde, para evitar todo e qualquer atrito, a situação dominante fez concessões aos libertadores, seus aliados. A eleição feriu-se na Paraíba em condições difíceis, já declarado o rompimento da frente situacionista e iniciada a luta pelas armas. Dessa circunstância tiraram partido os adversários. Foram, afinal, reconhecidos, no Senado, e na Câmara, os candidatos contrários ao malogrado João Pessoa. Esse reconhecimento se deve por força do critério geral dos diplomas firmados, na Câmara e no Senado, e em virtude do qual entraram, sem embaraço algum, para as duas casas do Congresso, todos os adversários da maioria, diplomados pelas juntas do Distrito Federal e dos Estados."[14]

V

Mas nem sempre a decisão dos "déspotas adjetivos" – no dizer de Assis Brasil, os chefetes regionais – era, no Rio, sancionada pelo "déspota substantivo", que encarnava "o Centro", como se costumava denominar. Em muitos casos houve, sim, grande embaraço à entrada, nas duas Casas do Congresso, dos "adversários da maioria, diplomados pelas juntas do Distrito Federal e dos Estados".

14. In: SILVA, Hélio, *1930 – A revolução traída (O ciclo de Vargas)*. 2ª ed., Rio de Janeiro: Civilização Brasileira, 1972, vol. III, pp. 460-1.

Caso emblemático foi o da recusa da diplomação do candidato ao Senado por Pernambuco, José Bezerra, que disputou, em 30 de janeiro de 1915, a eleição contra Rosa e Silva.

Diplomado pela junta do Estado, teve o candidato José Bezerra contestado seu diploma por Rosa e Silva e a discussão se travou em razão: a) da nulidade de organização de mesas eleitorais; b) da nulidade de eleições, por fraude ou outros vícios constantes das atas eleitorais; c) da inelegibilidade do candidato diplomado.

Em parecer de 25 de julho de 1915, a Comissão dos Poderes, no Senado, examinou o pleito e, com relação à nulidade de organização das mesas, apontou, em trinta e um municípios, entre outras nulidades, as que envolviam a não-reunião da junta na data fixada pela lei eleitoral; a soma de votos obtidos excedendo o total de que poderia dispor a junta; a desobediência à ordem traçada pela lei, proclamando mesários os eleitores mais votados e suplentes os menos votados; terem feito parte das mesas cidadãos não eleitos mesários ou suplentes[15].

Desaprovou a Comissão a eleição em três dos municípios, "por fraudes e outros vícios constantes das atas"[16].

Finalmente, estendeu-se na questão da inelegibilidade argüida contra o candidato José Bezerra. É que ele era diretor-presidente da Companhia Geral de Melhoramentos de Pernambuco, que tinha por fim a construção, o uso e o gozo de engenhos centrais para o fabrico de açúcar de cana, álcool e refinação de açúcar e a construção de novos bairros e melhoramentos de outros na cidade do Recife e em outras localidades de Pernambuco.

A empresa gozava de isenções e reduções de impostos, concedidas por lei, e, por isso, entendeu a Comissão que o candidato era inelegível.

Juntou José Bezerra pareceres, em seu favor, de Clóvis Bevilacqua, Rui Barbosa e Prudente de Moraes Filho. Para Clóvis, a companhia não desfrutava "de favor de isenção ou redução de direitos, como prevê a lei. Pode, sim, reclamar, como qualquer agricultor ou empresa de mineração, isenção de direitos de consumo, o que é muito diferente. No primeiro caso, há contrato entre o Governo e a

---

15. *Anais do Senado*, sessão de 1º/7/1915, p. 4.
16. Idem, pp. 18-9.

companhia ou particular favorecidos. A companhia ou o particular aparece, então, como solicitante e o Governo se mostra munificiente, e desse contato podem resultar combinações que prejudiquem a independência dos poderes, justamente em nosso regime. No segundo caso, a situação é outra, o indivíduo ou a empresa não se aproxima do Governo, nem dele recebe obséquios, que lhe possam ser feitos em troca de outros alcançados do Congresso. Requer para si o que é facultado a todos da mesma classe; não se coloca em posição de pedinte que, para alcançar o desejado, pode prometer em demasia; quer, apenas, o gozo de um direito comum; requer, com isenção e sobranceria, o cumprimento de uma lei geral"[17].

Para Rui, os engenhos centrais fruíam, como as empresas agrícolas, de uma isenção geral instituída em proveito de toda a agricultura: "Dela, portanto, não decorre, para os membros das diretorias de tais empresas, incompatibilidade ou inelegibilidade alguma."[18]

A argumentação, de tanto peso, não foi acolhida pela Comissão. Em razão de seus cálculos e das subtrações a que procedeu, resultou que os votos obtidos pelo candidato José Bezerra, em número de 35.000, foram reduzidos a 3.842, dando-se, assim, a vitória de Rosa e Silva, com 9.186 votos.

A Comissão assim concluiu seu parecer: "O texto da lei é claro e preciso. As razões que o justificam se enquadram na espécie; as distinções feitas são improcedentes. Se a lei é má – revoguemo-la. Até lá, força é respeitá-la. Respeitando-a, pensamos, com sincera convicção, que o candidato diplomado é inelegível. Assim, quando pelos resultados legítimos não estivesse eleito o candidato contestante, ainda o seu reconhecimento se impunha pela inelegibilidade do candidato contestado."[19]

VI

A "degola" de José Bezerra foi a última comandada por Pinheiro Machado, que seria assassinado em 8 de setembro de 1915.

17. *Diário do Congresso*, de 4/6/1915, p. 1116.
18. Idem, pp. 1116-7.
19. *Anais do Senado*, ob. cit., p. 23.

O governador Dantas Barreto garantira a seu candidato ao Senado mais de trinta mil votos, contra menos de dez mil dados a seu opositor. E elegera catorze dos dezessete deputados federais. Como se aceitar, então, a desproporção final encontrada pela Comissão? Tempos depois, discursando em resposta a Rosa e Silva, Epitácio Pessoa diria que mesmo descontando as "duplicatas" em favor de José Bezerra e considerando válidas aquelas de Rosa e Silva, o primeiro teria alcançado mais de vinte e sete mil votos, contra uns quinze mil do concorrente[20].

Mas, para grande surpresa do meio político, foram reconhecidos na Câmara todos os deputados dantistas, o que, para muitos, resultou do fato de Pinheiro Machado sentir na Casa terreno não muito seguro, quer pelo grande número de rebeldes, quer pela conduta do presidente, Astolfo Dutra, que, entre outras manifestações de independência, na escolha da quase onipotente Comissão dos Cinco, alegara estar a maioria dividida em duas alas, uma pinheirista, outra dantista[21].

Outros logo intuíram que o recuo de Pinheiro preparava o ataque em seu principal reduto, o Senado.

Um acordo foi tentado por Urbano Santos: seria reconhecido José Bezerra, e Rosa e Silva postularia a outra vaga, aberta com o falecimento de Sigismundo Gonçalves. Mas a ele se opôs Dantas Barreto, enviando aos jornais dura resposta: "nenhum conchavo comigo", e acrescentando, em declaração ao *Correio da Manhã,* que "a única solução compatível direitos Pernambuco é reconhecimento José Bezerra" [sic][22].

A esbulha contra o candidato dantista provocou reações raivosas – no Recife, com passeatas de protesto, discursos inflamados, fechamento do comércio, e também no Rio, com o protesto dos jornais, com críticas acerbas ao Partido Republicano, a Pinheiro Machado e até à inércia, à acomodação do presidente Wenceslau. Mas este procurou dar uma resposta ao processo vergonhoso: deslocou Pandiá Calógeras do Ministério da Agricultura para a Fazenda e nomeou José Bezerra para a primeira Pasta.

20. In: PORTO, José da Costa, *Os tempos da República Velha.* Recife: Fundarpe, 1986, p. 365.
21. Idem, p. 365.
22. Idem, pp. 365-6.

Ouvido pela imprensa, Pinheiro amaciou o golpe: tudo se vinculava à própria rotina do livre exercício dos poderes constitucionais. "Independentes, agindo cada qual em sua seara específica: reconhecendo Rosa e Silva, o Senado usara das atribuições que lhe facultava o ordenamento jurídico, enquanto, nomeando Bezerra, o Presidente exercia a plenitude de suas faculdades, livre, como era, para escolher e demitir Ministros, sem dar satisfações a ninguém, nem ao Legislativo, nem aos Partidos, nem mesmo à opinião."[23]

A degola de José Bezerra, afinal, viera dar razão aos que, no Estado, não confiavam na isenção da comissão de reconhecimento. O *Diário de Pernambuco* chegara a publicar a seguinte quadrinha: "Neste sentir já me finco / que, segundo o que promete, / a tal Comissão dos Cinco / acaba fazendo o sete."[24]

---

23. Idem, p. 368.
24. Idem, p. 366.

16. Como é mesmo meu nome?

Em livro de memórias, João Neves da Fontoura conta um incidente curioso em uma eleição de Cachoeira, no Rio Grande do Sul. Apresentou-se um eleitor e ia depositar sua cédula quando, sabendo que ele não era a pessoa cujo nome figurava no título, João Neves lhe perguntou: "– Como se chama?" O homem titubeou e voltando-se para o grupo que o acompanhara, indagou: "– Como é mesmo meu nome?"[1]

A lei eleitoral do Estado vedava que se discutisse a identidade do votante[2]. Então, segundo João Neves, "o título eleitoral se convertia num título ao portador: era o eleitor aquele que o apresentava à mesa"[3].

Embora ressalvando que não queimava "o incenso de uma falsa coerência acerca da santidade das eleições naquela época", João Neves termina, em seu livro, por amainar os excessos e reduzir os desmandos no Estado.

1. FONTOURA, João Neves da, *Memórias – Borges de Medeiros e seu tempo*. Rio de Janeiro/Porto Alegre/São Paulo: Globo, 1958, vol. I, p. 272.
2. "Não compete à mesa entrar na apreciação da identidade da pessoa do eleitor, qualquer que seja o caso", dispunha o artigo 96 da Lei nº 153, de 14 de julho de 1913. Igual redação era a do artigo 63 da lei anterior, de nº 18, de 12 de janeiro de 1897.
3. FONTOURA, João Neves da, ob. cit., p. 272.

Disse, por exemplo: "As deficiências e defeitos da Lei Eleitoral facilitavam em muito a ação do situacionismo. Mas seria erro supor que a fraude e a violência constituíssem a base de sua preponderância", pois "os partidos vigiavam o resultado das urnas, com a carabina no ombro"[4]. E ainda: "A razão pela qual os gaúchos realizavam eleições até certo ponto razoáveis e respeitáveis é que, ali, o ciclo das lutas armadas não se achava ainda encerrado, e os líderes e as massas partidárias vigiavam os comícios com a carabina potencialmente à bandoleira, e o melhor cavalo, amilhado, na estrebaria, prontos para o que desse e viesse."[5]

II

O regime castilhista implantado no Rio Grande do Sul e que teve como seu principal executor Borges de Medeiros distanciou-se, em muitos pontos, do modelo instaurado pela Constituição federal de 1891.

A começar pela permissão a que se reelegesse o governador do Estado, chamado de presidente, se alcançasse ele, no pleito, o voto de três quartas partes do eleitorado[6].

Depois, pela possibilidade de que o presidente, nos primeiros seis meses de seu mandato, escolhesse o vice. Além disso, havia a redução do papel do legislativo: a Assembléia Estadual somente se reuniria por dois meses, em cada ano, cabendo-lhe somente a lei orçamentária e uma hipotética fiscalização do Executivo.

A elaboração das leis era tarefa do presidente, que fazia publicar o projeto, que o divulgava por meio das intendências municipais e que examinaria, por fim, emendas e observações que lhe fossem tra-

---

4. FONTOURA, João Neves da, ob. cit., p. 167.
5. Idem, p. 233.
6. A reeleição do dirigente estadual, uma vez que era proibida a do presidente da República, foi tida por muitos como uma afronta ao ideal republicano. Mas quando da quinta reeleição de Borges de Medeiros, Rui Barbosa escreveu: "A Constituição dos Estados Unidos não taxou limites à reelegibilidade do Presidente. De sorte que, sobre um cidadão americano poderiam reiterar-se a fio tantas reeleições, todas legais, que o cargo acabasse por se tornar vitalício na sua pessoa" (citado por FONTOURA, João Neves da, ob. cit., p. 15). O texto de Rui é de 1923. Como se sabe, até então, valia, para os sucessores do primeiro presidente, Washington, a recusa deste em postular um terceiro mandato. Somente depois, na década de 1940, após três reeleições do presidente Roosevelt, emendou-se a Constituição, que proíbe, agora, o exercício de mais de dois mandatos.

zidas pelo corpo eleitoral. É o que determinava a Constituição: "Art. 31 – Antes de promulgar uma lei qualquer... o presidente fará publicar com a maior amplitude o respectivo projeto, acompanhado de uma detalhada exposição de motivos. § 1º – O projeto e a exposição serão enviados diretamente aos intendentes municipais, que lhe darão a possível publicidade nos respectivos municípios. § 2º – Após o decurso de três meses contados do dia em que o projeto for publicado na sede do Governo, serão transmitidas ao presidente, pelas autoridades locais, todas as emendas e observações que forem formuladas por qualquer cidadão habitante do Estado. § 3º – Examinadas cuidadosamente essas emendas e observações, o presidente manterá inalterável o projeto ou modifica-lo-á de acordo com as que julgar procedentes. § 4º – Em ambos os casos do § precedente, será o projeto, mediante promulgação, convertido em lei do Estado, aquela será revogada se a maioria dos conselhos municipais representar contra ela o Presidente."

Assim, quando foi promulgada a mais importante lei eleitoral de sua gestão, a de nº 153, de 1913, Borges fez acompanhar o texto da contribuição de dezesseis cidadãos de vários municípios, entre eles o juiz da Comarca de Bagé. Algumas emendas foram aceitas, mas a maior parte não foi acolhida, demorando-se Borges em justificar sua recusa.

Finalmente, o mandado do representante, na Assembléia Legislativa do Estado, poderia ser "cassado pela maioria dos eleitores"[7].

III

Na 1ª República entendia-se caber aos Estados a regulação de seus procedimentos eleitorais. E o Rio Grande do Sul continuou a dispor sobre seus pleitos, após a Constituição, em três leis: a de nº 18, de 12 de janeiro de 1897; a de nº 58, de 12 de março de 1907; e, finalmente, a de nº 153, de 14 de julho de 1913.

Pela primeira, elaborada por Júlio de Castilhos, regulava-se o voto a descoberto e, na Exposição de Motivos com a qual o texto foi submetido à opinião pública, dizia-se: "O voto a descoberto é o úni-

---

7. Mas, no Rio Grande, nunca se deu tal cassação pelos eleitores, chamada, nos Estados Unidos, de *recall*. Veja-se o capítulo XXII do livro do autor, *O voto no Brasil*, Rio de Janeiro: Topbooks, 2002, pp. 214 ss.

co remédio legislativo capaz de reabilitar o processo eleitoral, dignificando-o, fazendo-o compreender ao cidadão a responsabilidade que assume ao intervir na composição do poder público e no estabelecimento das leis. O segredo em tais casos presta-se a menos decentes maquinações e desagrada sobremodo o eleitor."[8]

A Lei federal nº 35, de 26 de janeiro de 1892, havia determinado em seu artigo 43, § 6º, que a eleição seria "por escrutínio secreto". Mas, posteriormente, a Lei Rosa e Silva – a Lei nº 1.269, de 15 de novembro de 1904 – viria dispor: "A eleição será por escrutínio secreto, mas é permitido ao eleitor votar a descoberto. Parágrafo Único – O voto descoberto será dado apresentando o eleitor duas cédulas, que assinará perante a mesa eleitoral, uma das quais será depositada na urna e outra ficará em seu poder, depois de datadas e rubricadas ambas pelos mesários."

Facultado no plano federal, o voto a descoberto era obrigatório no Rio Grande do Sul. Pela Lei nº 18, o eleitor deveria entregar sua cédula, com a relação dos nomes votados, "em dois exemplares iguais, aberta, escrita ou impressa em qualquer papel mas assinada por ele próprio". O presidente e um dos mesários rubricariam a cédula, que seria devolvida ao eleitor. A quantos constrangimentos seria ele então submetido, se oposicionista, nas possíveis postulações à administração, se a prova de ter votado era seu reconhecimento como adversário.

IV

Com a Lei nº 153, de 1913, esta elaborada por Borges, deu-se a introdução, em nosso país, do sistema proporcional[9].

Assis Brasil apresentara, em 1893, projeto de emenda nesse sentido à Câmara Federal, mas o texto não foi aprovado. A legislatura estava para findar e Assis reconheceu que, "apesar da simplicidade do plano, ele devia contar com a nossa rebeldia incurável contra o estudo, circunstância agravada agora pela estreiteza do tempo"[10].

---

8. BORGES DE MEDEIROS, A. A., *Projecto de lei eleitoral do Estado*. Porto Alegre: Officinas Graphicas do Instituto de Electro Technica, 1913, p. 4.
9. Veja-se o Capítulo XVIII.
10. ASSIS BRASIL, J. F. de, *Democracia representativa: do voto e do modo de votar*. Rio de Janeiro: Leuzinger & Filhos, 1893, p. 166.

Em seu projeto, logo transformado em lei, Borges trouxe um mais complexo modo de aferição do quociente eleitoral. Assim se dispunha no artigo 83: "No ato de apuração geral, verificará preliminarmente a junta apuradora o número total de eleitores que concorreram à eleição e o número de votos que houver recebido cada candidato. Parágrafo 1º – Em seguida serão discriminadas as cédulas ou listas dos votos em tantos grupos quantas forem as que contiverem os mesmos nomes, qualquer que seja a votação individual dos candidatos. Parágrafo 2º – Somados depois os votos individualmente recebidos por todos os candidatos do grupo, será a respectiva soma dividida pela da totalidade dos eleitores que concorrerem à eleição conforme o número apurado na operação preliminar a que se refere a 1ª alínea deste artigo. Parágrafo 3º – O quociente da divisão efetuada pela forma prescrita no § 2º será o indicador do número de candidatos eleitos do grupo, ficando reservada a fração divisória, se houver, para os fins declarados no § 5º. Parágrafo 4º – Repetida a divisão, nos termos do § 2º, em relação a cada grupo até o final, far-se-á depois a adição dos candidatos eleitos por todos os grupos. Se a soma corresponder exatamente ao número de 32 representantes, estarão preenchidos todos os lugares da Assembléia e nesse caso se darão por findos os trabalhos da apuração. Parágrafo 5º – Se, ao contrário, estiver ainda incompleto o número de 32 representantes, completarão esse número os candidatos dos grupos em que houver frações divisórias ou restos de divisão, observada a ordem decrescente."

No cálculo simples de Assis – seguido depois em todos os modelos de representação proporcional – apurava-se o quociente pela divisão do número de votantes pelo de cargos a preencher. No de Borges, depois de discriminadas as cédulas ou listas em tantos grupos quantos fossem as que contivessem os mesmos nomes, e depois de somados os votos individualmente recebidos por todos os candidatos do grupo, essa soma seria dividida pelo número dos eleitores que concorressem à eleição.

E, na Exposição de Motivos que acompanhava a lei, Borges exemplificava:

"Suponha-se uma eleição com a concorrência de 120.000 eleitores, sufragando 90.000 os mesmos candidatos. 20.000 idem, 10.000 idem. Haverá, então, três grupos bem discriminados:

A – 90.000 cédulas, 32 votos uniformes, total 2.880.000 votos, divididos por 120.000 eleitores, quociente – 24 representantes.
(90.000 × 32 = 2.880.000 ÷ 120.000 = 24)
B – 20.000 cédulas, 32 votos uniformes, total: 640.000 votos, divididos por 120.000 eleitores, quociente – 5 representantes, fora a fração de 40.000 votos.
(20.000 × 32 = 640.000 ÷ 120.000 = 5 + 40.000)
C – 10.000 cédulas, 32 votos uniformes, total 320.000 votos, divididos por 120.000 eleitores, quociente – 2 representantes, fora a fração de 80.000 votos.
(10.000 × 32 = 320.000 ÷ 120.000 = 2 + 80.000)

Em conseqüência, o grupo A elegeu 24 representantes, B – 5 e C – 2; ao todo, 31 representantes. Faltando ainda um para completar o número legal de representantes (32), e sendo a maior fração divisória (80.000) pertencente ao grupo C, caber-lhe-á mais um representante, o que lhe dará, afinal, três representantes.

Admita-se, agora, a hipótese de não haver uniformidade na votação individual de cada grupo, recebendo alguns candidatos maior número de sufrágios que outros. Ainda o resultado é matematicamente o mesmo.

Jogando com os números precedentes, suponha-se que a votação dos grupos apresente a seguinte variação:

Grupo A	90.000 eleitores	Grupo B	20.000 eleitores	Grupo C	10.000 eleitores
1º candidato	90.000 votos	1º candidato	20.000 votos	1º candidato	10.000 votos
2º	89.600	2º	20.000	2º	10.000
3º	88.500	3º	20.000	3º	10.000
4º	88.430	4º	20.000	4º	10.000
5º	88.390	5º	20.000	5º	10.000
6º	88.350	6º	20.000	6º	10.000
7º	88.300	7º	20.000	7º	10.000
8º	88.295	8º	20.000	8º	10.000
9º	88.288	9º	20.000	9º	10.000
10º	88.280	10º	20.000	10º	10.000
11º	88.274	11º	20.000	11º	8.000
12º	88.268	12º	20.000	12º	8.000
13º	88.250	13º	20.000	13º	8.000
14º	88.230	14º	20.000	14º	8.000
15º	88.226	15º	20.000	15º	8.000
16º	88.220	16º	20.000	16º	8.000
17º	88.218	17º	19.000	17º	8.000
18º	88.215	18º	18.000	18º	8.000

19º	88.200	19º	17.000	19º	8.000
20º	88.198	20º	16.000	20º	8.000
21º	88.190	21º	15.000	21º	6.000
22º	88.187	22º	14.000	22º	6.000
23º	88.182	23º	13.000	23º	6.000
24º	88.180	24º	12.000	24º	6.000
25º	88.179	25º	11.000	25º	6.000
26º	88.174	26º	10.000	26º	6.000
27º	88.171	27º	9.000	27º	6.000
28º	88.169	28º	8.000	28º	6.000
29º	88.166	29º	7.000	29º	6.000
30º	88.160	30º	6.000	30º	6.000
31º	88.156	31º	5.000	31º	5.000
32º	88.150	32º	4.000	32º	5.000
TOTAL	2.826.796		504.000		250.000

Donde:
A – 90.000 cédulas, 32 votos variáveis, total 2.826.796, divididos por 120.000 eleitores, quociente – 23 representantes, fora a fração de 66.796 votos.
B – 20.000 cédulas, 32 votos variáveis, total 504.000, divididos por 120.000 eleitores, quociente – 4 representantes, fora a fração de 24.000.
C – 10.000 cédulas, 32 votos variáveis, total 250.000, divididos por 120.000, quociente 1 representante, fora a fração de 10.000 votos.
Resumindo, teremos a seguinte proporção:
A – 25 representantes
B – 4   "
C – 2   "
Total: 29.
Faltando, ainda, 3 representantes, para completar o respectivo número legal, corresponderão estes às frações divisórias na seguinte ordem decrescente:
Grupo A (fração – 66.796 votos): 1 representante
Grupo B (fração – 24.000 votos): 1 representante
Grupo C (fração – 10.000 votos): 1 representante.
Assim, ter-se-á o número completo de 32 representantes. Segundo esse critério infalível, baseado na precisão do cálculo aritmético, é lícito asseverar com segurança que o novo sistema estabelece verdadeiramente a proporcionalidade na representação, garantindo aos partidos políticos tantos lugares quantos corresponderem ao quo-

ciente apurado na divisão dos votos de cada um por um divisor fixo, constituído pela totalidade dos eleitores concorrentes à eleição."[11]

Isso permitiu que oposicionistas – os federalistas – chegassem a ocupar algumas vagas na Assembléia: uma em 1913, duas em 1918 e três em 1923[12].

V

Borges sucede a Castilhos, no governo do Rio Grande, para o qüinqüênio 1898-1903. Com o apoio de Castilhos, reelege-se para o qüinqüênio seguinte. Em 1908, o candidato oficial é Carlos Barbosa. Borges volta ao governo em 1913, reelege-se para o qüinqüênio 1918-1923 e, afinal, para a quinta gestão, de 1923 a 1928.

Na famosa sátira, que escreveu em 1915 contra Borges, Ramiro Barcellos[13] diz da escolha de Castilhos: "Um dia chamou o Chimango / E disse: 'Escuta, rapaz / Vais ser o meu capataz / Mas tem uma condição: / As rédeas na minha mão / Governando por detrás.'" E depois: "Toda a minha gente é boa / Pra parar bem um rodeio / Boa e fiel, já lho creio / Mas, eu procuro um mansinho / Que não levante o focinho / Quando eu for meter-le o freio."

Mas Castilhos faleceu em outubro de 1903. Borges, então, é seu continuador sem ingerências ou constrangimentos. A turbulência política do período não lhe permitiu, até agora, um julgamento isento. Para seus seguidores, como João Neves, ele "promoveu eficazmente o bem público, que nele encontrou sempre, mais do que um político, a vocação de um sacerdote". Era "um grande homem, que encheu o Rio Grande com o máximo de obras e serviços, compatíveis

---

11. Exposição de Motivos da Lei nº 153, de 14/7/1913.
12. Na primeira dessas eleições, conta João Neves, foi eleito o federalista engenheiro Jorge Pinto, "fazendeiro em Alegrete, pessoa de grande qualificação social e moral. Trataram-no a vela de libra os governistas. Andava em charola, como símbolo do liberalismo oficial. Jorge Pinto fez um discurso de afirmação oposicionista, mas, nos assuntos de interesse geral, não criou embaraços à maioria. Comparecia mesmo a Palácio, na visita coletiva que os deputados faziam anualmente ao Presidente do Estado" (in: FONTOURA, João Neves da, ob. cit., p. 67).
13. Com a candidatura do ex-presidente da República, Hermes da Fonseca, a senador pelo Rio Grande do Sul, deu-se a ruptura entre Barcellos e Borges. Este, num telegrama a Pinheiro Machado,. falou da propaganda contra a candidatura, "improvisada por alguns díscolos e pretensiosos, tendo à frente Ramiro Barcellos, sempre insaciável e incorrigível" (in: MARTINS, Maria Helena, *Agonia do heroísmo – Contexto e trajetória de Antônio Chimango*. Porto Alegre: UFRGS/L&PM, 1980, p. 94).

com as deficiências orçamentárias e o progresso da época"[14]. Para seus adversários, como Mem de Sá, Borges, "além de medíocre, caracterizava-se pelo imobilismo administrativo". Era, "apenas, um burocrata que despachava, ao longo do dia, um papelório infinito, porque centralizava toda a administração em suas mãos", sendo seu governo "o império do marasmo, da estagnação, da inércia"[15].

VI

A pressão situacionista, desnaturando a verdade das urnas, ainda mais se exerceu no último pleito disputado por Borges, em novembro de 1922.

"Nunca, jamais" – é o que relata Mem de Sá – "a fraude campeou desbragadamente – confessemos, de parte a parte". Pois, "não figurando nos títulos eleitorais qualquer sinal de identidade, todos podiam votar. Podiam e votavam, uma e 10 vezes, em mesas eleitorais diferentes, em municípios próximos. Os mortos, quisessem ou não, votavam também, engordando as urnas"[16].

Depois de campanha com extrema violência, realizado o pleito, os jornais de cada facção apresentavam um resultado: para a *Federação*, governista, Borges obteve mais de 109.000 votos e Assis, 35.216; para o *Correio da Manhã*, oposicionista, Borges alcançara 109.729 e Assis, 38.533.

A Comissão de Constituição e Poderes da Assembléia – cujo presidente era o então deputado Getúlio Vargas –, em parecer de 10 de janeiro de 1923, depois de reconhecer que "a fraude proteiforme alastrava-se, retratava-se, serpeava, precisando apanhá-la na variedade de suas manifestações, a fim de expurgar o pleito desses germes de corrupção...", trouxe o resultado final: Borges, 106.319 votos; Assis, 32.217[17].

---

14. FONTOURA, João Neves da, ob. cit., p. 7.
15. MEM DE SÁ, *A politização do Rio Grande*. Porto Alegre: Tabajara, 1973, p. 49.
16. MEM DE SÁ, ob. cit., p. 12.
17. *Anais da Assembléia dos Representantes do Rio Grande do Sul*, 31ª Sessão Ordinária, 1922-1924, Porto Alegre, Officinas Gráficas da Federação, 1923, p. 239, citado por MALFATTI, Selvino Antonio, *Chimangos e maragatos no governo de Borges de Medeiros*. Porto Alegre/Santa Maria: Pallotti/Fundação Regional de Economia, 1988, p. 192.

Segundo o artigo 9º da Constituição, para ser reeleito o presidente do Estado necessitaria do pronunciamento de mais de "três quartas partes do eleitorado". Do eleitorado total ou do que comparecesse ao pleito? Eis a questão sobre a qual passaram a correr, entre 1922 e 1923, segundo João Neves, "rios de tinta".

Os situacionistas logo lembraram que o próprio candidato oposicionista, Assis Brasil, havia afirmado, em livro, que a Constituição do Estado dispunha que seu presidente poderia ser reeleito indefinidamente, "desde que reúna mais de três quartas partes do eleitorado que concorrer à eleição"[18].

Dos "rios de tinta" passou-se à Revolução de 1923, que os analistas consideram, sob o prisma militar, o mais fraco dos movimentos revolucionários que o Estado conheceu: houve somente "lutas dispersas pelas campanhas rio-grandenses, correrias e tiroteios, sem que se assinalasse o encontro de forças consideráveis em autêntico encarniçamento de duas vontades opostas"[19].

Proposto um armistício pelo governo federal, foi firmado, em dezembro de 1923, o chamado "Tratado de Pedras Altas": a Constituição estadual é modificada, Borges não mais se reelege, o modelo federal de eleições é que é o válido para o Estado.

---

18. Realmente, constava essa frase na primeira edição de *Do governo presidencial na República brasileira*, mas na segunda edição ele se corrige: "Na primeira edição lê-se: 'do eleitorado que concorrer à eleição'. Ao escrever essas palavras não consultei a Constituição rio-grandense. Anos depois, suscitando-se importante questão sobre esse particular, verifiquei ser a linguagem daquela Constituição clara e positiva: exige para a reeleição pura e simplesmente 'três quartas partes do eleitorado', e em disposição subseqüente o confirma. Ora, eleitorado é o corpo de eleitores atual, sem atenção a quem concorreu ou deixou de concorrer a dada eleição. Este esclarecimento reforça grandemente a observação relativa à impossibilidade virtual da reeleição dos bons governadores. (Nota de 1934)" (in: *Idéias políticas de Assis Brasil* (org. Paulo Brossard). 2ª ed., Brasília: Senado Federal/Fundação Casa de Rui Barbosa – MinC, 1990, p. 356).
19. FERREIRA FILHO, Arthur, *História geral do Rio Grande do Sul*. Porto Alegre: Globo, 1969, citado por MALFATTI, Selvino Antonio, ob. cit., p. 197.

17. "O que afirmo é que minha mulher não irá votar"

"O voto feminino nunca levantou grande agitação entre nós", escreveu Assis Brasil, em 1893, logo depois da Constituinte da 1ª República. Mas, continuou ele, o Congresso constituinte ocupou-se dele, "por intermédio de mais de um orador e, além disso, estou seguro de que mais tarde há de apresentar-se com verdadeiro caráter de problema a resolver"[1].

Curioso é que, naquele texto de 1893, Assis Brasil não se mostrasse tão favorável ao voto feminino.

Sua tese, então, era de que possibilitar ou não o sufrágio às mulheres representava "nada menos do que incluir na função eleitoral, ou dela privar, metade do gênero humano"[2]. Não lhe parecia que outra importância real tivesse a questão além dessa consideração numérica.

A única alteração trazida à cena política seria a duplicação do eleitorado. E como o voto da mulher se distribuiria com exata proporcionalidade pelos partidos, sua incorporação ao eleitorado seria, "por enquanto, senão prejudicial, pelo aumento de dificuldade de

---

1. ASSIS BRASIL, J. F. de, *Democracia representativa: do voto e do modo de votar*. Rio de Janeiro: Leuzinger & Filhos, 1893, p. 48.
2. Idem, p. 48.

mover-se a massa eleitoral assim engrossada, indiferente pela inalterabilidade que manteriam as forças militantes"[3].

E concluía ele: não o sexo, mas a incapacidade que se pode considerar como extensiva às mulheres, é o que levava a sua exclusão do voto. A mulher ainda não tinha competência para imiscuir-se em eleições, devendo o sufrágio ser realmente universal, "mas... só para os homens".

Mas abria uma possibilidade no futuro: "Seria insensatez afirmar que o que hoje vemos será sempre o mesmo."

E concluía: "Tempo virá em que hão de rir-se das diferenças que o estado das idéias e da civilização nos obrigam a estabelecer hoje entre os dois sexos."[4]

II

Foi preciso que viesse a 2ª República, iniciada com a Revolução de 1930, para que o primeiro de nossos Códigos Eleitorais, sob a orientação do próprio Assis Brasil, permitisse o voto da mulher.

Na dedicatória à quarta edição do livro *Do voto e do modo de votar*, disse Assis Brasil que escrevera "em menos de uma semana a primeira edição desta obra. Era a justificação do projeto de lei que a 19 de agosto de 1893 submeti à Câmara de Deputados"[5].

Num acréscimo ao Capítulo III, conta Assis que, na Constituinte de 1890-1891, votara contra o exercício do sufrágio político pela mulher. Mas que a oportunidade a que aludira nas páginas das edições anteriores "para a admissão da outra metade da Nação ao exercício do voto político parece ter chegado". E confessa que redigiria de outra maneira o anteprojeto que lhe coubera elaborar, juntamente com Cabral da Rocha e Mário Pinto Serva: o texto não fora "neste particular, como em alguns outros, redigido por mim, mas pelo meu provecto companheiro de comissão, o professor Cabral"[6].

---

3. ASSIS BRASIL, J. F. de, ob. cit., pp. 48-9.
4. Idem, p. 50.
5. In: *Idéias políticas de Assis Brasil* (org. Paulo Brossard). Brasília/Rio de Janeiro: Senado Federal/Fund. Casa de Rui Barbosa – MinC, 1990, vol. II, p. 19.
6. Pelo Decreto nº 19.459, de 6 de dezembro de 1930, Getúlio Vargas – chefe do Governo Provisório instaurado pela revolução de outubro daquele ano – designou Subcomissão Legislativa para estudar e propor a reforma da lei e do processo eleitorais. Além de Assis Brasil, integravam a Subcomissão João G. da Rocha Cabral, professor da Faculdade de Direito da Universidade do Rio de Janei-

A redação de sua preferência seria "a que reconhecesse na mulher as mesmas possibilidades de exercício do sufrágio que se atribuía ao homem. Bastaria escrever no sito oportuno a advertência que tornasse claro tratar-se de ambos os sexos na expressão *cidadãos brasileiros*"[7].

III

A idéia da concessão do direito de voto às mulheres encontrara, no seio da Constituinte de 1890-1891, segundo Agenor de Roure, "defensores e adversários de valor"[8]. Mas, se não foram aprovadas as emendas instituindo o voto feminino, "é verdade que a Constituição brasileira não o proibiu". E lembrando que, tratando das condições de nacionalidade, não usou a Constituição expressão encontrada em outras Constituições, claramente referentes aos indivíduos do sexo masculino, concluiu De Roure: "Nada impede que a lei ordinária venha a dar à mulher brasileira o direito de voto."[9]

Esse não foi o entendimento de um dos mais articulados constituintes pelo Estado de Pernambuco, João Barbalho. Em seus comentários à Constituição de 1891, diz ele que, "além das exclusões expressas na Constituição, subsiste a das mulheres, visto não ter sido aprovada nenhuma das várias emendas que lhes atribuíram o direito de voto"[10].

ro, deputado federal pelo Piauí, em 1920, e autor do livro *Sistemas eleitorais – do ponto de vista da representação das minorias* (Rio de Janeiro: Francisco Alves, 1929), e Mário Pinto Serva, paulista, jornalista e depois deputado estadual em 1934. A Subcomissão decidiu pela divisão dos trabalhos em duas partes, a primeira dizendo respeito ao alistamento dos eleitores – projeto publicado em setembro de 1931 –, a segunda referente ao processo de eleições. O então ministro da Justiça, Maurício Cardoso, reuniu os dois textos em um só Decreto, de nº 21.076, editado em 24 de fevereiro de 1932, que se tornou o primeiro de nossos Códigos Eleitorais.
7. *Idéias políticas de Assis Brasil*, ob. cit., p. 49.
8. ROURE, Agenor de, *A Constituinte republicana*, Brasília: Senado Federal/UnB, 1979, p. 272.
9. Nascido no Rio de Janeiro, em 1870, Agenor de Roure dedicou-se ao jornalismo, trabalhando no *Jornal do Brasil, Gazeta de Notícias, A Notícia, O País* e *Jornal do Comércio*. Foi, em 1893, designado relator de debates do Senado Federal e, em 1894, transferido para a Câmara, onde serviu como secretário do presidente e chefe de Secretaria. Mais tarde, por indicação de Tobias Monteiro, secretariou o presidente Epitácio Pessoa que, ao deixar o governo, nomeou-o para o Tribunal de Contas da União. A prática do jornalismo e a intimidade com o Congresso permitiram-lhe concluir, em 1920, um cuidadoso relato do que foi o esforço constituinte da 1ª República.
10. BARBALHO U. C., João, *Constituição Federal brasileira (1891)*, comentada. Brasília: Senado Federal, ed. fac-similar, 2002, p. 29. Formado pela Faculdade de Direito do Recife, Barbalho exerceu, inicialmente, as funções de promotor naquela capital e, depois, a de diretor-geral da Instru-

A razão estaria com De Roure, como o reconheceu o próprio Senado Federal nas discussões sobre um projeto apresentado em 1919 por Justo Chermont: uma lei ordinária poderia consagrar o direito político da mulher[11].

Mas a questão, tratada naquela Constituinte "por mais de um orador", apresentou facetas curiosas.

Para grande parte dos debatedores, a medida representaria "um rebaixamento do alto nível de delicadeza moral em que devem sempre pairar aquelas que têm a sublime missão de formar o caráter dos cidadãos pela educação dos filhos e pelo aperfeiçoamento moral dos maridos"[12]. Constituir-se-ia em uma aspiração "imoral e anárquica", disse o Deputado Moniz Freire: "No dia em que a convertêssemos em lei pelo voto do Congresso, teríamos decretado a dissolução da família brasileira." "Não devemos – continuou ele – emprestar à mulher qualidades que ela não tem... Querer dar-lhe funções das quais, pela sua natureza, ela sempre esteve afastada, é pretender corrigir a obra da natureza humana."[13] E um deles era taxativo: "É assunto de que não cogito. O que afirmo é que minha mulher não irá votar."[14]

Com mais sensatez, o deputado César Zama profetizava: "Para mim, é uma questão de direito, que tarde ou cedo será resolvida em favor das mulheres. Bastará que qualquer país importante da Europa confira-lhes direitos políticos e nós o imitaremos. Temos o nosso fraco pela imitação."[15]

IV

Na luta pelo voto feminino no Brasil, o maior destaque, sem nenhuma dúvida, cabe a Berta Lutz. Nascida em São Paulo, em 1844,

---

ção Pública. Deputado provincial em 1874, eleito deputado à Constituinte, foi senador de 1892 a 1896, integrando, a partir de 1897, o Supremo Tribunal Federal, aposentando-se em 1904 e falecendo em 1909.
11. In: RODRIGUES, João Batista Cascudo, *A mulher brasileira, direitos políticos e civis*. Fortaleza: Imprensa Universitária, 1962, p. 47.
12. *Anais*, vol. II, p. 316. In: ROURE, Agenor de, ob. cit., p. 285.
13. Idem, p. 280.
14. In: ROURE, Agenor de, ob. cit., p. 284.
15. *Anais*, vol. II, p. 619. In: ROURE, Agenor de, ob. cit., p. 287.

formada em zoologia, ela foi designada, em 1919, secretária do Museu Nacional, no Rio de Janeiro, fato de grande repercussão ao tempo, pois os cargos públicos não eram acessíveis às mulheres. Em 1922, Berta Lutz representava o Brasil na Assembléia Geral da Liga das Mulheres Eleitoras. Ela fundou depois a Federação para o Progresso Feminino. Organizou o I Congresso Feminista do Brasil, a União Universitária Feminina, a Liga Eleitoral Independente, em 1932, e, em 1933, a União Profissional Feminina e, finalmente, a União das Funcionárias Públicas.

Candidatou-se, em 1933, à Assembléia Nacional Constituinte, pelo Partido Autonomista do Distrito Federal, mas não obteve a vaga. Em outubro de 1934, candidatou-se mais uma vez, conseguindo a suplência, e assumiu o mandato, em julho de 1936, em razão do falecimento do deputado Cândido Pessoa.

Um incidente desabonador, ligado a esse pleito, quase interrompe sua carreira política. É que o procurador do Tribunal Regional Eleitoral do Distrito Federal ofereceu denúncia contra vários candidatos e seus correligionários, apontados como falsificadores de documentos por ocasião dos trabalhos de apuração daquelas eleições. E acreditando encontrar-se a doutora Berta Lutz incursa entre eles, instaurou-se contra ela o respectivo processo criminal.

À Câmara foi então apresentada cópia autêntica do inquérito administrativo aberto, em 10 de janeiro, para que decidisse sobre a concessão ou denegação de licença para prosseguimento do processo.

Os fatos, segundo o parecer de nº 30/1935 da Comissão de Justiça, eram "indisfarçadamente graves"[16]. Sanção dos artigos 174, § 4º, do Código Eleitoral, e 107, § 22, combinado com os artigos 18, § 2º, e 66, § 2º, da Consolidação das Leis Penais, requereu o procurador que fosse pedida licença à Câmara para prosseguimento do processo.

Relata o parecer: "Conta o Dr. Romero Zander, candidato da Frente Única, a vereador municipal, que, em uma noite de janeiro deste ano, uma voz masculina, que ele não conseguiu identificar, chamou-o ao telefone e revelou-lhe minuciosamente alterações fraudulentas nos mapas da 12ª turma apuradora, turma que funcionava sob a presidência do Sr. Desembargador Fructuoso Aragão... Aberto

16. In: *Anais*, 1935, vol. 3, p. 417.

o inquérito, ouvidas numerosas testemunhas, interrogados vários suspeitos, realizadas diversas acareações, procedeu-se ao exame pericial das folhas de apuração de votos, e os peritos apontaram os autores materiais das falsificações e as votações fraudulentamente majoradas. O laudo pericial revela o processo adotado pelos falsários e enumera como votações indevidamente majoradas as dos seguintes candidatos: Dra. Berta Lutz, Jayme Marques de Araujo, João Clapp Filho, entre outros."

Com relação a Berta Lutz, assim se expressava o procurador regional: "Como autores intelectuais das falsificações, como instigadores e mandantes dos delitos, devem responder, segundo ainda se vê do criterioso relatório de fls. 293 a 316, os candidatos Dra. Berta Lutz, João Clapp Filho, Dr. Jayme Marques de Araújo e Jayme César Leite que, por meio de dádivas, promessas e mandato, induziram os autores materiais"... "Quanto à candidata Dra. Berta Lutz, a mais beneficiada pela fraude, é de notar que a falsidade foi praticada em seu proveito em todas as seções, menos uma, justamente na quantidade necessária para que ela se elegesse e executada pelo seu representante e mandatário, pelo seu fiscal que sempre a acompanhava no Tribunal, José Vellasco Portinho, cuja irmã é casada com um primo de Dra. Berta; a candidata e seus fiscais manifestam, agora, dúvidas quanto aos resultados do pleito, antes e depois das eleições suplementares, procurando fazer crer que desconheciam sua situação, quando Vellasco dava à Vanguarda um quadro em que ela estava acima dos candidatos Sampaio Correa e Olegário Mariano, seus mais próximos competidores, e quando ela própria, contradizendo-se, lastimava, anteriormente, sua posição de derrotada."[17]

Em treze seções, apuradas pela 12ª Turma, teria Berta Lutz tido sua votação aumentada em 12, variando o aumento de 13 a 36 votos em cada seção, no total de 244 votos.

Depois de excluídos esses 244 votos da majoração em seu favor, Berta Lutz ficou com 39.008 votos, 154 votos menos que o doutor Sampaio Corrêa, eleito em 10º lugar.

"Daí se conclui – continuava o Procurador – que, se a fraude não tivesse sido apurada, Dra. Berta Lutz estaria eleita Deputada em 10º lugar."

17. In: *Anais*, ob. cit., p. 420.

Para a Comissão de Justiça da Câmara, o crime de falsificação de documentos eleitorais estava "plenamente provado" e a autoria material da falsificação, "indicada pelos peritos". Mas não se encontravam no processo "razões convincentes de haver a Dra. Berta Lutz resolvido falsificar documentos eleitorais e de haver determinado por um dos meios acima taxativamente enumerados José Vellasco Portinho a fazer a criminosa falsificação"[18].

E aconselhou a Câmara a negar a licença pedida.

18. In: *Anais*, ob. cit., p. 422.

18. Andrade, Hare, Baily, Assis Brasil, Borges: o longo caminho da proporcionalidade em nosso país

Diplomado pelo Instituto de Ciências Políticas de Paris, um jovem bolsista francês estudou, em 1952, nossos partidos e nossas eleições. No verão daquele ano, teve ocasião "de conhecer um pouco mais de perto" o Estado da Paraíba. E pesquisando o quadro particular de um pequeno Estado, concluiu que se assistia, então, no Nordeste, "ao nascimento da vida política moderna".

O jovem, Jean Blondel, nascido em Toulon, em 1929, se tornaria depois um dos mais respeitados cientistas políticos do presente, professor, agora, da universidade inglesa de Essex e autor de obras como *Voters, parties and leaders – The social fabric of British politics* (England: Penguin, 1965), *Introduccion ao estudio comparativo de los gobiernos* (Madrid: Revista de Occidente, 1969) e *Thinking politically* (England: Penguin, 1978).

Foi ele o primeiro a apontar a peculiaridade de nosso sistema proporcional. Em seu estudo, publicado pela Fundação Getúlio Vargas em 1957, ele diz: "A lei eleitoral brasileira é original e merece seja descrita minuciosamente. É, com efeito, uma mistura de escrutínio uninominal e de representação proporcional, da qual poucos exemplos através do mundo. [...] Quanto aos postos do Executivo [...] é sempre utilizado o sistema majoritário simples. [...] Mas, para a Câmara Federal, para as Câmaras dos Estados e para as Câmaras

Municipais, o sistema é muito mais complexo. O princípio de base é que cada eleitor vote somente num candidato, mesmo que a circunscrição comporte vários postos a prover, não se vota nunca por lista. Nisto o sistema é uninominal. No entanto, ao mesmo tempo cada partido apresenta vários candidatos, tantos quantos são os lugares de deputados, em geral, menos se estes são pequenos partidos. De algum modo, os candidatos de um mesmo partido estão relacionados, pois a divisão de cadeiras se faz por representação proporcional, pelo número de votos obtidos por todos os candidatos de um mesmo partido. [...] Votando num candidato, de fato o eleitor indica, de uma vez, uma preferência e um partido. Seu voto parece dizer: 'Desejo ser representado por um tal partido e mais especialmente pelo Sr. Fulano. Se este não for eleito, ou for de sobra, que disso aproveite todo o partido.' O sistema é, pois, uma forma de voto preferencial, mas as condições técnicas são tais que este modo de escrutínio é uma grande melhora sobre o sistema preferencial tal qual existe em França. Nesse país, a existência de uma lista preparada pelo Comitê Diretor é, com efeito, preponderante, pois o eleitor não escolhe e se contenta, por passividade, ou ignorância, em depositar a lista sem modificações. No Brasil, não há ordem preparada pelo Comitê Diretor. O eleitor, votando num determinado indivíduo, indica por isso mesmo sua preferência. Ele pode, aliás, votar num partido sem indicação de nome. Age, então, como se aceitasse *a priori* a ordem dos candidatos que farão não os Comitês Diretores, mas os outros eleitores que terão votado, também eles, num nome. Este sistema tem a vantagem de deixar ao eleitor uma escolha muito grande no quadro dos partidos. Ele pode, se quiser votar por uma tendência, escolher um homem entre os candidatos do partido. Trata-se, pois, de um sistema majoritário no interior de uma prévia representação proporcional."[1]

II

É de admirar, então, que, tanto tempo depois da implantação de nosso molde proporcional, um *expert* estrangeiro, e não um de nos-

---

1. BLONDEL, Jean, *As condições de vida política no Estado da Paraíba*. Rio de Janeiro: FGV, 1957, pp. 25-6.

sos estudiosos, venha apontar essa singularidade. E também que, até agora, não se tenha procurado apontar, em padrões anteriores de outros países, a matriz que influenciou seus formuladores nacionais.

Blondel fala, como se viu, em "uma mistura de escrutínio uninominal e de representação proporcional, da qual há poucos exemplos através do mundo". Quais esses exemplos hoje? Talvez somente o da Finlândia. Nesse país, vota-se só em um candidato. Como explica S. Rokkam: "Põe-se um sinal ao lado do nome de um candidato sobre a lista, mas este voto é contado para o partido, qualquer que seja o número de cadeiras a preencher. As circunscrições variam em dimensão. Há circunscrições de 5,7 cadeiras e circunscrições que têm 15 eleitos. Entretanto, o eleitor vota por um só candidato, o candidato que tem sua preferência. Mas estes votos são contados por partido, para o partido que registrou esse candidato como pertencente a isto que se chama a aliança eleitoral, que define o partido que ganha este voto. Uma vez que o voto total do partido é assim estabelecido, há uma distribuição das cadeiras pelo sistema de Hondt. Em seguida são os votos dos candidatos que contam para a atribuição das cadeiras àqueles dentre eles que obtiveram mais votos. Dito de outra forma, há no sistema eleitoral finlandês uma combinação entre uma eleição 'primária' entre candidatos e uma eleição partidária por listas de partidos que determinam a distribuição das cadeiras entre eles, mas uma vez que as cadeiras são distribuídas entre os partidos, o voto dos eleitores para os candidatos decide as personalidades eleitas."[2]

Essa fórmula, adotada pelo Brasil e pela Finlândia, foi classificada por Giusti Tavares, em livro recente, como *voto pessoal único em candidatura individual*. Para ele, "uma experiência singular e estranha, inconsistente com o espírito e com a técnica da representação proporcional". O voto em candidato individual, esclarece, "que, contabilizado para a legenda, é transferível a outros candidatos da mesma legenda, equivale ao voto numa lista partidária virtual cuja ordenação se faz como resultado das escolhas de todos os eleitores da legenda. Nem o eleitor nem o partido tem nenhum controle sobre o destino do voto e sobre a ordem de precedência dos candidatos

2. ROKKAN, Stein, "Les pays de l'Europe nordique". In: CADART, Jacques, *Les modes de scrutin des diz-huit pays libres de l'Europe occidentale*. Paris: Presses Universitaires de France, 1983, pp. 268-9.

nessa lista virtual, que constituem efeitos compósitos e aleatórios. Associados à prática de alianças partidárias em eleições proporcionais, esse mecanismo gera migrações de votos ainda mais aleatórias e irracionais, como resultado das quais os votos num partido terminam sendo contabilizados para outro partido"[3].

Alguns analistas, no entanto, insistem em classificar o modelo brasileiro como de lista aberta. Assim, Jairo Marconi Nicolau, que cria uma nova categoria, de lista flexível, para enquadrar o sistema que permite ao eleitor modificar a ordem de candidatos previamente estabelecida pelos partidos[4].

III

Curiosamente, os modelos proporcionais no mundo – que consagram, hoje, em sua esmagadora maioria, a votação plurinominal pelos eleitores, ante as listas apresentadas pelos partidos – começaram enfatizando a escolha uninominal.

O ministro da Fazenda da Dinamarca, Carl Andrae, fez com que seu país adotasse, em 1855, o voto transferível. Andrae, que preferia denominar seu sistema como de "eleição livre", assim o explicava: "Se tivéssemos os eleitores presentes na contagem dos votos, poderíamos dizer-lhes, quando se declarassem a favor de candidato já eleito: 'Vocês não podem votar por ele, que já tem assegurada a eleição. Devem fazer outra escolha.' Mas, ao invés disso, nós lhe dizemos: 'Indiquem desde logo quem vocês querem, no caso do candidato de sua primeira escolha já esteja eleito quando seu voto for lido. Isto é, escrevam primeiramente o nome do candidato que preferem a todos os outros, depois o nome daquele que é o próximo em sua preferência, e assim por diante.'"[5]

Mas, na verdade, como esclarece Giusti Tavares, o sistema não é, qualitativamente, muito diferente do sistema de listas abertas, pois,

---

3. TAVARES, José Antônio Giusti, *Sistemas eleitorais nas democracias contemporâneas*. Rio de Janeiro: Delume-Dumará, 1994, pp. 126-8.
4. NICOLAU, Jairo Marconi, *Sistema eleitoral e reforma política*. Rio de Janeiro: Foglio, 1993, p. 41.
  No sistema de lista aberta, diz ele, "os eleitores votam em um candidato da lista ou na legenda, sendo a ordem final dos candidatos determinada exclusivamente pelos eleitores, uma vez que os partidos apresentam relações de nomes não ordenados".
5. ANDRAE, Paul, *Andrae and his Invention – The Proportional Representation Method*. Philadelphia, 1926, p. 33.

sendo o voto em candidaturas individuais alternativas, "hierarquizadas segundo a ordem de preferência do eleitor, se materializa, contudo, numa lista contendo os nomes de candidatos que cabe àquele ordenar"[6].

Dois anos depois da aplicação, pela Dinamarca, do sistema de Andrae, Thomas Hare a sugeria para a Inglaterra, em um fascículo editado em 1857, com o título *The machinery of representation*. E em um livro de 1859, *Treatise of the election of representatives*, revisado em 1861, denominou seu sistema *Boletim Uninominal com Substitutos ou com Transferência de Sufrágios à Escolha dos Eleitores*. Ele não se referiu à obra pioneira de Andrae. Não teve, ao que parece, conhecimento dela. O filho de Andrae o confirma: "Hare não soube nem suspeitou que aquele método já estava em uso na Dinamarca."[7]

Stuart Mill, que deu a maior difusão à obra de Hare e a quem este deve, afinal, seu renome, iria, mais tarde, em nota à terceira edição de seu mais famoso livro, explicar a coincidência, que serviria, segundo ele, "como mais um exemplo, além dos muitos que já existem, de como as idéias que trazem solução às dificuldades comuns à mente ou à sociedade humanas se apresentam, sem que para isso se comuniquem, a várias mentes superiores ao mesmo tempo"[8].

Um autor inglês, Walter Baily, em 1869, propôs que se dividisse o país em várias circunscrições e o eleitor votasse por um só candidato que, por sua vez, entregaria à autoridade eleitoral uma lista de candidatos aos quais se atribuiriam, pela ordem de colocação, os votos que excedessem o quociente eleitoral. Determinado este quociente, se um candidato o obtivesse duas ou três vezes, além de ser eleito, beneficiaria com seus votos, respectivamente, o primeiro e o segundo da lista por ele confeccionada.

O primeiro grau da eleição corresponderia, então, ao voto do eleitor no candidato; o segundo, à designação, por este, a título pessoal, dos candidatos que poderiam se beneficiar com os sufrágios excedentes do quociente. O processo era apresentado "com o fim de simplificar o de Hare/Andrae, sendo, na essência, o mesmo, com a

6. TAVARES, José Antônio Giusti, ob. cit., p. 126.
7. ANDRAE, Paul, ob. cit., p. 86.
8. STUART MILL, J., *Considerações sobre o governo representativo*. Brasília: UnB, 1981, p. 85.

única diferença de que por ele o eleitor renuncia a indicar os candidatos a quem deseja aplicar os votos excedentes ao quociente eleitoral daquele em que vota, delegando esse trabalho ao próprio candidato"[9].

A proposta de Baily é, no século passado, a que mais se aproxima do sistema empregado no Brasil e na Finlândia, com a diferença, obviamente, de que ele sugeria que a lista de nomes a se beneficiar com os votos excedentes do candidato era elaborada por este, a seu exclusivo critério. E, ao que tudo indica, nem seria obrigatoriamente levada ao conhecimento do eleitor. Faltam elementos, na história eleitoral, sobre Baily, sobre sua atuação política e a repercussão de seu projeto.

IV

Quando pela primeira vez, no Brasil, foi sugerido um sistema proporcional, com o projeto à Câmara Federal do então deputado Assis Brasil, em 1893, seu molde foi o do plano Andrae/Hare.

Mas Assis criticou-o asperamente: não achava razoável a preocupação pela absoluta proporcionalidade e não considerava prático o sistema, a que dizia faltar a condição primordial, "que nasce da idéia científica que se deve fazer da eleição – a simplicidade". A apuração seria, aí, para ele, "um verdadeiro inferno". Seria preciso "tomar uma lista ao acaso; percorrer todas as outras, em número de milhões, talvez, para verificar se o primeiro número da primeira tinha chegado ao quociente, ou se o tinha excedido, e em quanto; essa lista não dando resultado, seria preciso recomeçar o trabalho com outro, e assim quem sabe até onde! No meio de tudo isso, quanta possibilidade de falsificações conscientes ou inconscientes"[10].

Corrigindo o sistema Andrae/Hare, Assis propôs para o caso brasileiro: a) que, para as eleições de deputados, cada Estado da União e o Distrito Federal se constituiriam em um distrito eleitoral; b) cada eleitor votaria em uma mesma cédula e em um só nome e, logo abaixo, e separado por um traço bem visível, em tantos nomes quantos

---

9. BAPTISTA, Henrique, *Eleições e parlamentos na Europa*. Porto: Imprensa Comercial, 1903, p. 89.
10. ASSIS BRASIL, J. F. de, *Democracia representativa: do voto e do modo de votar*. Rio de Janeiro: Leuzinger, 1893, pp. 167-8.

quisesse, até o número de deputados a eleger pelo seu distrito eleitoral; c) os nomes colocados no alto de cada cédula, e antes do sinal referido no parágrafo antecedente, seriam considerados votados no primeiro turno; os que viessem depois, votados no segundo turno; d) seriam reputados eleitos os cidadãos que tivessem obtido no primeiro turno pelo menos número igual ao quociente que resultasse da divisão do número total de eleitores pelo número de deputados a eleger, desprezadas as frações; e) não alcançando o número de eleitos no primeiro turno ao número de deputados a eleger, seriam considerados eleitos os mais votados no segundo turno, até o preenchimento de todas as vagas do primeiro.

Ao se referir a "dois turnos", Assis falava de turnos de apuração. Os escrutinadores é que enfrentavam a contagem dos votos em duas fases; o eleitor votava uma só vez. O projeto de Assis não foi aprovado e ele logo reconheceu que não era ainda o momento de tentar levar adiante a adoção da idéia.

V

Mas o sistema proporcional seria implantado no país, pela primeira vez, no Rio Grande do Sul, com a aprovação da Lei nº 153, de 14 de junho de 1913[11].

Cuidava o presidente do Estado, Borges de Medeiros, de atender "a representação das minorias" que a Constituição do Estado, pelo seu artigo 28, pretendera garantir na eleição para a Câmara dos Deputados[12].

Partindo, como Assis, da idéia de Hare, Borges de Medeiros igualmente a critica, dizendo que os defeitos do sistema eram os já apon-

---

[11]. A elaboração das leis no Rio Grande do Sul, segundo a Constituição castilhista de 14 de julho de 1891, competia ao presidente do Estado, que faria publicar "com a maior amplitude, o respectivo projeto, acompanhado de uma detalhada exposição de motivos", e o enviaria e exporia aos intendentes municipais após três meses, seriam transmitidos ao presidente, pelas autoridades locais, "todas as emendas e observações" que fossem formuladas "por qualquer cidadão habitante do Estado". Examinando "cuidadosamente essas emendas e observações", o presidente manteria inalterável o projeto ou iria modificá-lo de acordo com as que julgasse procedentes (artigo da Constituição).

[12]. A Constituição Federal referia-se, equivocadamente, à "representação da minoria". Ao comentar o texto, João Barbalho, que, como senador por Pernambuco, foi um dos constituintes, mostrou que a emenda aditiva, de que resultou a redação final do artigo, referia-se, corretamente, à "representação das minorias" (in: BARBALHO, João, *Comentários à Constituição de 1891*. Brasília: Senado Federal, 1992, p. 82).

tados por José de Alencar: "complicado e confuso", o modelo induzia a "enganos e atropelos", exigindo extremo fracionamento eleitoral e produzindo também prejudicial heterogeneidade na representação. Daí que dissesse ter aproveitado "o processo do quociente eleitoral tão-somente". Em tudo o mais se diferenciava o seu sistema, que tinha como base o voto completo ou escrutínio de lista.

E Borges resumia as disposições substanciais e que julgava inovadoras em seu projeto: "a) a determinação do quociente eleitoral, sendo o dividendo a soma dos votos de cada grupo e o divisor fixo a totalidade dos eleitores; b) discriminação, por meio de grupos, das listas ou cédulas que contiverem os mesmos nomes e distribuição proporcional dos candidatos eleitos mediante a aplicação da regra do quociente eleitoral; c) escrutínio de lista ou cédulas contendo tantos nomes quanto os dos representantes a eleger em todo o Estado; d) um único colégio eleitoral, compreendendo todo o território rio-grandense; e) mesas eleitorais permanentes em todos os distritos municipais".

Dizendo aproveitar de Hare "o processo do quociente eleitoral tão-somente", Borges alterou o modo de quantificá-lo. O quociente, para Hare, era resultante da divisão do número de votantes pelo de lugares a prover. Para Borges, a soma dos votos individualmente obtidos por todos os candidatos do grupo deveria ser dividida pela totalidade dos eleitores. Mas o modelo de Borges aproximava-se mais da proporcionalidade do que o proposto por Assis Brasil. Afinal, este poderia ser considerado um sistema misto, proporcional no primeiro turno de apuração e majoritário no segundo. O próprio Assis Brasil o reconhecia ao declarar que, no segundo momento, "os candidatos da maioria serão os únicos favorecidos"[13].

Primeira utilização efetiva do sistema proporcional no país, o sistema implantado por Borges a partir de 1913 trouxe grande complexidade ao quadro eleitoral do Rio Grande do Sul. O eleitor votaria, ali, para a Câmara Federal, pelo sistema majoritário, conforme a Lei nº 1.269, de 15 de novembro de 1904, a chamada *Lei Rosa e Silva*, em distritos de cinco nomes, com voto limitado, podendo indicar somente três nomes, e cumulativo, podendo dar todos os seus votos a um só candidato. Para a designação dos membros à Assembléia Es-

---

13. ASSIS BRASIL, J. F. de, ob. cit., p. 182.

tadual, no entanto, o Rio Grande do Sul não se dividia em circunscrições, votando o eleitor em trinta e dois nomes e estabelecendo-se um quociente que indicaria o número de eleitos entre os candidatos dos grupos disputantes. Malgrado a fraude desabusadamente exercida no Estado e em todo o país na 1ª República, a experiência de Borges possibilitou a eleição de oposicionistas. Até 1913 – segundo informa um estudioso do processo eleitoral no Rio Grande do Sul – a Assembléia gaúcha era maciçamente republicana. Somente em 1913 os liberais conseguiram eleger um representante; dois, em 1918, e três, em 1923[14].

Em um depoimento sobre a situação do Rio Grande, em 1921, João Neves da Fontoura, deplorando a trapaça eleitoral, diz que a lei imposta por Borges "merecia os mais rasgados elogios sob o aspecto de facultar a presença da minoria nos corpos deliberativos". Com o *Tratado de Pedras Altas*, em 1923, que pôs fim à revolta contra a continuidade de Borges no governo, o Rio Grande se obrigou a adotar a lei federal para as eleições estaduais e municipais.

VI

Assis Brasil voltou a seu projeto de 1893, oferecendo-o, com ligeiras alterações, ao governador de Minas Gerais, Antônio Carlos, quando este, em 1927, elaborava uma reforma eleitoral para seu Estado. Dispensava-se o traço, bem visível, separando o primeiro nome das cédulas dos outros nomes; retirava-se também a exigência de que fosse limitada a quantidade de nomes de cada cédula. E explicava Assis: "Vote o eleitor em quantos nomes quiser; só se contarão os que couberem, em segundo turno, no número de elegendos"[15].

Mas as sugestões de Assis Brasil, não aproveitadas em Minas Gerais, foram afinal acolhidas no Código trazido pelo Decreto nº 21.076, de 24 de fevereiro de 1932, nosso primeiro Código Eleitoral. A produção do texto fora entregue por Vargas, por decreto de dezem-

---

14. MALFATI, Selvino A. In: PORTO, Walter Costa, *O voto no Brasil*. 2ª ed., Rio de Janeiro: Topbooks, 2002, p. 218.
15. In: *Idéias políticas de Assis Brasil* (org. Paulo Brossard). Brasília/Rio de Janeiro: Senado Federal/Fundação Casa de Rui Barbosa, 1990, vol. 2, p. 123.

bro de 1930, a comissão composta por Assis Brasil, João G. da Rocha Cabral e Mário Pinto Serva. E o sistema proporcional indicado refletia as idéias anteriores de Assis: far-se-ia a votação "em dois turnos simultâneos, em uma cédula só, encimada ou não de legenda"; nas cédulas, estariam impressos ou datilografados, "um em cada linha, os nomes dos candidatos, em número que não exceda aos dos elegendos mais um, reputando-se não escritos os excedentes"; considerar-se-ia "votado em primeiro turno o primeiro nome de cada cédula e, em segundo, os demais"; estariam eleitos em primeiro turno: a) os candidatos que tivessem obtido o quociente eleitoral; b) na ordem de votação obtida, tantos candidatos registrados sob a mesma legenda quantos indicasse o quociente partidário.

Duas eram as diferenças em relação ao sistema utilizado agora: a designação, pelo eleitor, de outros nomes a se beneficiar da votação excedente de seu indicado; e a possibilidade de candidato que não constasse de lista registrada, que o Código denominava "avulso".

Com a reforma do Código, trazida pela Lei nº 35, de 4 de maio de 1935, eliminou-se a primeira diferença. O artigo 89 do Código passou a ter a seguinte redação: "Far-se-á a votação em uma cédula só, contendo apenas um nome ou legenda e qualquer dos nomes da lista registrada sob a mesma."

A segunda somente iria ser suprimida em 1945, com o Decreto-lei nº 7.586, de 25 de maio de 1945. Bem que o anteprojeto, elaborado por comissão designada pelo então ministro da Justiça, Agamenon Magalhães, admitira o registro de candidatos avulsos, mediante requerimento firmado por um mínimo de duzentos eleitores. Mas a proposta foi recusada pelo ministro que, na Exposição de Motivos que acompanhou o projeto, argumentou que essa espécie de candidatos provocava a dispersão dos votos[16].

Com o Decreto-lei nº 7.586/45 iniciava-se, assim, o monopólio, que não seria mais quebrado no país, dos partidos políticos na apresentação dos candidatos. Daí por diante, eles – e somente eles – concorreriam à expressão do sufrágio.

16. Mas o "candidato avulso" mereceria a aprovação de alguns comentadores "por ter servido como uma reação ao cambalacho político" a candidatos escolhidos por influências alheias a seu prestígio eleitoral, e por constituírem, enfim, "uma homenagem à realidade do voto" (CASTRO, Augusto O. Gomes, A lei eleitoral comentada. Rio de Janeiro: Batista de Souza, 1945, p. 40).

Então, de 1935 até agora, o sistema brasileiro para a eleição de deputados e vereadores traz essa característica que tanto o distingue dos modelos proporcionais empregados em todo o mundo: a escolha uninominal, pelos eleitores, a partir das listas apresentadas pelos partidos[17].

VII

Sessenta e tantos anos decorridos da introdução desse modelo de escolha uninominal no Brasil – desde a reforma trazida ao Código de 1932 pela Lei nº 48, de 4 de maio de 1935 – somam-se as queixas, de políticos e estudiosos, contra a experiência, no dizer de Giusti Tavares, "singular e estranha", a começar por Milton Campos. Senador, em 1960 ele apresentou projeto de lei que propunha a divisão dos Estados em distritos eleitorais para a eleição de deputados federais. A primeira vantagem do projeto estaria em evitar "o que atualmente ocorre, espetáculo lamentável – a emulação entre companheiros do mesmo partido na conquista do voto popular". Os pleitos, continuava Milton, "são espetáculos de desarmonia entre correligionários, comprometendo a coesão partidária. Se os partidos são, constitucionalmente, essenciais ao regime, urge fortalecê-los pela homogeneidade, e não dividi-los pelas lutas internas"[18].

Essa competição acirrada no interior dos partidos, ao contrário da emulação – natural, esperada – entre as agremiações, vem sendo

---

17. Esse molde quase era quebrado com a edição, em 16 de janeiro de 1946, do Decreto-lei nº 8.566, que pretendeu modificar o processo de eleição de membros às Assembléias estaduais. Como expliquei em livro anterior: "Dispunha-se, ali, que os partidos registrariam seus candidato na ordem preferencial que tivesse sido deliberada por seus respectivos diretórios, considerando-se preferencial a ordem em que, na lista registrada, estivessem os nomes dos candidatos, uns após outros (art. 8º e parágrafo único). O eleitor votaria somente na legenda partidária; para esse efeito, haveria em cada eleição, uma cédula única, oficial, em que seriam mencionados, um a um, em linhas sucessivas, em ordem variada, os partidos que registraram candidatos (art. 9º e §). Estariam eleitos, então, em cada partido, na ordem em que tivessem sido registrados por estes, tantos candidatos em cada lista quantos indicasse o respectivo quociente partidário (art. 10)."
Era a primeira vez, no Brasil, em que seria utilizado o sistema proporcional, de lista, como em todos os demais países, com escolha plurinominal, aceitando o eleitor toda uma relação preparada pelo partido. Pelo decreto, não se permitiria ao votante – que apenas indicava a legenda de sua escolha – alterar a ordem de nomes aprovada. Era, dessa forma, adotado o sistema de "lista bloqueada" (in: PORTO, Walter Costa, ob. cit., p. 269). A Lei nº 5, de 14 de dezembro de 1946, veio, no entanto, revigorar o Decreto nº 7.586/45 e, assim, as eleições para as Assembléias estaduais, realizadas em janeiro de 1947, obedeceram ao molde anterior.
18. In: *Diário do Congresso Nacional*, de 26/11/1960, pp. 2727 ss.

deplorada por todos os estudiosos. Jairo Marconi Nicolau a aponta também na Finlândia[19].

VIII

Uma curiosa conseqüência da escolha uninominal desse nosso voto em candidato individual, a partir da lista, é a de ter possibilitado uma "distritalização" do quadro eleitoral no interior do país. Alguns de nossos analistas já mostraram como, no interior, a representação proporcional criou, com relação a cada partido, áreas exclusivas de certas candidaturas.

Estudando a composição da bancada paulista à Câmara dos Deputados, em 1986, Maria D'Alva Gil Kinzo verificou que boa parte dos candidatos eleitos tinha sua votação concentrada em alguns poucos municípios: "Isso equivale dizer que eles tenderiam a receber uma votação concentrada espacialmente e que, portanto, teriam uma base eleitoral claramente definida. É com base nisso que se tem argumentado – principalmente aqueles que defendem a adoção no Brasil do chamado sistema distrital puro – que, na prática, estaria funcionando de fato um sistema distrital, na medida em que os deputados já teriam seus redutos eleitorais definidos e assegurados."[20]

Esse efeito, obviamente, não poderia ser obtido por um modelo proporcional com escolha plurinominal pelos eleitores. E a repetir-se, em outros Estados, o que testemunharam, também, em São Paulo, Baldacci Filho[21] e, em Minas Gerais, David Fleischer[22], levaria, se-

---

19. A adoção do sistema na Finlândia, diz ele, "produziu um intenso conflito entre os candidatos nas campanhas eleitorais, muito embora os partidos tenham tido um comportamento bastante homogêneo no período pós-eleitoral" (in: NICOLAU, Jairo Marconi, ob. cit., p. 40).
20. KINZO, Maria D'Alva Gil, *A bancada federal paulista de 1986: concentração ou dispersão do voto.* In: *Eleições/1986*, São Paulo: Vértice/Revista dos Tribunais, 1989, p. 92. O depoimento de uma candidata, em 1990, nas eleições para a Assembléia estadual de Pernambuco, é expressivo quanto a essa "distritalização". Jornalista, com uma coluna em um dos matutinos da capital, ela integrou a caravana do candidato a governador a uma das cidades do norte do Estado e pretendeu usar do microfone no comício. "Mas eu não pude falar. Perguntei a razão e disseram – 'Aqui é a região de fulano, não fala a não ser o candidato da região.' Mas eu retruquei: 'Mas eu sou a única candidata do partido a deputada estadual e quero, como mulher, saudar a mulher de Paulista.' 'Impossível', responderam" (*Diário de Pernambuco*, coluna Nelbe Informa, 18/8/1990).
21. BALDACCI FILHO, Raphael, *O voto distrital: o fim da demagogia.* In: LAMOUNIER, Bolívar, "A representação proporcional no Brasil: mapeamento de um debate". *Revista de Cultura e Política*. São Paulo: Cortez, nº 7, pp. 24-5.
22. FLEISCHER, David, "Concentração e dispersão eleitoral: um estudo da distribuição do voto em Minas Gerais, 1966/1974". *Revista Brasileira de Estudos Políticos*, nº 43, pp. 333-60; "Condições

gundo Bolívar Lamounier, "a frustração de um dos valores mais caros à representação proporcional, que é a possibilidade de arrecadar votos numa circunscrição territorial ampla, atendendo, supostamente, a correntes de opinião, e não a meros contornos geográficos (os distritos) criados por lei".

A mais grave conseqüência, no entanto, da escolha uninominal é que, a partir da competição no interior das agremiações e de não terem seus dirigentes o poder de ordenar as listas, não merecem afinal os partidos, no Brasil, a importância e a consideração devidas.

Analisando os fatores que levam à fragilidade do quadro partidário no país, Oliveira Vianna apontou nossa carência de organização, de consciência coletiva, "aquilo que nossa formação histórica ainda não nos pôde dar"[23]. E afirmando que o Brasil, no nível econômico e cultural em que se situa, era "caso único, no mundo, de subdesenvolvimento partidário", Bolívar Lamounier e Rachel Meneguello indicaram que isso deveu-se sobretudo à interferência constante do Estado que se compraz em golpear as agremiações, ao fato de o poder central, no Brasil, ter sempre dificultado ou procurado impedir, de maneira deliberada, o fortalecimento dos partidos[24].

A esses itens bem se poderia acrescentar nosso sistema proporcional que, tão destoante do modelo adotado pelos demais países, colabora também, e decisivamente, para a redução da força dos partidos e dificulta sua efetiva consolidação.

---

de sobrevivência da bancada federal mineira em eleições distritais", *Revista Brasileira de Estudos Políticos*, nº 53, pp. 153-81.
23. OLIVEIRA VIANNA, *O idealismo na Constituição*. São Paulo: Nacional, 1939, pp. 14-5.
24. LAMOUNIER, Bolívar e MENEGUELLO, Rachel, *Partidos políticos e consolidação democrática – O caso brasileiro*. São Paulo: Brasiliense, 1986, pp. 11-2.

19. Um eleito sem nenhum voto nominal

Por duas vezes o então Território do Acre trouxe uma singular contribuição a nossa história eleitoral: em dezembro de 1945, quando elegeu um de seus candidatos a deputado federal sem nenhum voto nominal, e em 1950, quando levou aos Tribunais intrigante controvérsia sobre como designar o segundo de seus candidatos à Câmara.

II

A Lei Constitucional nº 9, de 28 de fevereiro de 1945, dispusera, em seu artigo 4º, que se promovessem eleições para o segundo período presidencial e governadores de Estado, assim como para o Parlamento e as Assembléias Legislativas.
Era o final do "Estado Novo". O ditador Vargas, antecipando-se à redemocratização que a vitória das forças aliadas contra o nazifascismo viria exigir, entendeu – como disse em um dos considerandos daquela lei – que se haviam criado as condições necessárias para que entrasse em funcionamento "o sistema dos órgãos representativos previstos na Constituição".

Não se havia convocado nenhuma eleição desde 1937. Não se tinha sequer efetuado o plebiscito, obrigatório, que a Constituição previra para validação de seu próprio texto.

Como esclareceu Afonso Arinos, foi "sob a batuta político-jurídica de Agamenon Magalhães" que o governo ditatorial expediu a Lei Constitucional nº 9[1]. O então ministro da Justiça influiu também na elaboração do Decreto-lei nº 7.586, de 28 de maio de 1945, que veio regular o alistamento eleitoral e as eleições que a Lei Constitucional previra. A elaboração do projeto do Decreto-lei havia sido entregue à comissão integrada por José Linhares, Antônio Carlos Lafayete de Andrade, Hahnemann Guimarães e José Miranda Valverde, mas o texto passou a ser designado por *Lei Agamenon*. Ao que se sabe, uma das idéias impostas ao projeto pelo ministro Agamenon Magalhães foi a da atribuição das sobras ao partido majoritário, o que levou ao tão curioso resultado da eleição à Câmara Federal, no Acre.

Ao reafirmar, quase por inteiro, o modelo de representação proporcional estabelecido pela reforma de 1935 ao Código Eleitoral, o Decreto-lei nº 7.586 determinou coubessem ao Território do Acre dois deputados. Nos outros territórios, de Fernando Noronha, do Amapá, de Rio Branco, de Guaporé, de Ponta Porã e de Iguaçu, somente seriam realizadas eleições para presidente da República.

O decreto-lei não fez nenhuma ressalva quanto à aplicação da representação proporcional a uma eleição de apenas dois representantes. Nesse caso, o partido que alcançasse o quociente eleitoral – e apenas um poderia alcançá-lo – obteria os dois postos se, pela regulação das sobras, não se sugerisse o meio de contornar o que pode trazer um resultado absurdo.

A lei de 1935 determinara a atribuição das sobras aos partidos que alcançassem as maiores médias na primeira distribuição das cadeiras. A nova lei, por seu artigo 48, dispunha que "os lugares não preenchidos com a aplicação do quociente eleitoral e dos quocientes partidários são atribuídos ao partido que tiver alcançado maior número de votos, respeitada a ordem de votação nominal de seus candidatos".

---

1. ARINOS DE MELO FRANCO, Afonso, *História do povo brasileiro*. São Paulo: J. Quadros Editores Culturais, 1967, vol. VI, p. 90.

III

Naquele pleito de 2 de dezembro de 1945, o Partido Social Democrático apresentara dois candidatos a deputado federal, Hugo Ribeiro Carneiro e Hermelindo de Gusmão Castelo Branco Filho[2]. O número de votantes foi de 5.398 e, subtraídos os votos nulos (2) e em branco (37), resultaram 5.359 os votos válidos. Sendo de dois o número de postos a preencher, apurou-se o quociente eleitoral de 2.698. Hugo Ribeiro Carneiro obteve 3.775 votos; Hermelindo Castelo Branco não obteve nenhum voto nominal. Encontrava-se no Rio de Janeiro e não pôde estar presente no Acre, quando da eleição[3]. Sendo a soma do partido os 3.775 votos, ele alcançou uma vez o quociente eleitoral e mais uma sobra de 1.077 votos. O segundo posto, pela lei então vigente, havia de ser atribuído ao partido que tivesse alcançado "o maior número de votos", no caso, o PSD.

Hermelindo Castelo Branco passou, assim, à história como o único representante eleito, no Brasil, sem ter recebido nenhum voto nominal.

IV

No pleito de 2 de outubro de 1950, no Acre, quatro partidos concorreram aos dois postos de deputado federal. A votação dividiu-se quase exclusivamente entre dois deles, o Partido Social Democrático e o Partido Trabalhista Brasileiro, do seguinte modo:

---

2. Hugo Carneiro nasceu em Belém, em 1889, e graduou-se pela Faculdade Livre de Direito do Rio de Janeiro. Transferindo-se para o Acre, ali permaneceu até 1916, desempenhando cargos de juiz da Comarca de Tarauacá. Outra vez no Rio, abriu banca de advogado e ingressou no ramo de perfumes, fundando as Perfumarias Carneiro. Em 1921, elegeu-se deputado federal pelo Partido Democrático do Ceará. Ao final de seu mandato, foi nomeado superintendente municipal de Manaus e, quatro anos depois, em 1927, foi designado governador do Acre, sendo afastado em 1930, com a revolução. Em outubro de 1950, concorreu à reeleição, alcançando a suplência, mas o Supremo Tribunal Federal outorgou-lhe o mandato. Faleceu em 1979. Hermelindo Castelo Branco Filho formou-se em Direito e exerceu cargos na magistratura do Rio de Janeiro.

3. As publicações do Tribunal Superior Eleitoral dão notícia de que Hermelindo alcançou o mesmo número de votos de seu companheiro Hugo Carneiro: 3.775. O equívoco, tão evidente, é demonstrado quando se indica o total de votos apurados.

ACRE - Eleição de 2 de outubro de 1950 para deputados federais	
Cédulas apuradas:	9.154
Cédulas em branco:	158
Votos anulados:	4
Partido Social Democrático (5.050 votos, dos quais 56 só de legenda)	
José Guiomar dos Santos	3.900 votos
Hugo Ribeiro Carneiro	603
Lafaiete Velozo Rezende	491
Partido Trabalhista Brasileiro (3.666 votos, dos quais só 12 de legenda)	
Oscar Passos	2.035 votos
Adalberto Correa de Sena	1.619
União Democrática Nacional (278 votos)	
José Thomaz Nabuco de Oliveira Filho	278 votos
Partido de Representação Popular (58 votos)	
Mário de Oliveira	58 votos
Milton Braga Rola	0

Tendo sido de 4.605 o quociente eleitoral, o Partido Trabalhista Brasileiro não o alcançou, embora um de seus candidatos, o primeiro em sua ordem de votação, tenha obtido mais votos nominais que o segundo do Partido Social Democrático. O Tribunal Regional Eleitoral do Distrito Federal, ao qual estava subordinada a eleição, entendeu que, com 3.666 votos, sem atingir o quociente, o Partido Trabalhista não poderia concorrer ao preenchimento dos lugares. Obedecer-se-ia, então, ao artigo 59, § 2º, do Código Eleitoral, que dispunha: "Só poderão concorrer à distribuição das sobras os partidos que tiverem obtido quociente eleitoral."

Contra o ato do TRE, que diplomou Hugo Ribeiro Carneiro, o candidato Oscar Passos recorreu ao Tribunal Superior Eleitoral que, por maioria (4 x 2), reformou a decisão, entendendo ser aplicável ao caso o artigo 46, § 3º, do Código, assim redigido: "Quando os lugares a serem preenchidos nas Câmaras Legislativas forem dois, serão distribuídos pelo sistema previsto neste Código, para a distribuição das sobras, e quando forem três ou mais serão distribuídos pela forma estabelecida no art. 58."

Julgou então o TSE não ter cabimento a restrição do § 2º do artigo 59 do Código, uma vez que a disposição do § 3º do artigo 46 era terminante, visava um caso especial, não tendo sentido sua aplicação com a referida restrição, quando, por serem dois os lugares a preencher, o quociente eleitoral não poderia ser alcançado senão por um partido, a não ser o caso, muito pouco provável, de empate na votação partidária.

Para o relator do processo, ministro Hahnemann Guimarães, o sistema de distribuição das sobras, aplicado ao caso, consistiria na divisão do número de votos válidos dados a cada partido pelos dois lugares. Passando, para os outros partidos, a ser 1 o divisor, o segundo lugar pertenceria ao partido que tivesse obtido número de votos superior ao quociente da divisão dos votos do partido que conseguiu o primeiro lugar por 2. O sistema da divisão das sobras, definido nas regras do artigo 59 do Código Eleitoral, somente requer que se leve em conta o quociente partidário quando se houver aplicado antes a regra de divisão proporcional e não quando, por força do artigo 46, § 3º, tal regra houver sido excluída[4].

Um dos votos vencidos, o ministro Djalma da Cunha Melo argumentou que a eleição dos deputados no Acre estava "jungida, indeclinavelmente, ao sistema de representação proporcional". E lembrou o artigo 10 das Disposições Transitórias da Constituição, ao dispor que não se aplicaria ao Território de Fernando de Noronha a representação proporcional fixada no artigo 56: "Se só não se aplica ao Território de Fernando de Noronha, se aplica aos demais territórios e o Acre é um deles." Para ele, adotar processo de distribuição das sobras antes de tornada efetiva a primeira parte do sistema – que é, frise-se, a representação proporcional, não de distribuição de sobras – corporifica, sem dúvida, repúdio ao que manda a Cons-

4. *Revista Eleitoral*. Rio de Janeiro: Imprensa Naval, nº 2, maio 1951, p. 166.

tituição nos artigos 56 e 134 que se faça quanto ao provimento das cadeiras da Câmara Federal[5].

Esse entendimento foi o afinal mantido pelo Supremo Tribunal Federal que, julgado Recurso Extraordinário, manteve a decisão da 1ª Instância.

A Suprema Corte julgou ilegal a aplicação do § 3º do artigo 46 do Código Eleitoral sem a limitação do § 2º de seu artigo 59. Mas a decisão deu-se por desempate do presidente, ministro José Linhares, contra o voto dos ministros Rocha Lagoa, Nelson Hungria, Luiz Galotti, Edgar Costa e Orozimbo Nonato. E do julgamento participaram dois juízes substitutos, convocados do Tribunal de Recursos[6].

V

Todo o problema dessa segunda eleição do Acre residiu, como se vê, na tentativa de aplicação do sistema proporcional a uma eleição de apenas dois representantes.

Toda a doutrina recusa essa hipótese: "A proporcionalidade pode começar a se estabelecer com colégios de três deputados", diz Ernest Naville[7]. "Em princípio, o quociente não funciona abaixo de três cadeiras a preencher."[8] "O sistema Hare recebe, enfim, uma nova aplicação na República da Costa Rica, para a eleição de deputados em colégios que devam designar mais de dois."[9]

Os redatores do Código imaginaram afastar o problema de 1945, mas a má redação do § 3º de seu artigo 46 levou a que se pensasse, como pensou o jurista Nestor Massena, que ele se referisse somente ao "preenchimento de lugares, e não à eleição de apenas dois deputados por circunscrição". Para Massena, não se deveria aplicar a disposição legal ao caso de eleição de dois deputados que constituem a totalidade da circunscrição eleitoral, como era o caso do Acre e, sim, "ao caso de preenchimento de dois lugares em representação

---

5. *Revista Eleitoral*, ob. cit., p. 168.
6. Rec. Extraordinário nº 19.285.
7. NAVILLE, Ernest, *La pratique de la réprésentation proportionnelle*. Paris: Didier, [s.d.], p. 676.
8. *Revue de Droit Publique et de Science Politique*, t. 37, p. 71.
9. SARIPOLOS, Nicolas, *La democratie et l'election proportionnelle – Étude historique, juridique et politique*. Paris: [s. ed.], 1889, p. 809.

já eleita de maior número de deputados – três ou mais". Preencher lugares, para ele, por eleição, para uma Assembléia, não era eleger Câmara Legislativa: "Preencher lugares é, nessa hipótese, completar a câmara, a legislatura, a representação, e fazer ocupar seus claros, ou vagas ocorrentes, é encher o que se não acha nem completamente vazio, nem completamente integrado."[10]

20. O voto de ninguém passou a ser de alguns

Em sua análise sobre o modelo proporcional brasileiro – a primeira, como se viu, a realçar a originalidade da escolha uninominal, pelos votantes, a partir da lista apresentada pelos partidos –, Jean Blondel dizia que o voto do eleitor em nosso país parecia dizer: "Desejo ser representado por um tal partido e mais especialmente pelo Sr. Fulano. Se este não for eleito ou for de sobra, que disso aproveite todo o partido."[1]

Mas, em verdade, ninguém tem consciência disso. A fragilidade dos partidos, a desatenção a seus programas, o individualismo que, afinal, viceja em nossa política, tudo leva a que se pense somente em nomes.

Daí a surpresa e mesmo a irresignação de tantos quando candidatos bem votados não são eleitos. É que poucos têm em mente que os partidos, para a representação no Legislativo ou nos Deliberativos municipais, devem alcançar o quociente eleitoral – cifra que resulta da divisão do número de votantes, em determinada circunscrição, pelo número de postos a preencher.

E desde os inícios da representação proporcional no mundo já se impunha essa contingência. Em brochura editada em 1878, Victor

1. BLONDEL, Jean, ob. cit., p. 27.

D'Hondt, criador de um método em que se distribuem os postos sem deixar restos, já advertia: "O partido que não alcança a medida eleitoral dando direito a uma cadeira não pode protestar contra sua exclusão de toda representação."[2]

Então, candidatos bem votados isoladamente, sem o aporte de votos dos que compõem, com eles, a lista de um partido, frustram-se, para escândalo dos eleitores que se limitam a comparar sua posição com a de candidatos de outros partidos, menos aquinhoados, mas eleitos.

II

Um dos primeiros desses casos ocorreu em 1950, no então Distrito Federal, na disputa para a Câmara Federal. Foi o seguinte, então, o quadro para apuração do quociente eleitoral:

Nº de vagas	17	(A)
Cédulas apuradas	575.901	(B)
Cédulas em branco	23.743	(C)
Votos nulos	8.187	(D)
Quociente eleitoral	35.273	$\dfrac{(B + C)}{A}$

E assim foram distribuídos os postos:

Candidato	Partido	N.º de votos
Luthero Sarmento Vargas	PTB	85.645
Luiz Gama Filho	PSD	21.361
Maurício Joppert da Silva	UDN	16.204
José de Segadas Viana	PTB	15.061
Mário Altino C. de Araújo	PTB	12.692
Edson Junqueira Passos	PTB	12.072
Jorge Jabour	UDN	12.068
Breno Dhalia da Silveira	UDN	11.547
Francisco Gurgel do Amaral Valente	PTB	10.762

2. D'HONDT, Victor, "Exposição do sistema prático de representação proporcional adotado pelo Comitê da Associação Reformista Belga". In: PORTO, Walter Costa, *Dicionário do voto*. Brasília: UnB, 2000, p. 237.

Heitor da Nóbrega Beltrão	UDN	10.608
Danton Coelho	PTB	10.308
Rui da Cruz Almeida	PTB	8.927
Oswald Moura Brasil do Amaral	PSD	8.450
José de Lima Fontes Romero	PTB	8.164
Roberto Morena	PRT	7.654
Lopo de Carvalho Coelho	PSD	6.309
Benjamin Miguel Farah	PSP	5.503

Jayme Ferreira da Silva, candidato pelo Partido Orientador Trabalhista, alcançou 10.810 votos. Foi o nono mais votado, mas seis, menos favorecidos por cédulas nominais, foram eleitos. É que seu partido, que somou apenas 18.609 votos, não atingiu o quociente eleitoral.

III

Também em 1950, na eleição para deputados federais por Pernambuco, Edgar Cordeiro Pessoa de Queiroz, candidato pelo Partido Social Trabalhista, com 17.436 votos, foi o quarto mais votado, mas seu partido não alcançou o quociente eleitoral.

Foram assim distribuídos os postos:

Candidato	Partido	N.º de votos
Heráclito Moraes do Rego	PSD	24.566
Alfredo de Arruda Câmara	CDP*	19.741
Jarbas C. de Albuquerque Maranhão	PSD	18.768
João Inácio Ribeiro Roma	PSD	16.232
Alde Feijó Sampaio	CDP	13.711
João Cleofas de Oliveira	CDP	13.309
Antonio de Barros Carvalho	CDP	12.968
Pedro Joaquim de Souza	CDP	12.264
Oscar N. Carneiro da Silva	PSD	12.179
Luiz de Magalhães Melo	PSD	11.911
Ulisses Lins de Albuquerque	PSD	11.173
Paulo Pessoa Guerra	PSD	10.947
Otávio Corrêa de Araujo	CDP	10.521

* Coligação Democrática Pernambucana, composta dos partidos UDN, PR, PRP, PDC, PTB e PL.

Severino Barbosa Mariz	CDP	10.327
Carlos de Lima Cavalcanti	CDP	10.077
José de Pontes Vieira	PSD	9.604
Nilo de Souza Coelho	PSD	9.474
Manoel N. C. Campelo Junior	CDP	9.034
João Ferreira Lima	CDP	8.422

O quociente eleitoral fora de 20.951 votos e a legenda pela qual concorrera Edgar Pessoa de Queiroz – o Partido Social Trabalhista – somente obteve, além da votação daquele candidato, 784 votos de dois outros.

IV

Na eleição de 1990, no Distrito Federal, o sexto mais votado, dentre os que postulavam uma das oito vagas à Câmara Federal, não foi eleito. Assim se distribuíram os postos:

Candidato	Partido ou coligação	Votos
Augusto Silveira Carvalho	PCB/PDT/PSB/PSDB/PEB/PCdoB	42.957
Paulo Octávio Alves Pereira	PFL/PTB/PTR/PRN/PST	38.233
Osório Adriano Filho	PFL/PTB/PTR/PRN/PST	34.970
Benedito Augusto Domingos	PFL/PTB/PTR/PRN/PST	27.364
Maria Laura Sales Pinheiro	PT	26.186
Jofran Frejat	PFL/PTB/PTR/PRN/PST	22.779
Francisco Domingos dos Santos	PT	20.864
Luiz Carlos Sigmaringa Seixas	PCB	12.858

Ulisses Canhedo Azevedo, com 23.477 votos, ultrapassando os três últimos da relação dos vitoriosos, não alcançou o mandato.

Seus companheiros de coligação – a PAS-Frente Comunitária – tiveram votação inexpressiva e não possibilitaram que a Coligação alcançasse o quociente eleitoral. A votação foi como se segue:

Candidato	Votos
Avelino Pereira Filho	261
José de Oliveira	237
Vera Rechetnicow Sant'Anna	233

V

Nas eleições de 1994, no Distrito Federal, Paulo Octávio Alves Pereira obteve 29.369 votos para deputado federal, mas não se elegeu. Foi a seguinte a distribuição das cadeiras:

Candidato	Partido	Votos
Francisco Domingos dos Santos	PT	57.697
Wigberto Ferreira Tartuce	PP	57.649
Osório Adriano Filho	PFL	53.864
Augusto Silveira de Carvalho	PPS	45.782
Benedito Augusto Domingos	PP	39.070
Jofran Frejat	PP	35.897
Ângelo Santos Queiroz Filho	PCdoB	23.979
Maria Laura Sales Pinheiro	PT	19.849

Dois outros, menos votados, conseguiram o mandato, uma vez que o partido pelo qual Paulo Octávio disputara o pleito – o PFL – somente alcançou o quociente eleitoral, de 78.043, para a eleição de um de seus candidatos.

VI

No pleito recente, de outubro de 2002, o segundo mais votado para a Câmara Federal, José Carlos Fonseca Junior, não foi eleito. Foi o seguinte o quadro da votação:

Candidato	Partido	Votos
Milton Baiano	PPB	109.900
Marcelino Fraga	PMDB	86.094
José Carlos Elias	PTB	73.110
Iriny Lopes	PT	70.234
Renato Casagrande	PSB	69.721
Rose de Freitas	PSDB	69.272
Marcus Vicente	PPB	65.954
Manato	PDT	56.219
Feu Rosa	PSDB	44.000
Neucimar Fraga	PL	39.047

É que, tendo sido de 1.662.841 o total de votos válidos e de 10 os postos a preencher, o quociente eleitoral foi de 166.284. E a Coligação Avante Capixaba, pela qual concorreu José Carlos Fonseca Junior, colheu apenas 135.564 votos, assim distribuídos:

Candidato	Votos
José Carlos Fonseca Junior	92.727
Eval Galazi	18.543
Pastor Samuel Neves	9.213
Paulo Lemos	2.937
Acir	2.541
Ronaldo Lopes	2.044
Miltinho	876
Na Legenda	6.683

VII

O caso-limite ocorreu nas eleições de 1990, para a Câmara Federal, em Mato Grosso. Foi o seguinte, ali, o quadro para apuração do quociente eleitoral:

Nº de vagas	8	(A)
Votos nominais	394.609	(B)
Votos legenda	48.482	(C)
Votos brancos	280.423	(D)
Votos nulos	100.836	(E)
Quociente leitoral	90.439	$\frac{(B + C + D)}{A}$

E foram os seguintes os eleitos:

Candidato	Partido	Votos
Jonas Pinheiro da Silva	PFL	49.428
Augustinho Freitas Martins	PTB	29.938
João Batista Teixeira Santos	PFL	27.335
Wilmar Peres de Farias	PFL	23.751
Wellington Antônio Fagundes	PL	22.595
Manoel Antônio Rodrigues Palma	PTB	21.507
José Augusto da Silva Curvo	PL	14.488
Oscar César Ribeiro Travassos	PDS	13.485

Dante Martins de Oliveira, com 49.886 votos – a maior votação do Estado e, obviamente, a maior soma individual em todas as listas –, não foi eleito. Seu partido, o PDT, alcançou somente mais 6.381 votos, atribuídos aos outros de seus candidatos, e 12.949 a sua legenda. Ao todo, 69.216 votos, longe, assim, do quociente eleitoral, de 90.439 votos. Não fossem computados os votos em branco, e o quociente eleitoral seria reduzido a 55.385, com a eleição, então, do candidato Dante. Mas, em 1990, estava vigendo o parágrafo único do artigo 106 do Código Eleitoral (Lei nº 4.737, de 15 de julho de 1965), que dispunha: "Contam-se como válidos os votos em branco para determinação do quociente eleitoral."[3]

VIII

Logo ao iniciar-se a 6ª República, a Emenda Constitucional nº 25, de 15 de maio de 1985, trouxe, entre outros itens, alteração substancial à Constituição de 1967, com o restabelecimento da eleição direta para presidente. Dispôs então que o presidente e o vice seriam "eleitos simultaneamente, dentre maiores de trinta e cinco anos e no exercício dos direitos políticos, por sufrágio universal e voto direto e secreto, em todo o País, cento e vinte dias antes do término do mandato presidencial". E determinou: "Será considerado eleito Presidente o candidato que, registrado por Partido Político, obtiver maioria absoluta de votos, não computados os em branco e nulos."

Como a nova Constituição, aprovada em outubro de 1988, manteve essa determinação de não-cômputo, para as eleições presidenciais, dos votos em branco, estabeleceu-se aí uma polêmica: como conciliar o texto constitucional com a disposição do Código Eleitoral, a considerar os votos em branco para a fixação do quociente para as eleições proporcionais?

E de um rico debate a respeito participaram, entre outros, o professor Paulo Benevides, os ex-ministros do Supremo Tribunal Federal, João Leitão de Abreu e Xavier de Albuquerque, e o especialista em Direito Eleitoral, Tito Costa.

---

3. Desde o primeiro Código Eleitoral do país, trazido pelo Decreto nº 21.076, de 24 de fevereiro de 1932, eram computados, para determinação do quociente eleitoral, os votos em branco. A disposição foi mantida pela Lei nº 48, de 4 de maio de 1835, que trouxe modificações àquele Código, pelo Decreto-lei nº 7.586, de 28 de maio de 1945, que veio regular o alistamento e as eleições de 2 de dezembro daquele ano e, por fim, pelo Código Eleitoral de 1950 (artigo 56).

Para Xavier de Albuquerque, "entre voto e sufrágio pode correr, posto não necessariamente, relação de continente e conteúdo. O voto em cheio, que exprime escolha ou preferência, contém sufrágio. O voto em branco, ao invés, não o contém. Para o Direito Constitucional Eleitoral, importa apenas o voto em cheio, aquele que vincula sufrágio e, portanto, exprime escolha ou manifesta preferência; não assim o voto em branco, cuja relevância não ultrapassa os confins da Sociologia Político-Eleitoral. Bem se compreende, dessarte, voltando-se ao tema da representação proporcional e do quociente eleitoral, seu ferramental característico, que a essência do sistema imponha a exclusão dos votos em branco, quando se apuram os votos emitidos e, portanto, se quantifica o dividendo". E insistia ele: "Voto em branco, já se viu, é não sufrágio, é não-escolha, é não preferência, é, em suma, não-opinião." E finalizava por opinar pela ilegitimidade, em face da Constituição, do parágrafo único do artigo 1.067 do Código Eleitoral[4].

Segundo o professor Leitão de Abreu, nada importava que "o conceito de voto válido haja sido enunciado em mandamento constitucional onde se disciplina eleição majoritária, ou seja, a eleição do Presidente da República. O que importa é que aí se define, para todos os efeitos, o voto válido, no qual, pelo texto constitucional, não se compreende voto em branco". E concluiu ele pela não-compatibilidade do parágrafo único do artigo 106 do Código Eleitoral com o sistema constitucional em vigor[5].

Também para o professor Paulo Bonavides não veria sentido na permanência das disposições do Código Eleitoral, a ferir três princípios básicos da Constituição: o pluralismo político, o pluripartidarismo e a representação proporcional[6].

Em contrário, veio a palavra, também tão autorizada, de Tito Costa, para quem o Direito brasileiro sempre tratara distintamente as eleições proporcionais e as majoritárias, quer no texto das leis, quer na doutrina, quer na jurisprudência. O preceito contido no § 2º do artigo 77 da Constituição vigente – insistia ele – é uma regra disciplinadora de eleição majoritária, ao passo que os deputados se elegem pelo sistema proporcional, como diz outro artigo da nova Carta[7].

---

4. Parecer transcrito em *Estudos Eleitorais*. Brasília, TSE, nº 2, maio/ago. 1997, pp. 79-93.
5. In: *Estudos Eleitorais*, ob. cit., pp. 95-103.
6. Idem, pp. 105-29.
7. Idem, pp. 131-7.

E esse era o entendimento do Tribunal Superior Eleitoral, em inúmeras decisões, tendo afirmado em uma delas: "Improcedente a alegação de inconstitucionalidade na forma de se apurar o quociente eleitoral, computando-se os votos em branco, porquanto a votação em branco também representa manifestação da vontade do eleitor. O não cômputo dos votos em branco para eleições presidenciais só não se dá por expressa disposição constitucional em contrário."[8]

IX

Em um último esforço para alcançar a deputação – pois, afinal, merecera a maior votação do Estado –, Dante de Oliveira apresentou reclamação contra o critério adotado pela Comissão Apuradora do Tribunal Regional Eleitoral de Mato Grosso, que considerara os votos em branco para fins de cálculo do quociente eleitoral.

A Corte Regional teve como improcedente a reclamação, e Dante de Oliveira recorreu ao Tribunal Superior Eleitoral, argumentando que "ao dispor no art. 77, § 2º, sobre a eleição do Presidente da República e o vice, e depois no art. 28 ao referir-se à eleição de governador e seu vice, e no art. 46 ao regular a eleição de senador, e no art. 29, alínea II, ao referir-se a eleições de Prefeitos, em todos esses casos, a Constituição excluiu os votos em branco, equiparando-os aos votos nulos, para a formulação da maioria que deve ter o candidato para ser eleito em primeiro turno"[9].

E explicava ele seu prejuízo: "Apliquemos o parágrafo único do art. 106 do Código Eleitoral computando como válidos os votos em branco, encontraremos um total de 723.514 votos que divididos pelo número 8, que é o de lugares a preencher, vamos encontrar um quociente eleitoral de 90.439 votos. Isto porque foram computados na presente eleição um total de 280.423 votos em branco. Caso se excluam os votos em branco da operação acima, encontraremos um quociente de 55.378 votos, número bastante inferior ao da legenda da Coligação da Frente Popular, da qual é suplicante o candidato, sendo o mais votado dentre todos os candidatos das Coligações, com mais de 49.000, sendo a legenda da Coligação do recorrente de

8. Recurso de Diplomação nº 42 – PI, relator ministro Célio Borja.
9. Recurso nº 9.277 – Classe 4º – Mato Grosso (Cuiabá).

80.439 votos, é manifesto o prejuízo do suplicante, ora recorrente. O voto de ninguém passou a ser de alguns em prejuízo dos muitos milhares de votos que foram dados, diretos e secretos, computados regularmente."

A Procuradoria Geral Eleitoral manifestou-se pelo não-provimento do recurso, uma vez que, segundo ela, o artigo 106, parágrafo único, do Código Eleitoral nenhuma incompatibilidade tinha com a Constituição. Mas, ao ratificar o parecer, na sessão de julgamento, o procurador geral, Aristides Junqueira Alvarenga, trouxe o que disse ser certas perplexidades, aporias que lhe invadiam o espírito: "No voto em branco a falta de manifestação de vontade, repito, tendente a demonstrar que o eleitor não quis votar em ninguém, e, aí, a indagação. Por que, então, esta manifestação de vontade do eleitor, expressão da soberania nacional, tem validade? Elege alguém, quando o voto em branco foi, exatamente, no sentido de não querer eleger alguém, mas ele tem força, em face da validade do voto em branco, para eleger alguém contra a vontade de todos aqueles que votaram em branco."[10]

O relator, ministro Vilas Boas, embora reconhecendo que o sistema gerava distorções e acabava por ser injusto em algumas situações, argumentou: "Não me parece razoável que aqueles mesmos candidatos que, embora cientes e conscientes do critério adotado pela Justiça Eleitoral para a apuração do quociente eleitoral, nada alegaram a propósito, nem qualquer impugnação fizeram contra a aludida norma, venham agora, após a realização do pleito, oferecer reclamação contra a aplicação daqueles critérios com os quais tacitamente concordaram. Até mesmo porque, conforme lição do Mestre Themístocles Cavalcanti, 'deve-se evitar a declaração de inconstitucionalidade de uma lei diuturnamente aplicada, sem contestação perante os Tribunais', sendo certo que, como salientou o douto parecer, houve eleições para as Câmaras Municipais em 15 de novembro de 1988, sob a égide da nova CF, e nem por isso a fórmula de cálculo do quociente foi questionada."

Para o ministro Hugo Gueiros, o argumento do recorrente parecia "uma petição de princípio, porque repousa na suposição de que as Constituições anteriores autorizassem até mesmo a contrafação da

---

10. Acórdão nº 11.835, de 19/12/1990. Recurso nº 9.277 – Mato Grosso/Cuiabá, *Diário da Justiça*, de 23/4/1991, p. 4864.

proporcionalidade". E complementou: "A consideração do voto em branco no quociente eleitoral é anterior a 1946, e persistiu, não porque as Constituições a absorvessem, mas simplesmente porque não a condenavam, como agora, em 1988."[11] Afirmando que o problema não era novo, o ministro Paulo Brossard traçou um preciso quadro histórico, lembrando: "Nas primeiras eleições realizadas sob o Código Eleitoral de 1932, o Código Assis Brasil, a questão foi suscitada perante este egrégio TSE. Seu relator foi o Ministro Eduardo Espínola. Entendeu a Corte que o voto em branco não era nulo e, por conseguinte, deveria ser computado. A lei 48, de 1935, tornou explícito o que o TSE entendera implícito no Código de 32. Retomado o processo democrático em 1945, sobreveio o Código Eleitoral daquele ano, a que se ligou o nome do Ministro da Justiça, Agamenon Magalhães, e, com as mesmas palavras, manteve o enunciado na Lei 48, de 1935. Novo Código Eleitoral foi promulgado em 1950, e a norma foi repetida. Por fim, em 1965, foi editado o vigente Código, que, no tocante, permaneceu fiel ao direito anterior. De modo que são mais de cinqüenta anos decorridos, desde a decisão do TSE seguida pela lei eleitoral de 1935, que alterou dispositivos do Código de 24 de fevereiro de 1932, e o entendimento ora questionado, acolhido pela doutrina, foi mantido, a despeito da crítica de Domingos Velasco, em livro de 1935, e da opinião de Raul Pilla, nome que pronunciou com o maior respeito e admiração, sustentada quando da elaboração do Código de 50. Membro da Comissão Mista de Leis Complementares, o saudoso homem público, cujas altas virtudes pude apreciar de perto em longos anos, apresentou emenda ao projeto de Código Eleitoral no sentido de excluir o voto em branco na fixação do quociente eleitoral. Mas a despeito das judiciosas razões então oferecidas, em seu estilo cristalino, a emenda não prevaleceu. Embora a tese fosse perfeitamente sustentável, e bastava o exemplo da legislação francesa a respeito, a solução vitoriosa não poderia ser acoimada de inconstitucionalidade, segundo entendo. O fato é que o entendimento adotado pelo TSE em 1934, confirmado pela Lei 48, de 35, permaneceu sem variações até hoje."

Por unanimidade, o Tribunal Superior Eleitoral não conheceu do recurso.

11. Acórdão citado.

21. "A conta realizada pode ser tudo, menos proporcional"

A mesma irresignação – com relação aos que, com muitos votos, não são eleitos – dirige-se àqueles que, ao que se diz "com poucos votos", alcançam os postos eletivos.

No pleito de outubro de 2002, quando, no Estado de São Paulo, se elegeu deputado federal, com 1.500.000 votos, o candidato Enéas, elegendo mais cinco de seus correligionários, o último com apenas 302 votos, muitos foram os protestos.

Foi o seguinte o quadro de votos do Prona:

Candidato	Votos
Enéas Carneiro	1.573.642
Amauri Robledo Gasques	18.417
Prof. Irapuan Teixeira	673
Elimar Máximo Damasceno	484
Ildeu Araujo	382
Vanderlei Assis de Souza	275

Ora, o número de votos válidos para a eleição foi de 19.611.557 que, dividido pelo número de vagas a preencher, de 70 postos, indicou, como quociente eleitoral, a soma de pouco mais de 280.000 votos.

Alcançando um total de 1.593.875 votos, o Prona teve direito a seis vagas. Quatro de seus candidatos, com menos de 1.000 votos, tiveram direito ao mandato, quando se listam entre os derrotados, de outros partidos, seis, com mais de 100.000 votos, seis com mais de 80.000 votos e cinco com mais de 70.000 votos.

II

Um de nossos jornais, falando da eleição, deplorou "a convergência insensata das normas eleitorais"[1]. Em outro, comentou-se: "Por falha no dispositivo eleitoral, acabou ocorrendo essa anomalia."[2] "Algo a lei precisa fazer: um deputado de 300 votos não pode representar um Estado com 25 milhões de votos", afirmou um reputado cronista[3].

Mas veio a palavra esclarecedora de Jairo Nicolau: "Na realidade, o sistema eleitoral utilizado nas eleições para a Câmara prevê dois movimentos. No primeiro, é feita a distribuição das cadeiras entre os partidos (ou coligações) de acordo com o quociente eleitoral (total de votos válidos dividido pelo número de cadeiras de cada Estado). O partido terá tantas cadeiras quantas vezes ele atingir o quociente eleitoral (ele pode ainda receber outras cadeiras de sobras). Nesta eleição, o quociente eleitoral de São Paulo foi de 280 mil votos. Como o Prona obteve cerca de 1,6 milhão, ficou com seis cadeiras. O segundo movimento é a distribuição destas cadeiras entre os partidos. Nesta fase, sim, um sistema majoritário é utilizado: os mais votados do partido são eleitos, independentemente dos votos que cada um tenha obtido. Para o nosso sistema, primeiro importa saber quantos votos obteve o partido, e só depois saber dos votos recebidos pelos candidatos. São Paulo pode ter votado em Enéas, mas, para a distribuição de cadeiras, São Paulo votou no Prona."[4]

---

1. *Jornal do Brasil*, de 10/10/2002.
2. KOBAYASHI, *Jornal da Tarde*, de 11/10/2002.
3. NUNES, Augusto, *Jornal do Brasil*, de 10/10/2002.
4. NICOLAU, Jairo, *O Globo*, de 12/10/2002. Professor e pesquisador do Instituto de Pesquisas do Rio de Janeiro – Iuperj, Nicolau é autor de textos fundamentais à compreensão dos modelos eleitorais: *Sistema eleitoral e reforma política* (Rio de Janeiro: Foglio, 1993), *Multipartidarismo e democracia: um estudo sobre o sistema partidário brasileiro* (1996), *Dados eleitorais do Brasil – 1982/1996* (Rio de Janeiro: Revam/Iuperj, 1998) e *Sistemas eleitorais* (Rio de Janeiro: Fundação Getúlio Vargas, 1999).

III

Jairo Nicolau fala de "um sistema majoritário" a ser utilizado quando da distribuição das cadeiras entre os partidos.

Jean Blondel, como vimos, falou também, com relação a nosso modelo, de "um sistema majoritário no interior de uma prévia representação proporcional".

Mas não cremos tenha, nosso sistema, em nenhum instante, parcela de princípio majoritário. Em nosso país, o voto do eleitor, na escolha uninominal que realiza, é um voto de preferência levada ao extremo. Ele ordena a lista oferecida pelos partidos e nela se dá o que é a marca nodal do voto proporcional: a transferibilidade dos votos, dos que receberam em excesso, dos que os colheram com rarefação.

Faceta majoritária, sim, tinha o sistema em seu início, quando, em 1932, formulado por Assis Brasil. Falando em "turnos simultâneos" – em verdade, turnos de apuração, votando o eleitor apenas uma vez –, dizia o Código de 1932, em sua primeira redação, que estariam eleitos em primeiro turno: a) os candidatos que tivessem obtido o quociente eleitoral; b) na ordem de votação obtida, tantos candidatos registrados sob a mesma legenda quantos indicasse o quociente partidário (capítulo III, artigo 5º, do Decreto nº 21.076). No segundo turno, estariam eleitos "os outros candidatos mais votados, até serem preenchidos os lugares que não o foram no primeiro turno" (capítulo III, artigo 8º).

Como explicava João da Rocha Cabral, o segundo turno corresponderia "ao direito da maioria governar, em relativa paz, dispondo de bastantes vozes, no parlamento". O primeiro turno, "ao das minorias, direito sacrossanto, de fiscalização do governo e colaboração nos atos legislativos"[5].

E o próprio Assis Brasil, ante as críticas de que teria trazido um sistema misto, proporcional no primeiro turno e majoritário no segundo, reconhecia que, no segundo turno de seu sistema, "os candidatos da maioria serão os únicos favorecidos"[6].

Com a reforma trazida pela Lei nº 48, de 4 de maio de 1935, passando-se a uma escolha uninominal pelos eleitores a partir das listas

---

5. CABRAL, João C. da Rocha, *Código Eleitoral da República dos Estados Unidos do Brasil*. 3ª ed., Rio de Janeiro: Freitas Bastos, 1934, p. 104.
6. ASSIS BRASIL, J. F. de, "Democracia representativa". In: *Do voto e do modo de votar*. Rio de Janeiro: G. Leuzinger & Filhos, 1893, p. 104.

oferecidas pelos partidos, o modelo brasileiro alcançou a plena proporcionalidade.

No texto, era denominada "segundo turno" a distribuição das sobras, quando, pela aplicação do quociente eleitoral, restassem ainda a preencher algumas vagas. E disputavam as sobras somente os partidos que alcançassem o quociente eleitoral. Este era um item que reforçava ainda mais o caráter proporcional do sistema. E esta, afinal, uma lição recolhida dos que primeiro esboçaram a representação proporcional no mundo. Para Hondt, "o partido que não alcança a medida eleitoral dando direito a uma cadeira não pode protestar contra sua exclusão de toda representação"[7].

IV

Essa perspectiva – a de que a vedação a que partidos que não alcançarem o quociente eleitoral concorram à distribuição das sobras seja um item a ferir a verdadeira proporcionalidade – recebeu, recentemente, viva contestação, por parte de um candidato que, nas últimas eleições à Câmara Federal, mereceu a segunda votação no Estado do Espírito Santo, mas não alcançou a vaga.

Como vimos, José Carlos Fonseca Júnior recebeu 92.727 votos, mas o quociente eleitoral foi de 165.284. Ele e seus correligionários da Coligação Avante Capixabas somaram apenas 145.271 votos. O candidato obteve 5,61% dos votos válidos e sua coligação, 8,78%.

Em mandado de segurança contra ato do Tribunal Regional Eleitoral do Espírito Santo que deixara de proclamá-lo como candidato eleito, José Carlos Fonseca Junior e a Coligação indicaram que os 652.841 votos válidos recolhidos no Estado haviam sido assim distribuídos:

Partidos e coligações	Votos
Coligação Avante Capixaba (PFL/PRTB/PGT/PTC)	145.271
Coligação Espírito Santo Forte (PTB/PMDB/PSDB)	650.432
Frente Competência para Mudar (PSB/PSD/PSC/Prona/PTdoB/PV/PAN/PSL/PHS)	210.465

7. D'HONDT, Victor, "Exposição do sistema prático de representação proporcional adotado pelo Comitê da Associação Reformista Belga". In: *La représentation proportionelle – Études de legislation et de statistique comparées*. Paris: E. Pichon, 1888, pp. 69 ss.

Frente Mudança pra Valer (PT/PL/PMN/PCdoB)   287.004
Frente Trabalhista Movimento Muda Espírito Santo
(PDT/PTB/PST/PSDC/PRP)   348.250
PCO   809
PPS   8.900
PTN   1.710

Correspondendo o quociente eleitoral a 165.284 – resultado da divisão do número de votos válidos pelo de vagas a preencher, em número de 10 –, foi assim calculado o quociente partidário:

Partidos e coligações	Quociente partidário
Coligação Avante Capixabas (PFL/PRTB/PGT/PTC)	0,878917
Coligação Espírito Santo Forte (PPB/PMDB/PSDB)	3.935236
Frente Competência para Mudar (PSB/PSD/PSC/Prona/PTdoB/PV/PA/PSL/PHS)	1,273353
Frente Mudança pra Valer (PT/PL/PMN/PCdoB)	1,736428
Frente Trabalhista Movimento Muda Espírito Santo (PDT/PTB/PST/PSDC/PRP)	2,106978
PCO	0,004895
PPS	0,053847
PTN	0,010346

[8]

Daí, e como indica o artigo 108 do Código Eleitoral, tenham cabido três deputados à Coligação Espírito Santo Forte, dois à Frente Trabalhista Movimento Muda Espírito Santo, um à Frente Competência para Mudar e um à Frente Mudança pra Valer.

Preenchidas sete vagas, passou-se à distribuição das chamadas sobras e atendeu-se ao que determina o artigo 109, § 2º, do Código Eleitoral: "Só poderão concorrer à distribuição dos lugares os partidos e coligações que tiverem obtido quociente eleitoral."

Não participou então dessa distribuição a coligação pela qual concorrera José Carlos Fonseca Júnior.

Entendeu ele que a proclamação feita pelo Tribunal Regional Eleitoral do Espírito Santo era desproporcional, pois a comparação entre o número de cadeiras obtidas pelas coligações e o percentual de votos obtidos revelava clara discrepância:

8. Mandado de Segurança nº TSE 3.109-ES.

Coligações	Votos	Cadeiras
Coligação Espírito Santo Forte	39,36	50%
Frente Competência para Mudar	12,74	10%
Frente Mudança pra Valer	17,37	20%
Frente Trabalhista Movimento Muda Espírito Santo	21,07	25%

Via ele esses números como "dramaticamente incoerentes". A Coligação do PPB, com pouco mais que o triplo de votos da Coligação do PSB, obtivera cinco vezes mais cadeiras. Fizera pouco mais que o dobro da Coligação do PT e obtivera duas vezes e meia o número de vagas. Fizera menos do que o dobro da Coligação do PDT e obtivera também duas vezes e meia o número de vagas: "a conta realizada pode ser tudo, menos proporcional, revelando cálculo ilógico e desprovido de razoabilidade".

E com precisa rememoração de momentos de nosso modelo eleitoral – em que as Constituições de 1946, de 1967 e da Emenda de 1969 impunham o sistema proporcional, mas "na forma que a lei estabelecer" –, José Carlos Fonseca Junior argumentou que com a Constituição vigente já não se permite que o sistema experimente as mutilações e desfigurações trazidas pelo legislador ordinário.

Entre essas "mutilações e desfigurações", lembrou o artigo 48 do Decreto-lei nº 7.586, de 29 de maio de 1945, que mandava atribuir ao partido mais votado os lugares não preenchidos com a aplicação do quociente partidário[9].

O ponto nodal da argumentação do candidato era o de que a exclusão dos partidos que não obtiveram o quociente eleitoral enseja "a transmutação do sistema proporcional em majoritário, pois permite que somente as coligações e partidos que alcançaram a maioria relativa capaz de eleger um Deputado disputem as vagas remanescentes, aquelas para as quais nenhum partido ou coligação obteve o número suficiente de votos".

Lembrou inicialmente o relator do Mandado de Segurança no Tribunal Superior Eleitoral, ministro Sálvio de Figueiredo, que a Corte, com outra composição, já apreciara o tema dos critérios de conta-

---

9. Para Victor Nunes Leal, era evidente "que a atribuição de todos os restos ao partido majoritário mutila o sistema de representação proporcional. Mas o legislador constituinte parece ter admitido a possibilidade dessa desconfiguração parcial, quando expressamente impôs a cláusula restritiva 'na forma que a lei estabelecer'".

gem de votos pelo sistema proporcional, concluindo pela aplicabilidade do mencionado artigo 109 do Código Eleitoral.

E argumentou ele que, "no caso, a expressão 'sistema proporcional', por si só, contida no art. 45 da Constituição, encontra no Código Eleitoral critérios precisos e definidos de apuração dos votos. A proposta de outro modelo, destarte, há de ser feita *de lege ferenda*, mas não na solução de um caso concreto, sob pena de ofensa ao princípio da separação dos Poderes, uma vez que a declaração de inconstitucionalidade implicaria a alteração do sentido do texto legal, o que não se permite ao Judiciário".

Não lhe parecia melhor o modelo adotado pelo legislador ordinário brasileiro, mas, segundo ele, "é de convir-se, entretanto, que, ainda que haja outros modelos de sistema proporcional, com maiores vantagens ou desvantagens, o Código Eleitoral não foge à razoabilidade, atendendo ao princípio da proporcionalidade".

Foi, então, denegada a segurança.

22. Uma eleição em 1947: "um mundo de chicana e sofismas"

A Constituição promulgada em 18 de setembro de 1946 determinara, pelo artigo 11 de suas Disposições Constitucionais Transitórias, que, "no primeiro domingo após cento e vinte dias contados da promulgação deste Ato", proceder-se-iam, em cada Estado, a eleições de governadores e de deputados às Assembléias Legislativas.

Em 19 de janeiro de 1947, realizaram-se então os pleitos e, em Pernambuco, haviam sido lançados como candidatos a governador, pelo Partido Social Democrático, Barbosa Lima Sobrinho; pela Aliança de Partidos – União Democrática Nacional, Partido Democrata Cristão e Partido Libertador, Neto Campelo Junior; pelo Partido Comunista, Pelópidas Silveira; e, pelo Partido Republicano, Eurico de Souza Leão, este, como esclareceu Barbosa Lima, "com a preocupação única de evitar, com a apresentação de seu nome, a cisão de seu partido, que se dividira entre os candidatos indicados pelo PSD e pela Aliança dos Partidos"[1].

Em razão da disputa judicial que emaranhou o resultado da eleição, Barbosa Lima, considerado, afinal, vencedor, somente seria diplomado governador um ano depois.

---

1. BARBOSA LIMA SOBRINHO, *Questões de direito eleitoral*. Recife: [s. ed.], 1949, p. 3.

Em livro de 1976, Andrade Lima Filho falaria do pleito como tendo sido "um mundo de chicana e sofisma: a cada hora, um recurso; por qualquer pretexto, uma impugnação. Barbosa ganhava numa urna? Anule-se a urna. A verdade eleitoral beneficiava o PSD? Suprima-se a verdade. A Lei estava ao lado do candidato vitorioso? Revogue-se a Lei"[2].

Mas, em verdade, não se poderia atribuir somente à Aliança dos Partidos a responsabilidade por toda a "chicana e sofisma".

Também o PSD utilizou-se largamente dos recursos, com aproveitamento, como explicava Barbosa Lima Sobrinho, "de uma nova tese, que havia surgido no Tribunal Superior, a tese das nulidades de pleno direito, que deveriam ser examinadas em qualquer tempo, desde que alegadas, ou mesmo sem alegação, quando devidamente comprovadas"[3].

II

A "nova tese", segundo Barbosa Lima, começara a prevalecer com o julgamento do registro de Hugo Borghi ao governo do Estado de São Paulo e que se concluiu em janeiro de 1947.

Por uma resolução que tomou o nº 1.420, cancelava-se o registro do candidato, afirmando seu relator, o ministro Rocha Lagoa: "Não seria possível, sem o sacrifício do prestígio das instituições judiciárias, que magistrados, tomando conhecimento de violação de normas de ordem pública, não exercessem seu poder jurisdicional para a recomposição da ordem jurídica perturbada. Daí a regra expressa no art. 107 do Decreto-lei nº 7.586, de 28 de maio de 1945, revigorado pelo art. 2º da Lei nº 5, de 14 de dezembro de 1946, segundo a qual a nulidade de pleno direito, ainda que não argüida pelas partes, deverá ser decretada pelo Tribunal Superior Eleitoral."[4]

A orientação do Tribunal sofreu muitas críticas do Congresso.

Em discurso de agosto de 1947, por exemplo, o deputado Barreto Pinto lembrava o caso do senador Euclides Vieira "que, regis-

---

2. LIMA FILHO, Andrade, *China Gordo: Agamenon Magalhães e sua época*. Recife: UFPE, 1976, p. 249.
3. BARBOSA LIMA SOBRINHO, ob. cit., p. 15.
4. Idem, ob. cit., p. 15.

trado no prazo legal, empossado e em exercício, viu cassado seu diploma pelo Superior Tribunal Eleitoral, pelo fundamento de que havia uma nulidade de pleno direito".

Julgava ele inconveniente deixar à Corte "a competência para decretar nulidades de pleno direito, *ex officio*, quando tais nulidades não hajam sido invocadas ou argüidas por ocasião dos recursos interpostos tempestivamente"[5].

III

Antes mesmo de realizadas as eleições para a renovação da Câmara dos Deputados, começou-se a discutir, no Congresso, a reforma do Código Eleitoral de 1932. Um dos pontos mais graves, deplorados no processo eleitoral, era a demora na apuração dos pleitos e no julgamento dos recursos. Indicando esse problema, dizia o presidente Vargas em mensagem de maio de 1935, dirigida ao Poder Legislativo: "Basta dizer-se que, em sete meses, de outubro de 1934 a maio de 1935, está ainda por findar o processo das eleições gerais."[6]

Em discurso de julho de 1935, queixava-se o deputado Dorval Melchiades: "Agora, nove meses depois das eleições de 14 de outubro, ainda não são conhecidos os seus recursos no Estado do Rio de Janeiro."[7]

E em 1945, com a redemocratização de que surgiria nossa 4ª República, ouviram-se muitas críticas quanto ao fato de que os recursos na Justiça Eleitoral não se submetessem ao rigor dos prazos. A jurisprudência do antigo Tribunal Superior Eleitoral, criado pelo Código de 1932, admitira conhecer nulidades de pleno direito, mesmo não alegadas pelas partes. Esse entendimento foi perfilado pela Lei nº 48, de 4 de maio de 1945.

A lei então vigente – o Decreto-lei nº 7.586, de 28 de maio de 1945 – repetira, em seu artigo 107, o texto do artigo 163 do Código, reformado em 1935: "A nulidade de pleno direito, ainda que não argüida pelas partes, deverá ser decretada pelo Tribunal Superior."

5. *Diário do Congresso Nacional*, de 7/8/1947, p. 4410.
6. In: *Anais da Câmara dos Deputados*, 1935, vol. 1, p. 49.
7. In: *Anais...*, ob. cit., p. 49.

Em artigo de 1947, Barbosa Lima Sobrinho defenderia a redução da competência do TSE, pleiteando se tornasse definitivo, na maioria dos casos, o pronunciamento da instância regional, devendo o recurso ao Tribunal Superior ter sempre "a feição e os limites de um recurso extraordinário". Mas a Lei nº 85, de 6 de setembro daquele ano, trouxe, por seu artigo 3º, o que ao crítico parecia a reforma mais necessária: a adoção do princípio da preclusão dos prazos – o recurso que não fosse utilizado a tempo não deveria mais ser admitido.

IV

O deputado Plínio Barreto apresentara, em junho de 1947, projeto de uma lei geral de emergência, pela qual seria procedida completa revisão de quantos haviam se alistado eleitores. Substitutivo apresentado pelo relator na Comissão de Constituição e Justiça, o deputado Lameira Bittencourt, transformou o texto em "lei eleitoral de emergência, que tem dois objetivos: o primeiro, revigorar uma legislação eleitoral no sentido técnico já não existente, já caduca, de sorte que possa haver uma lei que presida à realização das próximas eleições; segundo, adotar providências de caráter urgente, para que o pleito municipal, em todo o país, possa processar-se como prescreve a Constituição"[8].

O artigo 3º do substitutivo dispunha: "Os prazos para interposição dos recursos eleitorais serão preclusivos e as nulidades de pleno direito só podem ser argüidas em recursos regulares e tempestivos ou decretadas *ex officio* quando os tribunais conhecerem dos mesmos recursos."

A redação provocou em plenário a reação, entre outros, do deputado Barreto Pinto, que argumentou: "É perigosíssimo deixar ao arbítrio do Tribunal Superior Eleitoral, depois de julgados todos os casos e os que ele ainda possa vir a julgar, decretar *ex officio* qualquer providência nesse sentido. Faz-se uma eleição como a que tivemos no caso do Senador Euclides Vieira, que alcançou 400 mil votos, e o Tribunal, por maioria ocasional, cassa o diploma de um Senador da República, que conseguiu mais da metade da votação em seu Estado. É verdadeiro absurdo; não é patriótico, é antidemocrático."

8. *Diário do Congresso Nacional*, de 1º/8/1947, p. 14222.

Ao que o deputado Lameira Bittencourt retrucou: "O Tribunal só poderá conhecer *ex officio* dessas nulidades de pleno direito no decorrer dos recursos interpostos, temporaneamente, isto é, dentro dos prazos. Se assim é, não pode haver de maneira alguma os riscos vislumbrados pelo zelo justo, mas excessivo, do ilustre deputado."[9]

Mas uma emenda apresentada pelo deputado Negreiros Falcão propôs a supressão da parte final do artigo 3º: "... ou decretadas *ex officio* quando os tribunais conhecerem dos mesmos recursos". Alegava ele: "Não se justifica a decretação de nulidades não argüidas posteriormente desde que não estamos mais na época em que se usava caçar nulidades, ao invés de preservar a verdade através de processos. O que se deve inicialmente defender é o voto desde as suas origens até o florescimento de seus efeitos, que é a diplomação do candidato. Assim, pois, desde que nenhum interessado alegue agravo ou prejuízo oriundo de nulidade, não se compreende a sua decretação, por amor a um formalismo esterilizador das fontes do sufrágio."

E acrescentava que sua emenda visava "garantir os direitos do eleitorado, do povo, dos candidatos e evitar essa grita contra o Superior Tribunal Eleitoral, que todos nós ouvimos. O *Diário Carioca* e o *Correio da Manhã*, em artigos formidáveis, têm feito crítica acerba à ação do egrégio Superior Tribunal Eleitoral pelo fato de conhecer de recursos que poderão alongar-se por absurdo até 10 e 20 anos depois, o que não é absolutamente possível, justificável"[10].

A sugestão pareceu oportuna ao deputado Gabriel Passos, a que melhor se coadunava "com o espírito do Direito Eleitoral e, sobretudo, com aquilo que desejamos: o desembaraço da Justiça Eleitoral". E dizia ele: "Não tendo as partes interposto recursos, se conformam com o processo. Para que, pois, dar-se ao juiz a faculdade de suscitar uma nulidade que ninguém houve como prejudicial, contra a qual ninguém reclamou?"[11]

A emenda foi acolhida.

---

9. *Diário...*, de 6/8/1947, p. 4367.
10. *Idem*, de 7/8/1947, p. 4409, com correção na edição de 8/8/1947, p. 4457.
11. *Idem*, de 7/8/1947, p. 4410.

V

Mas, antes da vigência da Lei nº 85, havia a possibilidade de alegação das nulidades de pleno direito, sem depender de nenhuma formalidade processual.

Fundada em supostos interesses de ordem pública – explicava Barbosa Lima Sobrinho –, "sobrepunha-se a quaisquer outras considerações. Estava, pois, aberta a porta para os recursos intempestivos". A Aliança de Partidos – no julgamento do pleito de 1947, em Pernambuco, "não se fez de rogada, enveredando corajosamente por ela, com uma quantidade enorme de processos".

E Barbosa Lima reconhece: "O Partido Social Democrático, de seu lado, procurando contrabalançar os recursos da Aliança, usou da mesma tática e, embora partindo um pouco atrasado, conseguiu reconquistar o tempo perdido e apresentou também diversos recursos, invocando nulidades de pleno direito. Se prevalecesse a tese, estaria ele também armado para compensar os votos que fossem anulados por força dos recursos intempestivos da Aliança. Centenas de secções eleitorais foram assim contestadas, de parte a parte."[12]

Anulações de muitas urnas haviam sido determinadas. E os recursos contra tais decisões deveriam ser interpostos dentro de quarenta e oito horas. Mas muitos recursos, com a indicação de nulidades de pleno direito, foram interpostos fora daquele prazo, e o Tribunal Regional deles não conheceu.

O Tribunal Superior, no entanto – diz-se em uma ata dos trabalhos do TRE –, "seguindo orientação diversa, resolveu tomar conhecimento de tais recursos, julgando diretamente alguns e mandando devolver muitos outros ao Tribunal Regional para conhecer o mérito das alegações"[13].

O que era alegado? O fato de se encontrarem sobrecartas rubricadas por presidente de mesa eleitoral diversa; de serem suspensos os trabalhos de votação ou determinado seu encerramento antes do prazo fixado na lei; de terem feito parte das mesas receptoras membros de diretórios de partidos políticos, parentes de candidatos, funcionários demissíveis *ad nutum*.

12. BARBOSA LIMA SOBRINHO, ob. cit., p. 16.
13. Ata da 10ª Sessão Ordinária do Tribunal Regional Eleitoral de Pernambuco, de 19/1/1948.

Quanto a esse último item, por exemplo, argüiu a Aliança a nulidade de votação de uma seção – a 2ª da 21ª Zona – por haver servido de mesário um suplente de delegado de polícia do Município. Por não ser a função remunerada, o Tribunal Regional não anulou a votação. Mas entendeu o Superior Tribunal que se tratava de funcionário demissível *ad nutum*. Prevaleceu o entendimento do relator, ministro Rocha Lagoa, que argumentou: "Quem, como eu, nasceu e viveu no interior do País, sabe, perfeitamente, o que é uma autoridade policial: é um cargo, pode-se dizer, que dá poderes maiores que os dos ditadores... O Delegado de Polícia prende e solta à vontade; é o rei pequeno da localidade. O fato de ser remunerada ou não a função não tem importância; o que a lei quis evitar foi a influência, a coação dessa autoridade."[14]

VI

Curiosa foi a versão que circulou nos meios forenses do Recife de que a Justiça, após decorrido o mandato do governador Barbosa Lima Sobrinho, havia julgado como vitorioso no pleito o candidato Neto Campelo.

O ex-presidente Ernesto Geisel a acolhe. Em seu livro de memórias, organizado por Maria Celina D'Araujo e Celso Castro, disse ele: "Após a redemocratização de 45, realizaram-se eleições nos Estados. Em Pernambuco, havia dois candidatos: Barbosa Lima, que era do PSD, apoiado pelo Agamenon Magalhães, e Neto Campelo, que era da UDN. Nessa ocasião – era o Governo Dutra – fui mandado várias vezes a Recife, onde havia problemas. Houve a eleição, foi eleito o Barbosa Lima, mas a UDN entrou com um recurso no Tribunal, dizendo que tinha havido erro na apuração. Barbosa Lima governou quatro anos e depois, quando já tinha terminado o mandato, o Tribunal julgou o recurso: o eleito fora Neto Campelo."[15]

Nada, porém, mais contrário aos fatos.

O Tribunal Regional Eleitoral de Pernambuco, em sessão de 19 de janeiro de 1948, proclamou Barbosa Lima governador, pois que "a votação impugnada, bem como a votação pleiteada pela Aliança

14. Resolução TSE nº 2.606, de 23/1/1948.
15. D'ARAUJO, Maria Celina e CASTRO, Celso, *Geisel*. Rio de Janeiro: FGV, p. 262.

da UDN, do PDC e do PL, no recurso nº 328, pendente de julgamento do Tribunal Superior Eleitoral, onde tem o nº 753, não podem influir na colocação do mesmo candidato, como o mais votado para governador na eleição de 19 de janeiro de 1947".

Agindo assim, o Tribunal Regional atendia ao que dispôs o Tribunal Superior Eleitoral no artigo 1º de sua Resolução nº 1.525: "A proclamação pelos Tribunais Regionais Eleitorais dos senadores, deputados e governadores dos Estados, bem como dos vereadores da Câmara do Distrito Federal, eleitos em 19.1.1947, independerá da solução das dúvidas, impugnações ou recursos suscitados ou interpostos, desde que a votação impugnada não possa alterar a colocação já obtida pelos candidatos, segundo os votos apurados."

E o recurso de nº 753 foi julgado pelo TSE em 23 de janeiro de 1948, conhecendo-se, pela Resolução nº 2.606, em parte, o pedido da Aliança UDN/PSD/PL para anulação de algumas seções, que não poderiam, como se antecipou, influir no resultado da eleição.

Em 3 de fevereiro de 1948, o presidente da Comissão Apuradora da eleição dava a conhecer o seguinte quadro:

Votação líquida para governador	
a) Votação na data da diplomação, 19 de janeiro de 1948:	
Alexandre José Barbosa Lima Sobrinho	84.178
Manoel Neto Carneiro Campelo Junior	83.178
Pelópidas Silveira	54.418
Eurico de Souza Leão	1.583
b) Votação das seções anuladas posteriormente: 2ª de Glória de Goitá, 13ª de Panelas e 2ª de Jatinã	
Alexandre José Barbosa Lima Sobrinho	330
Manoel Neto Carneiro Campelo Junior	218
Pelópidas Silveira	17
Eurico de Souza Leão	–
c) Votação líquida atual	
Alexandre José Barbosa Lima Sobrinho	83.848
Manoel Neto Carneiro Campelo Junior	82.960
Pelópidas Silveira	54.401
Eurico de Souza Leão	1.583
d) Diferença pró-candidato Alexandre José Barbosa Lima Sobrinho	888
e) Votação apurada para governador	222.792

Dois foram os recursos interpostos no Tribunal Superior contra a proclamação. O primeiro, da Aliança da UDN, do PDC e do PL, não mereceu provimento, entendendo a Corte ter ocorrido, nos termos do artigo 3º da Lei nº 85, de 6 de setembro de 1947, preclusão quanto às argüições de nulidades, formuladas em relação à constituição das mesas receptoras e à realização das eleições[16]. O segundo, do próprio partido vencedor, o PSD, que argumentava que "os votos atribuídos ao candidato vitorioso não são os que resultam das votações legítimas e que devem ser anuladas, por diferentes motivos, as seções que enumera". Julgou o Tribunal que somente caberia recurso à parte a quem foi contrária a decisão. O recurso não foi conhecido[17].

---

16. Acórdão do TSE nº 2, *Diário da Justiça*, de 12/7/1949, p. 5690.
17. Acórdão do TSE nº 3, *Diário da Justiça*, de 18/6/1949, p. 4900.

23. Se quiséssemos, ele se deixaria fotografar nu

Conta-se que, na Assembléia Constituinte de 1946, Prestes, senador pelo Partido Comunista de São Paulo, ocupava a tribuna quando Barreto Pinto, deputado pelo PTB do Rio de Janeiro, pediu-lhe um aparte. Prestes respondeu: "– Não concedo apartes a um Deputado de 500 votos."
O incidente não está transcrito nos Anais da Assembléia. Ou não aconteceu ou as taquígrafas não o anotaram[1].

Mas o remoque de Prestes se deveria ao fato de que Barreto Pinto, na eleição de 1945, para a Câmara, fora o décimo primeiro na ordem dos candidatos indicados pelo Partido Trabalhista Brasileiro no então Distrito Federal.

Getúlio, que fora incluído na chapa de deputados de seu partido em seis Estados e se elegera em todos eles, obtivera no Rio metade de toda a votação destinada aos deputados federais. Permitiu que se elegessem com ele mais nove de seus companheiros. E, com sua renúncia, para assumir a senatoria pelo Rio Grande do Sul, mais um de seus correligionários, Barreto Pinto, alcançou o mandato.

1. Mas há mesmo a possibilidade de que tenha ocorrido quando do discurso de maior repercussão de Prestes, pronunciado em 26 de março de 1946, quando ele enfrentou a questão, levantada por alguns de seus adversários, sobre como se situaria no caso de uma guerra entre o Brasil e a União Soviética. Anota-se na ata da sessão: "Apartes do Sr. Barreto Pinto e réplica do orador, fazendo o Sr. Presidente soar demoradamente os tímpanos."

A legislação de então permitia essas candidaturas simultâneas[2] e foi a seguinte a votação recebida por Vargas e seus companheiros do Partido Trabalhista Brasileiro para a Câmara Federal:

BAHIA

Candidato	Votos
Getúlio Dorneles Vargas	10.032
Luiz Lago de Araújo	1.862 – Suplente

DISTRITO FEDERAL

Candidato	Votos
Getúlio Dorneles Vargas	116.712
Rui da Cruz Almeida	3.201
Benjamin Miguel Farah	2.035
Manuel do Nascimento Vargas Neto	1.750
Francisco Gurgel do Amaral Valente	1.022
José de Segadas Viana	795
Manuel Benício Fontenele	753
Paulo Baeta Neves	722
Antonio José da Silva	592
Barreto Pinto	537 – Suplente

MINAS GERAIS

Candidato	Votos
Getúlio Dorneles Vargas	32.012
Jarbas de Lero Santos	6.457
Ezequiel da Silva Mendes	4.415 – Suplente

2. Por omissão, o Decreto-lei nº 7.586, de 28 de maio de 1945, possibilitava o registro de candidaturas a deputado e a senador por mais de uma circunscrição e expressamente permitia o registro por mais de um partido, nos termos de seu artigo 49: "O candidato contemplado em mais de um quociente partidário considera-se eleito sob a legenda em que tiver obtido maior votação." Mas logo após a eleição, em razão dos votos de Vargas, que ajudaram tantos de seus correligionários, o Decreto-lei nº 8.835, de 24 de janeiro de 1946, veio assim dispor: "Não é permitido, salvo em petição conjunta, o registro de candidatos a qualquer eleição, por mais de um partido; nem, em caso algum, por duas ou mais circunscrições eleitorais, sob pena de nulidade dos votos que obtiver, inclusive para a legenda." Em livro de memória (*A escalada*. Rio de Janeiro: José Olympio, 1965, p. 12) Afonso Arinos conta que, deputado em 1946, esforçou-se para eliminar a permissão a essas postulações simultâneas, afinal vitorioso com o novo Código Eleitoral de 1950. "Salvo para presidente e Vice-Presidente da República, não é permitido registro de candidato por mais de uma circunscrição", determinava o artigo 50 daquele texto, a Lei nº 1.164, de 24 de julho de 1959. Mas, em verdade, como vimos, a proibição já constava do Decreto nº 8.835/46.

RIO DE JANEIRO

Candidato	Votos
Getúlio Dorneles Vargas	20.745
Abelardo dos Santos Mata	2.101 – Suplente

RIO GRANDE DO SUL

Candidato	Votos
Getúlio Dorneles Vargas	11.291
Artur Fisher	6.595 – Suplente

SÃO PAULO

Candidato	Votos
Getúlio Dorneles Vargas	119.055
Hugo Borghi	17.938
Guaraci Silveira	11.468
José Correia Pedrito Junior	8.319
Romeu José Fiori	6.934
Berto Conde	6.895
Eusébio Rocha Filho	5.667 – Suplente

II

Com a renúncia de Vargas à deputação para aceitar a senatoria pelo Rio Grande do Sul, todos os primeiros suplentes assumiram um lugar na Câmara. Tendo no Rio de Janeiro, com sua votação, ajudado a eleger mais oito de seus correligionários, elegeu-se, com seu afastamento, um, Barreto Pinto, com apenas 537 votos.

Mas, lamentavelmente, Barreto Pinto não dignificou o posto, sendo o primeiro, na história da Câmara dos Deputados, a ser cassado por falta de decoro.

III

Tudo começou com uma reportagem da revista *O Cruzeiro*, edição de 29 de junho de 1946, das páginas 8 a 18, assinada por David Nasser e com fotos de Jean Manzon. Quatro das fotografias mostravam-no de fraque e de cueca. "Vendo-se o conjunto, é indiscutível que o Deputado deixou o fotógrafo inteiramente à vontade para fazer o que quisesse: uma na banheira, sorrindo, nu da barriga para cima; cinco na praia, de *short*, fazendo ginástica, jogando bola e desfilando com uma bóia no pescoço; uma sem camisa cumprimentando eleitores; outra deitado na cama; mais uma, de terno e gravata, olhando a imagem de um palhaço; outra mais, com o rosto sobre um globo terrestre; um *close* do rosto; e a foto de abertura, com o dedo na boca, sob um quadro em que quatro pares de olhos – da mulher amada – estão a observá-lo."[3]

No dia seguinte, o jornal *O Globo* indagava: "O Sr. Barreto Pinto deixou-se espontaneamente fotografar em trajes menores ou fora, apenas, vítima de algum *truc*?"

Em nota oficial, com o título *Desfazendo uma chantagem*, o deputado esclareceu: "Uma revista do Sr. Chateaubriand publicou, ontem, uma entrevista imaginária acompanhada de fotografias preparadas com o engenho do *truc*. Serviço realizado por um turco e um francês, assalariados do Sr. Chateaubriand. Procurando desmoralizar-me, os meus bons inimigos, entretanto, desmoralizaram a revista. Também não conseguiram levar-me ao ridículo e amedrontar-me. A minha rota não sofrerá solução de continuidade, apenas com os olhos voltados para o Brasil."[4]

"Se quiséssemos, ele se deixaria fotografar nu", foi a resposta de Nasser. E o fotógrafo Manzon replicou: "Nunca, em minha carreira, fiz um truque fotográfico. Os negativos dessa discutida reportagem estão aqui, à disposição de quem deseje vê-los. Quero salientar que fiz ao Senhor Barreto Pinto, contra quem nada tenho, seja ódio ou admiração, as seguintes observações: '– Doutor, estou achando essas fotografias prejudiciais ao seu nome.' E ele nos respondeu: 'Não tem importância. Nos Estados Unidos se faz pior.' Todas as fotografias que batemos de Barreto Pinto nessa última reportagem de *O Cruzeiro* foram posadas por ele. Outras piores não se pôde publicar."[5]

Mas em seu livro, de tanto rigor investigativo, Luiz Maklouf Carvalho esclarece que o repórter David Nasser "mantinha uma relação

---
3. In: CARVALHO, Luiz Maklouf, *Cobras criadas – David Nasser e O Cruzeiro*. 2ª ed., São Paulo: Senac, 2001, p. 154.
4. CARVALHO, Luiz Maklouf, ob. cit., p. 152.
5. Idem, pp. 152-3.

promíscua com o deputado, pois ao mesmo tempo escrevia, também no *Diário da Noite*, o folhetim em que o parlamentar narrava suas memórias. Era Barreto que assinava o folhetim – mas o próprio Nasser confessou mais tarde, na *Manchete*, que a obra era de sua autoria, sem esclarecer se remunerada ou não. É fato indiscutível que o Deputado pagou aos *Diários Associados* pelas memórias, como comprova o recibo, que Nasser guardou em seu arquivo pessoal. É de 12 de abril de 1949 e está assinado por Barreto Pinto. Não cita o valor, mas dá o número do cheque"[6].

Foram essas memórias e seu comportamento na Constituinte e, depois, na Câmara que levaram à cassação do deputado.

IV

É que, quando publicadas as fotos, não havia a Constituinte concluído seu trabalho e não estava, assim, em vigor o que se tornaria, com a emenda proposta pelo deputado Aliomar Baleeiro, o texto do § 2º do artigo 48 da Constituição: "Perderá, igualmente, o mandato o deputado ou senador cujo procedimento seja reputado, pelo voto de dois terços dos membros de sua câmara, incompatível com o decoro parlamentar." Poder-se-ia argumentar que a Constituição de 1937, ainda vigendo, dispunha em seu artigo 43: "Só perante a sua respectiva Câmara responderão os membros do Parlamento Nacional pelas opiniões e votos que emitirem no exercício de suas funções; não estarão, porém, isentos da responsabilidade civil e criminal por difamação, calúnia, injúria, ultraje à moral pública ou provocação pública ao crime." Mas a maior parte dos parlamentares não admitiria menção à Carta, tida por "caduca e parafascista"[7].

6. CARVALHO, Luiz Maklouf, ob. cit., p. 221.
7. No início dos trabalhos da Assembléia Constituinte, quando se discutia qual o ponto de partida para a elaboração da nova Carta, disse o deputado comunista Maurício Grabois que as normas regimentais "não poderiam ter qualquer vínculo com a Carta caduca e parafascista de 10 de novembro de 1937". Líder da maioria e presidente da Comissão de Constituição da Assembléia, Nereu Ramos alegou: "– Mas nós fomos eleitos em virtude da Carta de 1937." Hermes Lima, eleito pela Esquerda Democrática do Distrito Federal, respondeu: "Não lhe devemos respeito." E continuou: "Se o Tribunal Eleitoral me tivesse pedido declaração de respeito à Constituição de 1937, eu teria recusado meu mandato" (in: PORTO, Walter Costa, *Constituições brasileiras – 1937*. Brasília: Senado Federal/Centro de Estudos Estratégicos – CEE/MCT/Escola de Administração Fazendária – ESAF/MF, vol. IV, 1999, p. 13).

A ata da sessão secreta da Câmara de 27 de maio de 1949, com o fim de tomar conhecimento do parecer de Comissão Especial "nomeada para dizer se infringente do decoro parlamentar o procedimento do Deputado Barreto Pinto", dá conta de que a favor da cassação se posicionaram duzentos e quatro parlamentares. Apenas quarenta e seis foram os votos contra, e dois em branco.

A Comissão, presidida pelo deputado Plínio Barreto e que tinha como relator o deputado Freitas e Castro, e como secretário o deputado Carlos Valdemar, era ainda composta pelos deputados Eduardo Duvivier e Raul Pilla. Seu parecer, no primeiro parágrafo, faz referência às memórias do Deputado Barreto Pinto, publicadas pelo *Diário da Noite,* "relatando os fatos mais íntimos de sua vida e atribuindo a outras pessoas, inclusive deputados, senadores, ministros e políticos em geral, a prática de atos reprováveis, de maior ou menor gravidade"[8].

E informa que, dirigindo convite ao deputado para vir prestar esclarecimentos e apresentar alegações de defesa, a resposta foi que sua conduta, dentro da Câmara, estava amparada pelo artigo 44 da Constituição, que consagrava a inviolabilidade de deputados e senadores no exercício do mandato, por suas opiniões, palavras e votos. Fora do Parlamento, dizia ele estar no gozo do direito de livremente expressar o pensamento, garantido pelo artigo 144 da Constituição Federal.

A isso respondeu a Comissão que, "se a inviolabilidade parlamentar tivesse significado tão amplo, se o deputado ou senador tivesse esse estranho direito de proceder como bem entendesse, dentro da Câmara ou do Senado, inconstitucionais seriam todas as medidas adotadas no regimento para a manutenção da ordem durante as sessões".

Pois "como se poderia observar o deputado que provoca tumulto, que aparteia sem licença do orador, que discute assunto estranho à matéria em debate? Até a suspensão das sessões seria atentatória ao direito dos deputados acobertos pela absoluta inviolabilidade"[9].

Lembrou a Comissão a ação do deputado, "perturbadora dos trabalhos", suas injúrias gratuitas a que "não têm fugido ilustres membros desta Casa, a Magistratura brasileira e até a própria Mesa da Câmara", as afirmações gratuitas estranhas à discussão, repetidas "como

8. *Diário do Congresso Nacional,* de 25/5/1949, p. 4384 ss.
9. Idem, p. 4385.

um trabalho sistemático de desmoralização dos homens mais representativos da política e da administração e das instituições que nos regem".

E citava-se trecho das *Memórias*, em que havia referência a colegas da Câmara, que faziam do mandato "uma grossa sinecura, recebendo pontualmente os vencimentos a ajuda de custo e fazendo a sua politicagem sórdida". E mais: "Louras, morenas, artigos nacionais e estrangeiros, tais mulheres (provarei, Senhores) têm evitado que haja número nas reuniões das Comissões Parlamentares."[10]

Dando mostra "de impressionante imoralidade", Barreto Pinto dizia, em suas *Memórias*: "Hoje, com o dinheiro que tenho nos bancos, compro até consciências de gente tão poderosa que, só de lembrar os seus nomes, fico arrepiado."[11]

Finalmente, ao comentar no *Diário da Noite* os rumores sobre a cassação de seu mandato, veio o comentário ameaçador e com crueza: "A questão se resume em saber se, na realidade, houve intuito para tanto. Veremos. Se se tratar de dinheiro, de política, ou de amor, qual é que pode atirar a primeira pedra?".

Em razão desses fatos, a Comissão concluiu que o procedimento de Barreto Pinto era incompatível com o decoro do Parlamento e, na forma prevista no Regimento da Câmara, apresentou Resolução para perda de seu mandato.

A favor da cassação, na sessão secreta de 27 de maio de 1949, pronunciaram-se 204 deputados, contra 46, e em branco votaram 2.

V

Depois de Barreto Pinto, treze outros deputados, mais recentemente, perderam seu mandato, por "comportamento incompatível com o decoro parlamentar". Segundo levantamento procedido pela assessoria do Gabinete do segundo vice-presidente da Câmara, foram eles:
 – em 1991, o deputado Jabes Rabelo (PTB-RO), por ter concedido ao irmão, detido com um carregamento de cocaína, sua carteira funcional da Câmara;

---

10. É o que se publicava na edição de 10/5/1949 do *Diário da Noite*.
11. *Diário da Noite*, de 28/5/1949.

– em 1993, Nobel Moura (PSD-RO) e Onaireves Moura (PSD-PR), por negociarem filiações ao partido e Utsuo Täkayama (PFL-MT), pelo escândalo conhecido como "PSD-Dólares";

– em 1994, os deputados Ibsen Pinheiro (PMDB-RS), Carlos Benevides (PMDB-CE), Feres Nader (PTB-RJ), Fábio Raunheitti (PTB-RJ), Raquel Cândido (PTB-RO) e José Geraldo (PMDB-MG), por denúncias de corrupção apuradas pela CPI do Orçamento;

– em 1998, Sérgio Naya (PPB-MG), que confessou, em reunião com vereadores na Câmara Municipal da cidade mineira de Três Pontas, ter falsificado a assinatura de um governador de Estado em documento oficial;

– em 1999, o deputado Talvane Albuquerque (PP-AL), por negociar, em pleno exercício de seu mandato, com um famoso pistoleiro, o "Chapéu de Couro" – envolvido no assassinato da deputada Ceci Cunha (PSDB-AL) –, um suposto assassinato ou a contratação de segurança, como afirmou o deputado em sua defesa;

– ainda em 1999, o deputado Hildebrando Pascoal (PFL-AC), por usar de seu cargo e do tráfico de influência para liberar da prisão pessoas julgadas e condenadas como traficantes ou assassinos, além de expedir bilhetes, já na condição de deputado, que garantiam salvo-conduto ou livre passagem por barreiras policiais a cidadãos condenados pela Justiça.

Seis deputados – Genebaldo Corrêa (PMDB-BA), João Alves (PFL-BA), Cid Carvalho (PMDB-MA) e Manoel Moreira (PMDB-SP), em 1994, e Ronivan Santiago (PFL-AC) e João Maia (PFL-AC), os quatro primeiros denunciados na CPI do Orçamento e os dois últimos por comissão de sindicância instaurada para apurar denúncia de compra de votos a favor da reeleição do presidente – renunciaram a seus mandatos para não serem cassados.

24. Um neocomunismo que consagra e exalta os princípios democráticos

As instruções baixadas em junho de 1822 por José Bonifácio de Andrada e Silva, ministro dos Negócios do Reino do Brasil e Estrangeiros, para a eleição da Assembléia Geral Constituinte e Legislativa, exigiam que o eleitor, de 2º grau, fosse "homem probo e honrado, de bom entendimento, sem nenhuma sombra de suspeita e inimizade à causa do Brasil". Do deputado se requeria que reunisse "a maior instrução, reconhecidas virtudes, verdadeiro patriotismo e decidido zelo pela causa do Brasil".

Daí tivesse sido muito discutida a aceitação, na Assembléia, do padre Venâncio Henriques de Rezende, o oitavo da relação de deputados por Pernambuco e que fora excluído pela Câmara de Olinda por causa das cartas, publicadas nos jornais *Maribondo* e *Gazeta de Pernambuco*, em defesa da causa republicana. O padre foi, afinal, por decisão de 16 de maio de 1823, tido como legalmente eleito e admitido, na sessão seguinte, na Assembléia[1].

---

1. A Comissão de Poderes da Constituinte, examinando requerimento do padre Venâncio, concluiu: "... não pode haver dúvida sobre a ilegalidade do procedimento que houve com o Padre Venâncio Henriques de Resende, pois que sua exclusão somente podia ter lugar nos Colégios Eleitorais, em que obteve votos, decidindo-se pela competente Mesa, que elle não era affecto à causa do Brasil, ou que tinha os outros defeitos, que o inabilitavão para ser Deputado, na forma das Instruções. Como porém a Câmara de Olinda se fundou em provas que nos papéis públicos se lhe apresenta-

A Constituição de 1824 não incluiu nenhuma exigência quanto à conduta política dos parlamentares. Os regimentos do Senado e da Câmara, no entanto, como vimos, prescreveram um juramento, para aceitação de seus membros, que findava por conformá-los ideologicamente ao regime. Aos senadores pedia-se que prometessem manter, além da religião do Estado, "a integridade do Império, observar sua Constituição política, ser leal ao Imperador". Aos deputados, que jurassem, além de manter a religião católica, apostólica, romana, "observar e fazer observar a Constituição, sustentar a indivisibilidade do Império, a atual dinastia imperante, ser leal ao Imperador".

Somente em 1888, como se demonstrou, é que seria dispensado esse juramento, em razão da permissão, trazida pela Lei Saraiva, em 1881, da eleição dos acatólicos.

II

Silenciando sobre os partidos políticos – até 1946 excluídos do âmbito constitucional –, a Constituição de 1891 não acolheu, igualmente, nenhum crivo com respeito às idéias professadas pelos candidatos ao Congresso. Mas quando um grupo de monarquistas pretendeu organizar um partido que lutasse pela restauração do trono, houve republicanos exaltados que postularam uma ação enérgica do governo, contrária a sua atuação. Em favor da nova agremiação, ouviu-se a palavra de Rui: "O interesse do país não está em ser governado consoante a fórmula deste ou daquele sistema, senão sim em ser bem governado, e os Governos bons são os temperados e fiscalizados pela discussão. A organização de um partido fora da Repú-

rão, das más doutrinas, que professava e propagava o dito Padre, poder-se-hia desculpar, mas nunca aprovar, este seu illegal procedimento à bem da causa do Brasil, se com effeito o corpo de delicto fosse claro e real; mas não o sendo, como se deprehende da leitura imparcial das suas Cartas acusadas, não pode a Commissão de Poderes deixar de apresentar o seguinte seu Parecer: 1º – Que o Padre Venâncio Henriques de Resende se acha no caso de ser reconhecido Deputado pela Província de Pernambuco a esta Assembléia, e ter nella assento, não obstante a falta de Diploma, visto que pelas Actas da Câmara de Olinda se verifica, que obteve nos Collegios Eleitorais 169 votos, vindo a dever ocupar o oitavo lugar entre os onze que obtiverão Diplomas; 2º – Que merecer ser reprehendida a Camara de Olinda por se haver arrogado a Jurisdição, que só competia às Mesas dos Collegios Eleitorais na forma das Instruções" (ata das sessões de 16 e 17/5/1823, *Diário*..., pp. 57 e 69).

blica é, portanto, benefício incontestável à moralização do poder...
se não pode ser pelo apoio, seja pela censura, que também é colaboração."[2]

III

Também após a Revolução de 1930 houve, de parte do grupo dos "tenentes" – que um brasilianista denominou "semi-autoritários"[3] –, uma forte reação aos políticos tradicionais. Recusaram eles o apelo às urnas, que premiaria os segmentos oligárquicos da República Velha. Mas quando as eleições foram realizadas, para a designação dos membros à Assembléia Constituinte de 1933–1934, um relatório da Embaixada dos Estados Unidos, no Rio, indicava que, entre os 140 eleitos pelo Distrito Federal e pelos seis Estados mais populosos, 94 eram considerados "pró-Governo"; 26, "neutros" ou "indefinidos"; e 20, "anti-Governo"[4].

O Partido Comunista, no entanto, teve negado seu registro, que passara a ser exigido pelo Código Eleitoral aprovado em fevereiro de 1932.

O argumento do relator, no Tribunal Eleitoral, foi o de que o partido, uma vez filiado à 3ª Internacional de Moscou, se constituiria em uma associação "para fins ilícitos e, como tal, nula de pleno direito".

Como se disse na ata da 25ª Sessão Ordinária, de 31 de março de 1933, do Tribunal Superior de Justiça Eleitoral: "O sr. presidente lê um requerimento do secretário geral do Partido Comunista, pedindo urgência para o julgamento do registro do mesmo partido e reclamando contra a coação que diz sofrerem os correligionários no saguão do tribunal; e declara o sr. presidente que o julgamento se dará na sessão de hoje, mas que o deixará para mais tarde, a fim de que possam ser avisados os membros ou correligionários do partido que queiram assistir ao julgamento, que é público e pode ser assistido por quem quer que seja, desde que se mantenham em atitude ordeira. O sr. Miranda Valverde relata o Processo nº 279 (registro do Partido Comunista), e vota no sentido de ser negado registro ao Partido

---

2. RUI BARBOSA, *Cartas da Inglaterra*. Rio de Janeiro: MEC, 1946, pp. 11-2, citado por SILVA, Hélio, *História da República brasileira (29 de outubro, 1946-1950)*. Rio de Janeiro: Editora Três, 1975, vol. 13, pp. 96-7.
3. SKIDMORE, Thomas, *Brasil: de Getúlio a Castelo*. Rio de Janeiro: Saga, 1969, p. 28.
4. In: DULLES, John W. F., *Getúlio Vargas*. Rio de Janeiro: Renes, s/d, p. 135.

Comunista, porque, como filiado à 3ª Interrnacional de Moscou, é uma associação para fins ilícitos e, como tal, nula de pleno direito. No mesmo sentido votam os srs. Eduardo Espínola, José Linhares, Renato Tavares. O sr. Carvalho Mourão, embora considerasse o Partido Comunista como sociedade para fins ilícitos, manifesta-se pela incompetência do tribunal para declarar esta nulidade, o que deverá ser feito pela Justiça ordinária. Também assim entendeu o sr. Monteiro de Salles, pela necessidade de ser ouvida a parte interessada. O tribunal negou registro ao Partido Comunista por quatro votos contra dois."[5]

IV

A Constituição de 1946 viria introduzir um crivo ideológico para os membros do Legislativo, vedando o registro dos partidos contrários a seus princípios. "É vedada a organização, o registro ou o funcionamento de qualquer partido político ou associação, cujo programa ou ação contrarie o regime democrático, baseado na pluralidade dos partidos e na garantia dos direitos fundamentais do homem", dizia seu artigo 141, § 13.

Seguia-se, aí, uma linha que marcara já a legislação européia de decênios anteriores. Com efeito, a Constituição iugoslava, em 1931, proibira os partidos confessionais e submetera as agremiações a autorização prévia; uma lei alemã de 1932 autorizara o ministro do Interior a solicitar vista dos estatutos dos partidos e a obrigá-los a fazer modificações, sob pena de dissolução; uma lei austríaca de 1933 proibira o Partido Nazista; na Checoslováquia, em 1933, ocorrera a dissolução do Partido Nacional Socialista e do Partido Alemão, uma vez que se armara o governo do poder de suspender ou dissolver o partido que ameaçasse, como o dizia a lei de 25 de outubro de 1933, "com caracteres de gravidade, a independência, a unidade constitucional, a integridade, a forma democrática republicana ou a segurança da República"; na Suécia, Dinamarca, Finlândia e Noruega, editaram-se leis proibindo o uso de uniformes e a militarização dos partidos.

E, em razão das disposições do artigo 141 da nova Carta, rumoroso debate iria resultar no cancelamento do registro, em maio de

5. *Boletim Eleitoral*, de 7/4/1933.

1947, do Partido Comunista e na extinção dos mandatos de seus representantes no Congresso.

V

O Partido Comunista do Brasil obteve seu registro em 1945 e, com mais dez outras agremiações, concorreu às eleições de 2 de dezembro daquele ano, para a Presidência da República e o Congresso Constituinte.
De um total de 6.168.695 eleitores que compareceram às urnas, o candidato comunista à Presidência, Yedo Fiuza, obteve 569.818 votos. O partido elegeu um senador pelo Distrito Federal, recolhendo para a legenda, nos Estados, uma soma de 511.302 votos. Isso representava pouco menos de 10% dos votantes. Para a eleição às Assembléias Estaduais, que se realizaram em janeiro de 1947, o partido designaria 46 deputados, em quinze Estados, alcançando, no país, 479.024 votos.

De acordo com a bibliografia existente, foram as seguintes as etapas do processo de exclusão do Partido Comunista no cenário político brasileiro:

1. A concessão do registro do partido, provisoriamente, em 27 de outubro de 1945 e, definitivamente, por decisão de 10 de novembro daquele ano, "não foi dada sem séria hesitação", afirma Afonso Arinos: o relator do processo no Tribunal Superior Eleitoral, Sampaio Dória, solicitou a juntada de vários esclarecimentos sobre pontos do programa que, a seu ver, não estavam claros e que poderiam ser entendidos como provas do caráter antidemocrático da agremiação.

2. É que o registro deveria ser dado nos termos do Decreto-lei nº 7.586, de 28 de maio de 1945, e este dispunha, em seu artigo 114: "O Tribunal negará registro ao partido cujo programa contrarie os princípios democráticos ou os direitos fundamentais definidos na Constituição."

Foi pedido, em diligência, que o partido: 1º) incorporasse o programa aos Estatutos, sujeitos ao novo registro; 2º) esclarecesse os seguintes pontos: a) qual o processo pretendido para a divisão e distribuição de terras: confisco ou expropriação? b) o esmagamento dos remanescentes da reação e do fascismo, com o governo de união nacional, significaria "a exclusividade de um partido com o poder nas mãos, a ditadura do proletariado", ou uma política de tolerância, à luz da liberdade de imprensa e associação? c) como promover a socialização dos meios de produção, com ou sem respeito ao direito de propriedade privada? e d) a expressão comunista que, em toda parte, compreende os princípios marxistas-leninistas traduz a inclusão deles no programa do partido?

Com a declaração de que o partido não se afastaria das linhas da democracia clássica, o ministro Sampaio Dória acolheu o pleito da agremiação, em vista de sua afirmação de adoção de métodos democráticos de ação e do abandono dos princípios marxistas-leninistas. Mas afirmou, em seu voto: "Pode, a qualquer momento, ter qualquer partido cancelado seu registro, se houver substituído a sinceridade pelo engodo."[6]

3. Segundo o primeiro projeto da Constituição, em seu artigo 162, os direitos individuais e suas garantias seriam "protegidos contra qualquer propaganda ou processo tendente a suprimi-los ou a instaurar regime incompatível com a sua existência".

A redação provinha de uma emenda do deputado Milton Campos. Após novas emendas, dos deputados Clemente Mariani e Costa Neto, resultou o texto definitivo do artigo 141, § 3º, da nova Carta: "É vedada a organização, o registro ou funcionamento de qualquer partido político ou associação cujo programa ou ação contrarie o regime democrático, baseado na pluralidade dos partidos e na garantia dos direitos fundamentais do homem."[7]

4. Mas, antes da aprovação na nova Constituição, o Decreto-lei nº 9.258, de 14 de maio de 1945, viria dispor, em seu artigo 26: "Será cancelado o registro do partido político mediante denúncia de qualquer eleitor, de delegado de partido ou representação do Procurador Geral do Tribunal Superior a) quando se provar que receba de procedência estrangeira orientação político-partidária, contribuição em dinheiro ou qualquer outro auxílio; b) quando se provar que, contrariando o seu programa, pratica atos ou desenvolve atividade que colidam com os princípios democráticos ou os direitos fundamentais do homem, definidos na Constituição."

---

6. ARINOS DE MELO FRANCO, Afonso, *História e teoria dos partidos políticos*. São Paulo: Alfa Omega, 1974, p. 103.
7. Gofredo Teles, paulista, eleito pelo Partido da Representação Popular, reagiu ao texto. Segundo ele, a emenda "bem se vê qual o seu objetivo – visa diretamente o Partido Comunista do Brasil. Entretanto, é gerada no ventre do medo" (in: BARBEDO, Alceu, *O fechamento do Partido Comunista do Brasil; os pareceres Barbedo*. Rio de Janeiro: Imprensa Nacional, 1947, pp. 32-3).

5. Ainda em mensagem encaminhada ao Congresso, em novembro de 1946, o presidente Dutra, acolhendo solicitação de seus ministros militares, propunha a reforma dos oficiais ou suboficiais das Forças Armadas, "quando filiados a partidos políticos ou organizações contrárias ao regime democrático". Depois de muitas discussões na Comissão de Justiça da Câmara e de receber substitutivos de Afonso Arinos e de Pacheco de Oliveira, a proposta acabou sendo aprovada em inícios de 1948. "Não sei mesmo, comentaria Arinos, até onde a iniciativa dos ministros militares no projeto em causa terá influído no tenaz e inflexível esforço do governo do General Dutra para, principalmente, pôr fora da lei o Partido Comunista e, em seguida, cassar o mandato de seus representantes."[8]

8. Com base no artigo 141, § 3º, da Constituição, iniciou-se o processo, no Tribunal Superior Eleitoral, que redundaria no cancelamento do registro do partido.

O relator do processo, Sá Filho, e Ribeiro da Costa foram votos vencidos. Em longo arrazoado, o primeiro lembrou a fundação do partido no Brasil, em 1922, a tentativa frustrada de sua legalização em 1933 e o registro, afinal conseguido. Discorreu sobre o quadro legal que regulava a ação dos partidos e sobre a relação entre a democracia e o comunismo. Às denúncias levadas ao Tribunal – de que o PCB seria "uma organização internacional orientada pelo comunismo marxista-leninista da União das Repúblicas Socialistas Soviéticas"; que, em caso de guerra com a Rússia, "os comunistas ficariam contra o Brasil"; e que o partido seria "estrangeiro" e estaria "a serviço da Rússia" – juntou-se uma nova questão: a da duplicidade de Estatutos. Pelas diligências efetuadas, surgiu a dúvida sobre a existência de outro texto, intitulado "Projeto de Reforma", mas que, de fato, regeria e orientaria as atividades do partido e seus associados. A conclusão de Sá Filho, porém, foi a de que, "frente às diversas concepções de democracia, não se pode afirmar que o comunismo doutrinário lhe seja hostil, desde que deve enquadrar-se entre aquelas"; e que eram "improcedentes as denúncias e acusações contra o PCB, porque as provas coligidas não o tornam passível da sanção legal"[9].

Com esse entendimento concordou Ribeiro da Costa, para quem o registro fora concedido ao partido, "cujo programa se conciliou in-

---

8. ARINOS DE MELO FRANCO, Afonso, *A escalada*. Rio de Janeiro: José Olympio, 1965, p. 88.
9. In: *PCB – Processo de cassação de registro (1947)*. Belo Horizonte: Aldeia Global, 1980, pp. 1-64.

teiro com os princípios democráticos, não obstante a coexistência da ideologia comunista e a denominação da legenda partidária com que se qualificava o Partido Comunista do Brasil". Ele lembrou que, ao apreciar o pedido de registro, o relator esclarecera que "o comunismo no Brasil se apresenta com substância diferente do soviético, qual um neocomunismo, que consagra e exalta os princípios democráticos e os direitos fundamentais do homem". Essa asserção obstaria então que, após o registro, "perante este Tribunal se invoque contra essa medida a mesma preexistente ideologia"[10].

Mas, nos votos que se seguiram, J. A. Nogueira ("O que houve em relação ao registro do Partido Comunista – registro negado pelo Tribunal Eleitoral em 1933, mas concedido em 1945, foi um imenso equívoco, um lamentabilíssimo engano judiciário..."), Rocha Lagoa ("O que a experiência marxista-leninista demonstrou foi a completa destruição do espírito democrático... Permitir fosse renovada em nossa terra tal experiência constitui crime de lesa-pátria...") e Cândido Lobo ("A doutrina comunista, portanto, o fato é incontroverso, é uma só e sendo assim não pode ter no Brasil uma aplicação diferente do que tem na Rússia Soviética. Para mim, não pode existir "comunismo à inglesa ou comunismo à brasileira") pronunciaram-se no sentido da cassação do registro do partido[11], que se processou pela Resolução nº 1.841, de 7 de maio de 1947.

7. Com a decisão judicial, iniciaram-se as discussões para a cassação do mandato dos parlamentares eleitos pela legenda do PCB. O Partido Social Democrata, governista, com maioria no Congresso, constituiu comissão de estudos que concluiu pela competência do próprio Tribunal Eleitoral para tal cassação. Segundo Afonso Arinos, a manobra pessedista foi, então, "executada de forma oblíqua", com uma consulta em que o Tribunal era solicitado a indicar o processo pelo qual seriam preenchidas as vagas resultantes do cancelamento do registro[12]. Mas o Tribunal Eleitoral declarou-se incompetente para declarar a existência daquelas vagas.

8. No Senado, foi apresentado, então, projeto pelo pessedista Ivo de Aquino, da UDN de Santa Catarina, postulando a extinção dos mandatos dos comunistas, em razão do cancelamento do registro do partido. Comissão jurídica instituída pela própria UDN e composta

10. In: *PCB...*, ob. cit., p. 71.
11. Idem, pp. 76-134.
12. ARINOS DE MELO FRANCO, Afonso, ob. cit., p. 114.

pelos senadores Ferreira de Souza, Aluísio de Carvalho e Artur Santos e pelos deputados Plínio Barreto, Soares Filho e Afonso Arinos pronunciou-se pela inconstitucionalidade do projeto. Também nesse sentido se pronunciou a Comissão de Justiça do Senado. Mas, naquela Casa, em primeira votação, a proposição foi aprovada, em 27 de outubro de 1947, por 35 votos contra 19 e, em votação final, a 29 de outubro.

9. Em 7 de janeiro de 1949, o projeto era aprovado pela Câmara. Do clima de histeria em que se desenvolveu a votação o relato de Afonso Arinos dá uma mostra, ao lembrar um dos parlamentares que apoiaram o projeto de cassação, Juracy Magalhães, então senador pela Bahia, "sentado no meio do recinto, entre um grupo decidido de correligionários. A certa hora, levantou-se e gritou para a bancada comunista, do outro lado: 'Hoje não vim trocar votos, vim trocar balas...'"[13].

10. O Supremo Tribunal Federal foi, enfim, acionado com um pedido de *habeas corpus* dos dirigentes do Partido Comunista, que se diziam impedidos de penetrar em sua sede; com um recurso extraordinário, interposto contra decisão do cancelamento do registro pelo Tribunal Superior Eleitoral; com dois mandados de segurança impetrados, o primeiro, por deputados e suplentes eleitos pelo partido, o segundo, pelo senador Carlos Prestes.

O *habeas corpus*, que teve como relator o ministro José Linhares, foi negado unanimemente em sessão de 28 de maio de 1947. O recurso extraordinário, tendo como relator o ministro Laudo de Camargo, foi julgado em 14 de abril daquele ano, deixando o Tribunal de acolhê-lo por "manifestamente inadmissível e, no mérito, improcedente". Quanto aos dois mandados de segurança, o primeiro, julgado na sessão de 18 e 25 de maio, foram indeferidos por votação unânime[14].

VI

Tendo tido ativa participação no debate que culminou com o cancelamento do registro do partido e com a cassação do mandato

---

13. ARINOS DE MELO FRANCO, Afonso, ob. cit., p. 119.
14. COSTA, Edgard, *Os grandes julgamentos do Supremo Tribunal Federal*. Rio de Janeiro: Civilização Brasileira, 1964, 3º vol., pp. 9-96.

dos parlamentares comunistas, Afonso Arinos distinguiu, no processo, essas duas fases e julgou que a primeira, entregue ao Poder Judiciário, obedeceu às normas da Constituição. A segunda, no entanto, entregue ao Legislativo, teria se caracterizado, segundo ele, "pela desobediência aos princípios gerais do Direito Público aplicáveis à espécie e também pela infração clara de dispositivos da Constituição vigente"[15].

Na Comissão de Constituição e Justiça da Câmara, o deputado Arinos – constitucionalista que, em 1949 e 1950, brilharia em concursos prestados na Faculdade de Direito do Rio de Janeiro e na Faculdade Nacional de Direito –, em longas intervenções, nas sessões de 24 de novembro e 5 de janeiro de 1948, traçou uma síntese da evolução dos partidos políticos na Europa e na América, da história dos partidos brasileiros e, em especial, da posição de nossas agremiações à luz da Constituição de 1946. Propôs-se a examinar até que ponto, diante daquela Carta, poderia o Congresso legislar sobre os partidos. O que equivaleria, segundo ele, a examinar até onde iriam os poderes implícitos conferidos ao Congresso.

Para Arinos, o que se pretendia, com a cassação, era acrescentar mais um caso de restrição dos direitos políticos, o que, no consenso unânime dos juristas, sobretudo em matéria constitucional, nunca se poderia fazer sem texto expresso.

Ele insistiu na "falta de verdade jurídica" do projeto. Não poderia haver interferência, ilação ou subentendido, não poderia haver poder implícito que autorizasse uma providência dessa gravidade: restringir direitos políticos e, assim, mutilar o Poder Legislativo, desrespeitar a soberania nacional[16].

---

15. ARINOS DE MELO FRANCO, Afonso, ob. cit., p. 105.
16. *Diário do Congresso*, de 26/11/1947, p. 866, e de 14/1/1948, pp. 439-40.

25. E aparecem os senadores de camisa e ceroulas e a caminho de suas tarefas

No Brasil, no período colonial, bem que se tentou, algumas vezes, levar às populações indígenas o conhecimento das práticas eleitorais para seu próprio governo. É o que se vê neste relato de Pereira da Costa:

"Em virtude de faculdade régia, conferida ao Dr. Manuel de Gouveia Álvares, Ouvidor da nossa emancipada Comarca de Alagoas, para erigir em vilas as aldeias ou povoações de índios que tivessem mais de cem fogos, foi esta categoria conferida à de N. S. de Assunção, na vila do mesmo nome, situada no alto S. Francisco, tendo lugar a sua instalação a 23 de setembro de 1761, o que ocorreu igualmente com a Vila de Santa Maria, na ilha assim chamada e situada no mesmo S. Francisco. Vila de índios, portanto, cabiam-lhe o desempenho dos cargos da governança, como se dizia em linguagem colonial, bem como os da sua edilidade. De tais vilas, entre nós, só temos particular conhecimento das duas referidas, a respeito das quais dizia um cronista nosso, dos primeiros anos do século passado:

> Os índios têm vilas e câmaras, e são nelas juízes sem saberem nem ler nem escrever, nem discorrer! Tudo sempre o escrivão; o qual, não passando muitas vezes de um mulato sapateiro, ou alfaiate, dirige a seu arbítrio aquelas câmaras de irracionais, quase pelo formulário seguinte.

Na véspera do dia em que há de haver na Aldeia vereação, parte o escrivão da sua moradia, se é longe; e neste caso sempre a cavalo; e vem dormir, nessa noite, em casa do Senhor Juiz; o qual imediatamente se encarrega do cavalo do Senhor Escrivão; leva-o a beber água; e por fim vai peia-lo aonde possa comodamente pastar ... Logo em amanhecendo começa o Juiz a ornar-se com os velhos, e emprestados arreios de sua dignidade, e a horas competentes marcha para um Pardieiro, com alcunha de Casa da Câmara; aonde lidas as petições, que o Escrivão fez na véspera, são despachadas pelo mesmo Escrivão em nome do Sr. Juiz Ordinário; e pouco depois se desfaz o venerando Senado, e aparecem os Senadores de camisa, e ceroulas e de caminho para as suas tarefas.

Das vilas de índios do Pará, fundadas pelo Governador e Capitão-General Francisco Xavier de Mendonça Furtado, pelos anos de 1578, deixou-nos também esta notícia um cronista do tempo, referindo-se ao governo daquele Capitão General:

> Veio-lhe depois ao pensamento dar o nome e os privilégios de vilas a semelhanças das que há em Portugal a muitas aldeias que os índios habitavam, não obstante constarem todas de pobres e rústicas choupanas, à exceção da Igreja e casas dos párocos. Para isto, mandando levantar um grande pau no meio de um terreiro, dava a este sítio o nome de Pelourinho; depois, escolhendo entre todos aqueles selvagens, alguns que lhe pareceram ou pela fisionomia do rosto ou pela mole do corpo, mais hábeis para empregos, a que os queria elevar, os constituiu como vereadores ou juízes dos mais, dizendo-lhe que eles eram tão bons como os portugueses; que se governassem a si, sem dependência ou sujeição alguma dos missionários; e mandando vestir e calçar a estas suas novas criaturas, e assentá-las mesmo à sua mesa, e fazendo-lhes muitos brindes, mandou ensinar-lhes por meio de uma língua ou intérprete, o modo como se haviam de portar dali em diante, administrando a todos justiça."[1]

II

Mas, em verdade, a conduta portuguesa em relação a nossos índios foi, então, de vacilações. Na visão de um cronista, com respeito

---

1. COSTA, F. A. Pereira da, *Anais pernambucanos*. Recife: Arquivo Público Estadual, 1954, vol. VI, pp. 125-6.

aos índios, a dominação de Portugal "foi uma série nunca interrompida de hesitações e contradições até Pombal". Segundo Martins Júnior: "Decretava-se, hoje, o cativeiro sem restrições; amanhã, a liberdade absoluta; depois, um meio-termo entre os dois extremos. Promulgava-se, revogava-se, transigia-se."[2]

Basta que, em resumo se indiquem os textos legais do período, alinhados em um relatório de 1911[3]: a Carta Régia de 1537, que expressamente consagrou a escravidão dos Caetés; o Regimento de 1548, "dúbio na intenção e contraditório no fundo, por isso que, mandando ao governador que tratasse bem aos índios em geral, ordenava-lhe ao mesmo tempo que fizesse guerra aos que se mostrassem inimigos, 'destruindo-lhes as aldeias e povoações, cativando e matando, e fazendo executar nas próprias aldeias, para exemplo, alguns chefes que pudesse aprisionar'"; a Lei de D. Sebastião, de 20 de março de 1570, segundo a qual não podiam os índios "por modo e maneira nenhuma ser cativados", exceto "os que fossem tomados em guerra justa e os que costumassem saltear os portugueses e os outros índios"; as leis da Corte de Madri, então dominadora de Portugal, de 22 de agosto de 1587 e 11 de novembro de 1595, e sua Provisão de 26 de julho de 1596, que mantiveram a escravidão, ora reduzindo, ora especificando os casos de cativeiro; a Provisão de 5 de julho de 1605, estabelecendo que em nenhuma hipótese se poderia cativar o gentio, pois que, "conquanto houvesse algumas razões de direito para se poder em alguns casos introduzir o dito cativeiro, eram de tanto maior consideração as que havia em contrário que se deviam antepor a todas as mais"; a Lei de 30 de junho de 1609, "ainda mais explícita na condenação da escravidão e da violência", e que dava aos índios juiz privativo e um curador de seus interesses; a Lei de 10 de setembro de 1611, "reconhecendo em tese a liberdade dos índios", mas restabelecendo "de fato a escravidão, por considerar legítimo não somente o cativeiro dos aprisionados em guerra, mas ainda o dos resgatados do cativeiro de outros índios"; o Ato Legislativo de 9 de abril de 1655, graças aos esforços do padre Antônio Vieira, aboliu os novos casos de escravidão e reintegrou os jesuítas na direção

---

2. MIRANDA, Manoel da Costa e BANDEIRA, Alípio, "Situação do índio perante a legislação antiga e moderna – 1912". In: *Leituras sobre a cidadania*. Brasília: Senado Federal/Ministério da Ciência e Tecnologia/Centro de Estudos Estratégicos, 2002, p. 12.
3. Idem, pp. 11 ss.

temporal e espiritual das aldeias; a Carta Régia de 5 de julho de 1715, proibindo expressamente o cativeiro, "classifica-o de injusto", mas a Provisão de 9 de março de 1718 "principiava reconhecendo a liberdade e terminava recomendando a escravidão"; a Carta Régia de 30 de maio de 1718 "autorizou o resgate de duzentos índios para, com o produto da venda, auxiliar-se a construção de uma nova catedral no Maranhão"; a 20 de setembro de 1741, a "famosa e formosa" Bula de Benedito XIV, confirmando os Breves de Paulo III e Urbano VIII, e excomungando os contraventores da liberdade indígena, "envolvendo-os todos na mesma condenação irrevogável, fulminava não somente os que de então em diante se tornassem culpados por venda, compra, troca ou dádiva de índios, separação de suas famílias, despojo de seus bens e fazendas, levada para outras terras, transporte ou qualquer outra privação da liberdade, mas ainda os que dessem conselho, favor e ajuda a quem tais coisas fizesse, qualquer que fosse o pretexto para fazê-las"; finalmente, "a ação do grande Pombal, por meio de sua bela e gloriosa Lei de 6 de junho de 1755, dignamente precedida do Alvará de 4 de abril do mesmo ano. Nesse alvará se declara paternalmente que 'os vassalos de el-Rei, assim do reino como da América, que se casarem com índias dela, não ficam com infâmia alguma, antes se farão dignos da real atenção, e nas terras em que se estabelecerem serão preferidos para aqueles lugares e ocupações que couberem na graduação de suas pessoas, e seus filhos e descendentes serão hábeis e capazes de qualquer emprego, honra ou dignidade sem que necessitem de dispensa alguma'".

No século XIX, uma Carta Régia de 13 de maio de 1808 determinava ao governador de Minas Gerais que fizesse guerra aos botocudos e, "tal é a esperança dos conceitos, tal a vivacidade da frase e tais os detalhes no aconselhar o extermínio, que nada distingue os processos então dos adotados pelo mais vigoroso ódio pessoal".

Agitada a questão no seio da Constituinte de 1823, tendo-se designado uma comissão de colonização e de civilização e catequese indígenas, José Bonifácio ofereceu à referida comissão "um trabalho que a respeito do assunto havia escrito e cujos sábios conceitos acham-se hoje plenamente divulgados".

Em 1825, era recomendado, por Portarias de 25 de maio, 18 de outubro e 8 de novembro, "brandura na catequese dos índios de S. Pedro do Sul, moderação para os Botocudos e Puris do Espírito Santo, humanidade com os silvícolas do Rio Negro".

Em 1831, foi expedida, pela Primeira Regência, a Lei de 27 de outubro, "cujos intuitos protetores lembram em parte as vistas humanitárias da legislação de 1755. Essa lei revoga por inteiro as Cartas Régias de 13 de maio e 5 de novembro de 1808, e a de 2 de dezembro do mesmo ano, na parte que manda fazer guerra aos índios de Minas Gerais; exonera de toda servidão todos os índios; manda considerá-los como órfãos, sujeitando-os ao Regime da Ordenação do Livro Um, Título 88; dispõe no art. 5º que sejam socorridos pelo Tesouro, até que os juízes de órfãos os depositem onde tenham salário ou aprendam ofícios fabris, e termina ordenando os ditos juízes que vigiem os abusos contra a liberdade dos índios".

Estava, assim, "legalmente definida a situação jurídica do aborígene brasileiro, considerado como órfão, com todos os resguardos que a Ordenação do Livro Um, Título 88, assegura a essa classe de tutelados".

Pelo artigo 10, § 5º, do Ato Adicional de 12 de agosto de 1834, as Assembléias Legislativas das Províncias foram encarregadas de promover cumulativamente com a assembléia e os governos gerais a catequese e a civilização dos índios.

A Lei de 18 de setembro de 1850, definindo as terras devolutas, mandou reservar, dentre elas, as que fossem necessárias à colonização dos indígenas.

A República, ao se iniciar, em vez de retomar o problema indígena, "como lhe cumpria, em toda a sua magnitude, deixou-o, pelo contrário, no mais lamentável abandono. Seu primeiro passo neste sentido foi negativo: passou aos Estados, pelo Decreto nº 7, de novembro de 1889, o serviço de catequese e civilização".

Pela Constituição de 24 de fevereiro de 1891, "que aliás não curou deles, são os índios cidadãos brasileiros pelo fato de terem nascido no Brasil (art. 69, nº 1)".

Somente pelo Decreto nº 8.072, de 20 de junho de 1919, foi criado o Serviço de Proteção aos Índios e Localização dos Trabalhadores Nacionais e aprovado o respectivo regulamento: "Vazado em moldes da verdadeira política republicana, esse regulamento abandonou desde logo a idéia de catequese e civilização para restringir-se a uma simples assistência protetora, inteiramente leiga e irredutivelmente respeitadora das crenças, das opiniões, dos hábitos e da vontade dos índios."

III

Se atualizado esse relatório, de 1911, pouco haveria a acrescentar às vacilações da legislação. Mais recentemente, um curioso caso foi levado à consideração do Judiciário. A lei então vigente, de nº 6.001, de 19 de dezembro de 1973, dispunha: "Cumpre à União, aos Estados e aos Municípios, bem como aos órgãos das respectivas administrações indiretas, nos limites de sua competência, para a proteção das comunidades indígenas e a preservação de seus direitos ... garantir aos índios o pleno exercício dos direitos civis e políticos que em face da legislação lhe couberem (art. 2º, X)."

Em final de 1980, Mário Juruna, cacique xavante da Aldeia Namamcurá, em Barra do Garças, no Estado de Mato Grosso, recebera convite da *The Bertrand Russell House*, da Inglaterra, para integrar o júri nos trabalhos do 4º Tribunal Russell, a instalar-se na cidade de Rotterdam, na Holanda. Mas, no início de novembro, o ministro do Interior convocou a imprensa para comunicar que o governo decidira impedir sua participação naquele Tribunal, negando-lhe o passaporte. Dois *habeas corpus* foram então impetrados perante o então Tribunal Federal de Recursos, em que se alegava que só à Fundação Nacional do Índio caberia, com exclusividade, a prática do ato proibitivo, uma vez que, nos termos da lei, era o órgão que exerce, em nome da União, a tutela dos índios e das comunidades indígenas ainda não integradas à comunhão nacional. Sendo o paciente relativamente incapaz, "vale dizer, não pode o tutor substituí-lo na manifestação de vontade como seria de seu dever fosse absoluta sua incapacidade. A vontade, na hipótese, é a do tutelado, apenas assistido pelo tutor"[4].

Em um brilhante voto, o ministro Washinton Bolívar de Brito argumentou: "Vieira costumava dizer que 'não nos causa mal o que dizem de nós mentindo'. Se há receios de que a saída do cacique xavante, para participar de um tribunal que se constituiu no estrangeiro, de dizer inverdades a respeito de órgãos públicos brasileiros ou, até mesmo, quanto ao modo com que o nosso povo estaria a tratar uma de suas parcelas, se isto for mentiroso, não nos pode afetar; e se isto, tristemente, porventura fosse verdadeiro, mais justificaria

---

4. *Habeas Corpus* nºˢ 4.876 e 4.880 – DF, RIP nº 3240398.

que o índio, membro de um Tribunal Internacional, que não iria apreciar somente as discriminações feitas eventualmente contra o seu povo em nosso País, mas contra os povos e as nações indígenas, como uma etnia internacional, em todos os demais países, ainda mais se justificaria o seu direito, a meu ver, de ausentar-se, participar e debater."

Entendeu o Tribunal que não havia nenhuma norma legal, no direito brasileiro, que submetesse a locomoção do indígena de um ponto a outro do território nacional a prévia licença, nem mesmo para viajar ao exterior. Os *habeas corpus* foram acolhidos e Juruna pôde viajar para a Holanda.

IV

Líder dos xavantes, Juruna saiu "de sua tribo, na reserva de São Marcos no Mato Grosso, e foi para Brasília tentar ser ouvido pelo Presidente. Depois de enganado muitas vezes, decidiu usar o gravador que tinha comprado em Cuiabá para registrar as 'mentiras' que lhe diziam e as promessas falsas que lhe eram feitas"[5]. Juruna foi o primeiro índio a se eleger deputado federal, uma invenção política, como comentavam os jornais, de Leonel Brizola e do antropólogo Darcy Ribeiro.

Em 27 de setembro de 1983, um jornal de Brasília publicava: "Ao ocupar mais uma vez a tribuna da Câmara para defender a causa indígena, o deputado Mário Juruna (PDT-RJ) fez violentas críticas aos ministros de Estado, bem como ao Presidente da República. No seu carregado sotaque xavante, Juruna disse que 'não tem ministro que presta' e que, para ele, todos os ministros são corruptos: 'Todos ministros é ladrão, todo ministro é sem-vergonha, todo ministro é mau caráter', afirmou"[6], o que desencadeou uma série de ofícios indignados de todos os ministros, entre eles João Leitão de Abreu, chefe do Gabinete Civil, general Octávio Aguiar de Medeiros, do Serviço Nacional de Informação, César Cals, das Minas e Energia, Hélio Beltrão, da Previdência, Delfim Neto, da Fazenda. O discurso, dizia o

---

5. *Jornal da USP*, ano XV, nº 606, 29/7/2002 a 4/8/2002.
6. *Correio Braziliense*, de 27/9/1983, p. 6.

primeiro expediente, "além de gravemente ofensivo à honra do Senhor Presidente da República e dos Ministros de Estado, caracteriza procedimento que incorre na regra estabelecida no artigo 35, item II, da Constituição".

Em 4 de outubro, a Mesa da Câmara resolveu aplicar ao deputado a pena de censura escrita, em razão da linguagem utilizada em seu discurso, "considerada imprópria, descortês e ofensiva às autoridades constituídas da República".

V

Em 1985, em plena campanha presidencial que opunha Paulo Maluf a Tancredo Neves, Juruna, deputado federal, procurou um jornalista amigo, Paulo José Cunha, que conta: "Naquela sua voz complicada que a muito custo eu conseguia traduzir, fez uma revelação bombástica: 'Galinheiro' (tradução: Calim Eid, coordenador da campanha de Paulo Maluf) tinha pedido seu voto e mandara depositar uma quantia em dinheiro em sua conta. Estávamos a poucos dias da eleição indireta que elegeu Tancredo Neves. Perguntei, atarantado: – 'Mas você gravaria isso para minha câmara?' '– Gavo, sim, Parujusé. Tudo vedade.'" Depois, Juruna subiu à tribuna e fez um discurso confirmando tudo[7].

Tendo perdido o mandato e abandonado a vida política, Juruna faleceu doente e esquecido.

---

7. *Visão Crítica*, de 16/11/2002.

26. Rio, 1982, com a Proconsult: "resultados inconseqüentes mas que eram divulgados apesar de tudo"

Em novembro de 1982, o *Jornal do Brasil* noticiou que, nas eleições de outubro daquele ano, no Rio de Janeiro, a empresa Proconsult, Racimex & Associados Ltda., por um de seus representantes, tentara "impor o seu modelo de projeção que pressupunha o crescimento dos votos brancos e nulos que levariam à vitoria do candidato do PDS"[1].

Os candidatos mais fortes naquele pleito haviam sido Leonel Brizola, pelo Partido Democrático Trabalhista – PDT, afinal vitorioso, e Moreira Franco, pelo Partido Democrático Social – PDS.

Instaurada Investigação Policial Preliminar, em 1º de dezembro de 1982, foi inicialmente ouvido o chefe do Departamento de Rádio e Jornalismo da *Rádio Jornal do Brasil*. E foi ele "taxativo" em confirmar que o vice-presidente da Proconsult, Arcádio Joaquim Vieira Filho, tentara "impor-lhe a vitória do candidato Moreira Franco ao Governo do Estado" e que tal fato se deveria "ao número de votos brancos e nulos, notadamente na votação atribuída ao já hoje proclamado Governador Leonel Brizola, visto que seu eleitorado seria constituído de pessoas com baixa instrução, o que acarretaria, sem sombra de dúvida, um mau preenchimento das cédulas".

1. Edição do *Jornal do Brasil*, de 27/11/1982.

Tal anulação de votos "ocasionaria uma diferença pró-Moreira Franco, chamada de *diferencial delta* e segundo as colocações de Arcádio, os seus (dele, Arcádio/*Proconsult*) dados numéricos é que estariam corretos"[2].

II

A Lei nº 6.996, de 7 de junho de 1982, dispunha que os Tribunais Regionais Eleitorais, nos Estados em que fosse autorizado pelo Tribunal Superior Eleitoral, poderiam utilizar processamento eletrônico de dados nos serviços eleitorais.

O pedido de autorização poderia, então, referir-se ao alistamento eleitoral, à votação e à apuração ou a apenas a uma dessas fases em todo o Estado, em determinadas zonas eleitorais ou em parte destas.

Devidamente autorizado pelo TSE, decidiu o Tribunal do Rio de Janeiro utilizar processamento eletrônico de dados na apuração.

Mas o edital que expediu para seleção de uma empresa a encarregar-se do processo – segundo o dirigente da *Proconsult* – determinou que o total dos votos brancos e nulos fosse discriminado por cada categoria de candidatos, o que exigiu, já em plena totalização, uma alteração na programação de computador.

O fato foi confirmado nos outros depoimentos à Polícia Federal.

Segundo o relatório da Investigação, naquela alteração "ocorreu um erro, visto que os votos brancos e nulos, obtidos na categoria Deputados Federais, foram atribuídos aos Senadores e vice-versa, os votos nulos e brancos obtidos na categoria Deputados Estaduais foram atribuídos aos Governadores e vice-versa, bem como dos Prefeitos aos Vereadores e vice-versa".

Disse o responsável pela Investigação: "Então, o que se viu foi que da correção de uma falha sobreveio um erro, gerando daí, na opinião pública, um clima de desconfiança."

III

Só que a atribuição equivocada dos votos em branco e nulos não esclarece o caso: é que, como se indicou na matéria do *Jornal do*

---

2. Investigação Policial Preliminar nº 06/82 – DOPS/SR/DPF/RJ.

Brasil, procedida a inversão em três dos boletins, os de n°s 5, 6 e 7, o total de votos dados a governador, mais brancos e nulos, não coincidiria com o total dos votos para deputado estadual.
Assim, no Boletim nº 5, apresentava-se o seguinte resultado:

Para governador		Para deputado estadual	
Votos válidos	195.828	Votos válidos	178.447
Brancos e nulos	31.254	Brancos e nulos	16.948
Total	227.082	Total	195.395

Feita a inversão, ter-se-ia:

Para governador		Para deputado estadual	
Votos válidos	195.828	Votos válidos	178.447
Brancos e nulos	16.948	Brancos e nulos	31.254
Total	212.776	Total	209.701

O que resultaria em uma diferença de 3.075 votos. Os valores deveriam ser os mesmos, pois foram os mesmos eleitores, com os mesmos votos, votando para os dois cargos.
No Boletim nº 6, tinha-se:

Para governador		Para deputado estadual	
Votos válidos	213.214	Votos válidos	202.859
Brancos e nulos	35.284	Brancos e nulos	18.953
Total	248.498	Total	221.812

Feita a inversão:

Para governador		Para deputado estadual	
Votos válidos	213.214	Votos válidos	202.859
Brancos e nulos	18.953	Brancos e nulos	35.284
Total	232.167	Total	238.443

O que resultaria em uma diferença de 5.976 votos.
No Boletim nº 7, segundo o *Jornal do Brasil*, "a diferença de eleitores entre os que teriam votado para Governador e Deputado Estadual (coisa impossível de acontecer) é de 32 mil, 397 cidadãos que votaram a mais num cargo (Governador) que no outro. Se fosse feita a inversão... a diferença diminui, passando a votar a mais 19

mil e 293 eleitores. Entretanto, com a correção, a maioria passa a ser de Deputado Federal"[3].

IV

Responsável pela Investigação Policial Preliminar, o delegado Carlos Toschi Neto viu como "insofismável a inexistência de ilicitude em qualquer das fases da computação". E argumentou: destinando-se a primeira via do Boletim de Urna à computação, a segunda à afixação, a terceira à Junta Eleitoral, e a quarta aos partidos, seria afastada, assim, "uma hipotética manipulação nos dados em determinada situação, visto que qualquer ato dessa natureza, no mínimo, acarretaria divergências entre as cópias distribuídas".

Tudo começou, segundo ele, "com o desejo de notoriedade do Senhor Arcádio Joaquim Vieira Filho, pelo seu ímpeto de afirmação". E, "se o desejo de ser notícia não fosse tão grande nos homens, talvez os males do mundo fossem menores"[4].

Os peritos do Juízo designado para atuar na Investigação Policial concluíram que "muitos dos erros cometidos e falhas apuradas se deveram a um trabalho realizado e executado após um deficiente planejamento e sob pressão do fator tempo, o que gerou a falta de cuidados técnicos adequados para obter-se um satisfatório índice de qualidade nos resultados. Não houve planejamento cuidadoso e, a partir de um certo momento, o sistema perdeu qualquer resquício de unidade e tornou-se um conjunto de programas confeccionados apressadamente – é isso que se constata após exame da documentação e é essa a opinião generalizada de várias pessoas interrogadas"[5].

V

Em suas declarações à Polícia Federal, o técnico do Serpro, Carlos Eduardo Oberlander Álvares, que, por solicitação do TRE, parti-

---
3. Edição do *Jornal do Brasil*, de 11/1/1983.
4. Investigação Policial Preliminar citada.
5. Laudo dos peritos Gláucio Antônio Prado Lima e Tarcísio Queiroz Cerqueira, de 5/4/1988.

cipou dos trabalhos de verificação técnica da computação dos resultados eleitorais do Rio, alinhou os principais erros cometidos pela *Proconsult*: o que atribuiu a inversão de votos brancos e nulos entre as eleições de governador e deputado estaduais, senador e deputado federal, prefeito e vereador; o emprego do código 999, "que levou a um acréscimo de votos igual a esse número ou a um múltiplo seu, atribuídos a candidatos cujas votações deveriam ser zero".

Disse ele que, no seu entender, os erros verificados tiveram sua origem primária na concepção do sistema, pelo TRE, no tocante ao modelo dos boletins de apuração e aos relatórios produzidos a cada parcial.

Com relação ao boletim, indicou ele o desenho impróprio, "a existência de espaços para todos os candidatos possíveis e não apenas para os inscritos, a inexistência de candidatos inscritos como no caso de 341, e o preenchimento e a digitação do chamado *rabicho* que, no final, representa mais dados a preencher do que os da votação dos candidatos".

Com relação ao relatório, ressaltou "a falta da exigência de brancos e nulos, ausência de indicação dos votos por legenda nas eleições proporcionais, ausência de totais do fechamento das eleições, disposição das votações dos candidatos sem discriminação por partido".

No que tocava à *Proconsult*, registrou "a falta de simulação do sistema, omissão absolutamente inaceitável, a falta de condições operacionais, a falta de segurança no trânsito e guarda de documentos, a falta alegada de recursos para manter um estoque adequado de fitas magnéticas, que possibilitassem a retenção e cópias dos arquivos atinentes a cada parcial, a inexistência de registros formais de programação, bem como dos programas de acertos desenvolvidos durante as eleições".

Enfim, os trabalhos se desenvolveram "num clima de surrealismo completo". Mas nunca encontrou ele "evidências que autorizassem a afirmação da existência de fraudes, não podendo, porém, afirmar o contrário, eis que para algumas coisas não encontrou explicação categórica"[6].

6. Declarações prestadas em 10/2/1983.

VI

Tantas vezes lembrada como o primeiro exemplo de fraude no processo eleitoral informatizado – e por tantos indicado como demonstração de que nem o voto eletrônico estaria a salvo de manipulações –, o caso *Proconsult*, corretamente analisado, leva a outras conclusões.

A primeira é a de que não se operou efetivamente a fraude tão comentada. O laudo dos peritos do Juízo da 1ª Zona Eleitoral do Rio de Janeiro asseverou não terem ocorrido erros de totalização.

E concluiu que muitos dos erros e das falhas apurados eram devidos "a um trabalho executado após um deficiente planejamento e sob pressão do fator tempo".

E o delegado da Polícia Federal encarregado da Investigação Preliminar viu como "insofismável a inexistência de ilicitude em qualquer das fases da contestação".

Em segundo lugar, não tratava a hipótese de informatização plena de todos os procedimentos: só se utilizava a computação com a digitação dos mapas de apuração; até ali, utilizava-se o processo tradicional de votação.

Finalmente, os erros na concepção do sistema, de seu desenvolvimento e de sua execução não estavam levando ao benefício de nenhum candidato como foi amplamente demonstrado no Inquérito Preliminar e pela perícia. O sistema utilizado pela *Proconsult*, como concluiu o *Jornal do Brasil*, não tinha segurança e produziu "resultados inconsistentes, mas que eram divulgados, apesar de tudo".

27. A vice-presidência: "um degrau para nada, exceto para o esquecimento"

A criação do cargo de vice-presidente teve a mesma justificativa que levou, igualmente, à escolha de suplentes para os parlamentares: a de evitar-se as eleições parciais, tão desgastantes. Quando, nos Estados Unidos da América do Norte, cogitou-se, pela primeira vez, do cargo de presidente – inovação surpreendente em um tempo só de monarquias hereditárias – cuidou-se também de um vice, mas, nos primeiros dias da República havia quem se referisse ao ocupante da função como "his superfluous Excellency"[1].

E o primeiro vice, John Adams, em carta à mulher, queixou-se: "Meu País, em sua sabedoria, criou para mim o mais insignificante cargo que jamais a invenção do homem idealizou ou sua imaginação concebeu."[2]

O mesmo lamento seria repetido por Theodore Roosevelt, que dizia "não ver o seu caminho muito claramente e achar que o Vice tem poucos poderes, sendo realmente a quinta roda de um carro. Ele não é um degrau para nada, exceto para o esquecimento"[3].

1. REINFELD, Fred, *The Biggest Job in the World: the American Presidency*. New York: Washington Square Press, 1964, p. 145.
2. Idem, p. 146.
3. RADEMAKER, Augusto, *O vice-presidente da República: um estudo*. Brasília: [s. ed.], 1974, p. 29.

Mais tarde, outro Roosevelt lembraria a utilidade do vice como membro do Gabinete, como auxiliar executivo do presidente, como um elaborador da política em áreas que não pertencessem à esfera de ação de algum membro do gabinete particular e, finalmente, como um elemento de ligação, interpretando a política administrativa para o Congresso e o público. Para ele, o vice poderia ser "um executivo móvel, superior aos Departamentos, reportando-os diretamente ao Presidente, como um conjunto de olhos e ouvidos"[4].

II

Quanto ao Brasil e seus vices, há, em nossa história, muitos exemplos deploráveis. A começar pelo primeiro deles, Floriano Peixoto. Na última sessão de nossa primeira Assembléia Constituinte republicana, em 26 de fevereiro de 1891, quando Deodoro e Floriano compareceram para o juramento de posse, alguns dos partidários do primeiro fizeram – conta Sertório de Castro – "uma tentativa inútil para aplaudi-lo". Mas foi com um "acolhimento quase glacial" que o Congresso recebeu Deodoro, depois de elegê-lo presidente.

Já a aparição de Floriano, "no fundo da sala repleta, desencadeou um coro de aclamações, reinando durante algum tempo, no recinto, um entusiasmo verdadeiramente delirante. Deodoro assistia, com a fisionomia carregada, aquela consagração que equivalia, para ele, a uma condenação"[5].

Esse "acintoso silêncio" – como anotaram muitos outros analistas – com que se recebeu Deodoro faria antever seus problemas com o Congresso até 23 de novembro daquele ano, quando, doente e desiludido, o marechal renunciou a seu cargo. Na proclamação com que procurou justificar seu afastamento, ele diz: "... a ingratidão daqueles por quem mais me sacrifiquei e o desejo de não deixar atear-se a guerra civil em minha cara pátria aconselharam-me a renunciar o poder nas mãos do funcionário a quem cabe substituir-me"[6].

A referência ao funcionário mostra bem a indisposição de Deodoro para com Floriano, "chefe reconhecido da conspiração" contra

4. RADEMAKER, Augusto, ob. cit., p. 29.
5. CASTRO, Sertório de, *A República que a revolução destruiu.* Brasília: UnB, 1982, p. 52.
6. SYLA, Ciro, *Floriano Peixoto, o consolidador da República.* São Paulo: [s. ed.].

ele, na análise de José Maria Bello[7]. Em verdade, todos os que procuraram analisar o período insistem quanto ao comportamento ambíguo do vice que, no julgamento amargo de Bello, era "um desconfiado irredutível", tendendo sempre à ambivalência, como todos os homens de sua família psicológica[8].

Floriano não deixou uma boa recordação na crônica de seu tempo. Capistrano o considera "uma mediocridade nefanda"[9]. Euclides da Cunha, num retrato igualmente cruel, diria dele: "O seu valor absoluto e individual reflete na história da anomalia algébrica das quantidades negativas: cresceu, prodigiosamente, à medida que diminuiu a energia nacional. Subiu, sem se elevar – porque se lhe operava em torno uma depressão profunda. Destacou-se à frente de um País sem avançar – porque era o Brasil quem recuava, abandonando o traçado superior de suas tradições..."[10]

E em duas páginas que lhe dedicou em um de seus romances, Lima Barreto esboça também um retrato desprimoroso: "Com uma ausência total de qualidades intelectuais, havia no caráter do Marechal Floriano uma qualidade predominante: tibieza de ânimo, e no seu temperamento, muita preguiça. Não a preguiça comum, essa preguiça de nós todos; era uma preguiça mórbida, como que uma pobreza de irrigação nervosa, provinda de uma insuficiente quantidade de fluído no seu organismo. Pelos lugares que passou, tornou-se notável pela indolência e desamor às obrigações de seu cargo... A sua concepção de governo não era o despotismo, nem a democracia, nem a aristocracia; era a de uma tirania doméstica. O bebê portou-se mal, castiga-se. Levada a cousa ao grande, o portar-se mal era fazer-lhe oposição, ter opiniões contrárias às suas e o castigo não eram mais palmadas, sim, porém, prisão e morte. Não há dinheiro no tesouro; ponham-se as notas recolhidas em circulação, assim como se faz em casa quando chegam visitas e a sopa é pouca: põe-se mais água. Demais, sua educação militar e a sua fraca cultura deram mais realce a essa concepção infantil, raiando-a de violência, não tanto por ele em si, pela sua perversidade natural, pelo seu desprezo pela

---

7. BELLO, José Maria, *História da República*. Rio de Janeiro: Civilização Brasileira, 1940, p. 118.
8. Idem, pp. 125 e 129.
9. CAPISTRANO DE ABREU, José, "Carta a Urbano Duarte de Oliveira, de 26 de agosto de 1895". In: *Correspondência*. Rio de Janeiro: INL, 1954, p. 63.
10. EUCLIDES DA CUNHA, *Contrastes e confrontos*. Porto: Chardron, 1923, p. 12.

vida humana, mas pela fraqueza com que acobertou e não reprimiu a ferocidade de seus auxiliares e asseclas."[11]

Com a renúncia de Deodoro, Floriano assumiu o poder, exercendo até o fim o mandato e se recusando a convocar eleições, como lhe determinava a Constituição.

III

O segundo de nossos vices, o baiano Manoel Vitorino, não se constituiu, igualmente, em um bom exemplo.

Prudente de Moraes, o primeiro dos presidentes civis, o primeiro a ser escolhido em eleições gerais, já assumiu o cargo doente. Pouco antes, ao pedir a dispensa da presidência do Senado, dizia: "O estado precário de minha saúde, que é conhecido de muitos dos meus colegas, impede-me atualmente de tomar parte nos trabalhos do Senado com a necessária assiduidade."[12]

E em carta a Max Fleiuss, de setembro de 1894, se lamentava: "Já me sinto envelhecido e dispondo de saúde precária."

Depois de operado, para extração de um cálculo renal, em novembro daquele ano, ele passa o governo ao vice e, a conselho médico, retira-se para Teresópolis. "Era dolorosamente desalentadora a miséria fisiológica daquele organismo depauperado e exangue", comentaria Dunshee de Abranches[13].

Assumindo o governo, Manoel Vitorino procurou, como se comentava nos corredores da Câmara, "mudar a mobília presidencial", entendendo indispensável fazer sua política e renovar o ministério, proclamando "a urgência de republicanizar-se a República"[14].

Chegou até a transferir a sede do governo do casarão do Itamaraty, na Rua Larga, para o Palácio do Catete, "no meio das mais deslumbrantes manifestações de regozijo público"[15].

De Teresópolis, Prudente escreve, em 27 de fevereiro de 1897, a Bernardino de Campos: "Estamos arrumando as malas para descer na próxima quarta-feira."

---

11. LIMA BARRETO, *Triste fim de Policarpo Quaresma*. São Paulo: Ática, 1983, pp. 114-5.
12. AMARAL, Antônio Barreto do, *Prudente de Moraes, uma vida marcada*. São Paulo: Instituto Histórico e Geográfico de São Paulo, 1971, pp. 197-8 e 201.
13. ABRANCHES, Dunshee de, *Como se faziam presidentes*. Rio de Janeiro: José Olympio, 1973, p. 5.
14. Idem, p. 7.
15. Idem, p. 17.

Espera regressar logo, a fim de "desocupar do que é meu o Palácio do Itamaraty e a casa contígua, visto que vi pelos jornais que a Secretaria da Guerra vai mudar-se para ali, por deliberação do Governo, apesar de saber que parte do Palácio e casa contígua estão ocupados por objetos particulares meus e de minha família. Quero assim evitar o despejo que provavelmente será empregado pela grande urgência de mudar-se a Secretaria da Guerra"[16].

Pouco depois, em 4 de março, "sem um aviso prévio sequer ao Vice-Presidente em exercício, entrava ele no palácio presidencial adentro, com uma precipitação só igual à de quem recebe a denúncia inopinada de estar sendo por bandidos assaltado o seu lar"[17].

Naquele mesmo ano de 1897, Vitorino seria indiciado no inquérito sobre o atentado a Prudente, em 5 de novembro, quando da recepção às tropas que voltavam de Canudos e em que foi morto o seu ministro da Guerra.

Em longo manifesto, editado em 1898, Vitorino se justificaria e lamentaria: "O segundo magistrado do País, aquele para quem a substituição e a sucessão presidencial, assim como as presidências do Senado, devem estar tão garantidas no texto constitucional, como está para o presidente da República a sua efetividade, é o cidadão mais exposto e desabrigado do País; se, por impedimento do presidente, acha-se exercendo as funções de chefe da Nação, aliás, como a integridade do poder que este exercício presume, despedem-no com maior facilidade e menores atenções do que ao contínuo de uma repartição, ou a um criado de servir, a quem se dá o tempo de arrumar as malas."[18]

IV

Wenceslau Brás, o sexto de nossos vices, encontrou forma curiosa para afastar os desencontros, desarmar as tensões de antes entre seus antecessores e os presidentes: deixou-se ficar em Itajubá, dedicando-se a longas pescarias no rio Sapucaí.

16. ASSIS, José Eugênio de Paul, *Prudente de Moraes, sua vida e sua obra*. São Paulo: [s. ed.], 1976, p. 219.
17. ABRANCHES, Dunshee de, ob. cit., p. 19.
18. In: *Idéias políticas de Manuel Vitorino*. Brasília: Senado Federal/Fundação Casa Rui Barbosa/MEC, 1981, pp. 303-4.

Pela Constituição de 1891 – como também depois, pela de 1946 – competia ao vice a presidência do Senado, onde este somente teria "o voto de qualidade" (artigo 32). Wenceslau disse então ao presidente Hermes: "Presidirei pouco o Senado; estarei mesmo ausente do Rio durante quase todo o período governamental. Como sabe, Marechal, toda a oposição pretende envolver o Vice-Presidente contra o Presidente. Queixas e queixas são dirigidas ao Vice-Presidente contra atos do Governo. E essa aproximação da oposição ao Vice-Presidente pode despertar desconfianças e formar-se uma atmosfera de suspeição em torno do Vice-Presidente."[19]

Guindado à presidência como candidato único nas eleições seguintes, de março de 1914, Wenceslau mereceria o remoque ferino de Emílio de Menezes: "É o primeiro caso que conheço de promoção por abandono de emprego."[20]

V

A Emenda Constitucional nº 9, de 22 de julho de 1964, determinou: "Art. 8º, § 4º – O Vice-Presidente considerar-se-á eleito em virtude da eleição do Presidente com o qual se candidatar, devendo, para isso, cada candidato a Presidente registrar-se com um candidato a Vice-Presidente."

Anteriormente, na 4ª República – esse período que vai desde a queda de Getúlio, em fins de 1945, ao movimento militar de março/abril de 1964 – era possível, como no caso da eleição de João Goulart, em outubro de 1960, o vice provir de um partido da oposição, em franco contraste com o do presidente.

Mas nas três escolhas que a antecederam – a de Nereu Ramos, pela Assembléia Constituinte, de setembro de 1946; a de Café Filho, em 1950; e a de João Goulart, em 1955 – as candidaturas dos vices vitoriosos foram lançadas pelo mesmo partido do presidente eleito ou por partidos a ele coligados.

E a eleição de Nereu Ramos teve uma particularidade: é que, inicialmente, foi escolhido somente o presidente, juntamente com sena-

---

19. BESSONE, Darcy, *Wenceslau: um pescador na presidência*. Rio de Janeiro: Sociedade de Estudos Históricos D. Pedro II, 1968, p. 140.
20. MENEZES, Raimundo de, *Emílio de Menezes, o último boêmio*. São Paulo: Martins, 1946, p. 228.

dores e deputados constituintes, no pleito de 2 de dezembro de 1945. A Constituição aprovada em 18 de setembro de 1946 dispunha no artigo 1º de suas Disposições Transitórias: "A Assembléia Constituinte elegerá, no dia que se seguir à promulgação deste Ato, o Vice-Presidente da República para o primeiro período presidencial."

Largamente majoritário, contando com 173 dos 320 constituintes, o Partido Social Democrático programou a candidatura de Nereu Ramos, seu principal expoente e presidente da Assembléia.

Mas a retirada de seu nome chegou a ser sugerida pela União Democrática Nacional. Segundo depoimento ao autor do ex-senador por Pernambuco, Novaes Filho — muito ligado ao presidente Dutra e que seria, logo depois, seu ministro da Agricultura —, à sugestão de um acordo com a UDN para a substituição do nome de Nereu pelo de José Carlos Macedo Soares, o presidente respondeu: "Vamos deixar o Nereu. A UDN tem mais raiva de Nereu do que de mim. Se eu aceitar o Macedo, eles me depõem e empossam o Macedo."

Jogava, assim, o presidente Dutra com a irresignação da oposição ao nome de seu vice.

VI

Dessa irresignação não só da oposição, mas, agora, do meio militar, teria procurado se valer também o presidente Jânio em sua até hoje não explicada renúncia.

É o que se deduz do relato de Carlos Alves de Souza em livro de memória. Embaixador em Paris, ele conta uma conversa que manteve, ali, no início de agosto de 1961, com o então vice-presidente João Goulart. Este lhe disse "que as relações dele com o Presidente Jânio Quadros não eram boas, praticamente só se avistavam nas cerimônias oficiais. Disse-me haver sido surpreendido com um chamado do Presidente, ao Palácio, para dizer-lhe que precisava dos seus serviços a fim de cumprir missão da mais alta importância para o Brasil. Tratava-se de chefiar uma delegação que Jânio pretendia enviar à Rússia e à China, constituída de parlamentares, de técnicos e de pessoas indicadas pelo Vice-Presidente, para examinar as possibilidades de incrementar o intercâmbio comercial entre o Brasil e esses dois países. A visita da Missão não devia se limitar às capitais, e sim ir também às cidades principais desses países. Goulart retrucou que assuntos pessoais, negócios e interesses do Partido não lhe permitiam ausentar-se do Brasil. Jânio Quadros respondeu-lhe que os interesses do Brasil estavam acima de outro qualquer e insistia em que ele aceitasse a chefia da Missão. Goulart, nascido e criado numa estância vizinha à do Presidente Vargas, tinha a astúcia do homem de fronteira. Depois da deposição de Getúlio em 1945, até sua volta ao Poder, o visitara diariamente, e era considerado como pessoa da família Vargas, tanto assim que residia no Catete. Tinha aprendido muito nesse convívio com o ex-presidente. Compreendeu que a recusa ao convite seria um rompimento político com Jânio Quadros e aceitou com desagrado o convite, tendo reunido, antes, seus correligionários, para lhes dizer estar convencido de que o Presidente preparava algo contra eles e contra o Partido Trabalhista"[21].

A esse relato acrescente-se a informação de Afonso Arinos, ministro das Relações Exteriores de Jânio, trazida também em um de seus livros de memórias. Conta ele: "No dia 24 de agosto, pelas quatro horas da tarde, estava eu presidindo uma reunião no Itamarati, na sala Pedro II, quando me vieram dizer que o Presidente da República chamava-me pessoalmente ao telefone, no meu gabinete. Com o costume de enviar seus memorandos todos os dias, por telex, não era habitual que o Presidente me chamasse por telefone. Pensei em algo urgente e fui atendê-lo. Depois dos cumprimentos, Jânio perguntou-me: '– Ministro, onde está o Jango, hoje?' Goulart continuava na sua missão à Ásia, mas eu não tinha certeza do local onde se encontrava. '– Não estou certo, Presidente – respondi – mas vou ler os últimos telegramas dele e telefonarei a V. Excia.' '– Por favor, Ministro, veja agora mesmo. Eu espero na linha.' Eu tinha diante de mim, como sempre, a pasta dos telegramas importantes do dia. Consultei-a e disse a Jânio: '– Creio, Presidente, pelo que avisou nos últimos despachos, que hoje e amanhã estará em Hong Kong.' '– Hongue Kongue? – repetiu Jânio na sua pronúncia escandida – é longe, Ministro.' '– Sim, Presidente, é longe, quase nos antípodas.' '– Um abraço, meu amigo', '– Outro, Presidente.' Eis o último diálogo que, como Ministro das Relações Exteriores, tive com o Presidente da República."[22]

---

21. SOUZA, Carlos Alves de, *Um embaixador em tempos de crise*. Rio de Janeiro: Francisco Alves, 1979, p. 297.
22. ARINOS DE MELO FRANCO, Afonso, *A alma do tempo – Memórias*. Rio de Janeiro: José Olympio, 1979, p. 978.

É induvidoso, então, que Jânio Quadros tenha buscado se aproveitar da distância em que se encontrava seu vice – na tão longínqua "Hongue Kongue" – e da distância em que queriam mantê-lo, também as Forças Armadas, para a renúncia que findava, assim, em um jogo de cena, uma negaça maquiavelana, visando, com a comoção nacional, a obtenção de mais poderes.

Depois do vice "impossível", de Dutra – Nereu, inadmissível para os udenistas –, tinha-se agora outro vice que a UDN e os setores militares não haveriam de permitir chegasse à Presidência.

A solução parlamentarista, com a Emenda nº 4, de setembro de 1961, para admitir Jango, chefe de um Executivo mutilado, foi a solução paliativa que o movimento militar encerrou.

28. A interpretação da lei é a eterna malícia

Poucos sabem que, em 1503, em uma cerimônia em presença do rei D. Manuel I, foi lido ato notarial, em pública forma, sobre o descobrimento de nosso país, "no mar desconhecido, sob a linha equinocial, ou outro orbe, ignorado de todos os autores".

Só em 1860 uma cópia em latim desse ato, pertencente à biblioteca alemã de Stuttgart, foi divulgada: o texto fala dos habitantes da terra descoberta, sem fé, "nem religião ou idolatria e nenhum outro conhecimento de seu Criador", de suas "espessas florestas" e rios muito grandes, com "papagaios de diversas espécies" e dos crocodilos, "contudo menos ferozes do que os da Etiópia".

E o texto termina: "E eu, Valentim Fernandes, da Morávia, tabelião público por autoridade do mesmo invictíssimo Rei de Portugal, li estas presentes cartas perante a régia Magestade e seus barões, supremos capitães e pilotos ou governadores dos navios da sobredita terra dos antípodas com o novo nome de Terra de Santa Cruz; e todas as confirmaram a uma só voz. E coligi todas essas coisas de um livro escrito por mim segundo o relato de dois antigos homens da mencionada terra, mediante os dois supracitados, os quais durante 20 meses lá moraram. E afirmo que todas essas coisas são verdadeiras, pelo que vi e me relataram, em cujo testemunho aponho o meu sinal público."[1]

Nossa existência de país atrelado à forma mostra bem conformação a esse começo cartorial, por certidão passada, selada, reconhecida por testemunhas.

Não é de estranhar, então, que tenhamos depois sido produto de um "longo oficialismo".

II

Os colonizadores dos Estados Unidos da América do Norte, já em 1620, em Cape Code, a bordo mesmo do *May Flower*, que os havia levado à nova terra, manifestaram a intenção de "tudo ajustar e combinar em boa união, irmanados em uma corporação civil política".

No Brasil, um século antes, do grupo que acompanhara Martin Afonso de Sousa às costas de São Paulo, os historiadores só falam da "gente que traziam para povoar", como se fosse um gado humano, exclusivamente visando a procriar e a depender, em tudo, das diretivas, dos alvarás, daquele "Dom Joam, por graças de Deos rei de Portugal e dos Algarves, d'aquém e d'além mar".

Daí que se possa dizer, como Alceu Amoroso Lima, que nosso país "se modelou às avessas", começou pelo fim, tendo Coroa antes de ter povo, parlamentarismo antes de eleições, escolas antes de analfabetismo, bancos antes de economia, salões antes de ter educação popular, artistas antes de arte, conceito exterior antes de consciência interna, fazendo empréstimos antes de ter riqueza consolidada, aspirando a potência mundial[2].

---

1. AMADO, Janaína e FIGUEIREDO, Luiz Carlos, *Brasil 1500 – Quarenta documentos*. Brasília/São Paulo: UnB/Imprensa Nacional, 2001, p. 304. Como contam os autores, o texto foi publicado, em língua portuguesa, "pela primeira vez apenas em 1939, em Portugal, por Abel Fontoura (*Cartas das Ilhas de Cabo Verde, de Valentim Fernandes*). Em 1958, o historiador brasileiro J. O. Marcondes de Souza publicou, na *Revista de História* (*O ato notarial de Valentim Fernandes de 20 de maio de 1503*), uma cópia do manuscrito". Nova divulgação, com outra leitura paleográfica, em 1972, nos Arquivos do Centro Cultural Português, pelo historiador Antônio Alberto de Andrade (*O ato notarial de Valentim Fernandes (1503) e o seu significado como fonte histórica comentando e corrigindo as publicações anteriores*). E Janaina Amado e Luiz Carlos Figueiredo haviam já divulgado o documento na revista *História*, da Universidade de Brasília (*A certidão de Valentim Fernandes, documento pouco conhecido sobre o Brasil de 1500*).
2. AMOROSO LIMA, Alceu, *À margem da história da República*, Rio de Janeiro: [s. ed.], 1924.

O peso desse formalismo, sem o calor comunitário a moldar as instituições, sem a lei respaldada na vontade popular, teria de levar, como levou, a um curioso relacionamento entre o indivíduo e o quadro normativo.

Nossos textos legais, elaborados mais sob a luz da esperança que da experiência, fazem esquecer a lição do velho monarca Pedro II, de que a virtude dos ordenamentos mais assentaria em sua boa execução do que nas medidas preventivas do legislador e de que nosso desenvolvimento moral e material estaria dependendo, essencialmente, de que se difundisse a instrução a todas as classes da sociedade[3].

III

A história dos outros países nos mostra o fenômeno extraordinário da "desobediência civil". Nomes como Thoreau nos Estados Unidos, como Tolstói na Rússia, como Ghandi na África do Sul e na Índia vincaram a tradição de recusa à lei injusta, à lei ilegítima, à lei inconstitucional. Indicava-se publicamente a invalidade da norma, com o fim de induzir o legislador, o governante, a modificá-la ou anulá-la.

Retirava-se a obediência, que é condição da legitimidade do ordenamento, e esse ato, inovador, não-destrutivo, reforçava a cidadania.

Pois não se dissera, na Declaração de Independência americana, de 1776, que "todos os homens são criados iguais... dotados pelo Criador de certos direitos inalienáveis", e que para assegurar tais direitos é que eram instituídos "os governos entre os homens, derivando seus justos poderes do consentimento dos governados"? E que sempre que qualquer forma de governo se tornasse destrutiva daqueles fins, caberia ao povo "o direito de alterá-lo ou de aboli-lo e instituir um novo governo"?

Não haveria de se pensar, depois desse entendimento, em uma adesão hobbesiana a um pacto não revisível, mas sim em um contrato que, a qualquer momento, pudesse ter seus fundamentos em reexame. E se chegava a justificar, como naquela Declaração, que, sempre que qualquer governo se tornasse destruidor daqueles fins, caberia

---

3. À margem de um livro, D. Pedro II escreveu o que repetia sempre: "Não é o vestido que tornará vestal a messalina porém, sim, a educação do povo..." (in: CALMON, Pedro, *A vida de D. Pedro II, o rei filósofo*. Rio de Janeiro: Biblioteca do Exército, 1975, p. 239).

ao povo o direito de reformá-lo ou mesmo de aboli-lo, instituindo um novo governo.

A "desobediência civil" é, em última análise, a procura consciente de revisão desse tratado.

IV

Mas a esse fenômeno tão louvável vem o Brasil opondo formas de comportamento que maculam, verdadeiramente, as relações entre governantes e governados: o desprezo continuado às normas, no que poderíamos chamar de "desobediência incivil".

É fácil alinhar muitos dos momentos de transgressão das normas em nosso país: o príncipe, menor, com pouco mais de 14 anos, tornado imperador com ofensa à Carta de 1824[4]; a Regência Provisional, composta em desacordo com o artigo 124 da Carta; a "interpretação" do Ato Adicional, reduzindo-lhe o alcance; as práticas parlamentaristas, à margem da severa disposição constitucional de separação entre os poderes; o silêncio sobre como se definir a renda "líquida" de votantes e eleitores; as dissoluções da Câmara, fora das hipóteses de "salvação do Estado"; o vice, Floriano, assumindo a Presidência com trauma à Constituição de 1881[5]; o simulacro da representação política, negando, também, a lei maior da República[6]; o latifúndio e o

---

4. "O Imperador é menor até a idade de dezoito anos completos", dispunha o artigo 121 da Constituição de 1824. Mas, pelo Golpe da Maioridade, Pedro I foi entronizado com 15 anos incompletos.
5. O artigo 42 da Constituição de 1891 determinava: "Se, no caso de vaga, por qualquer causa, da presidência ou vice-presidência, não houverem ainda decorridos dois anos, do período presidencial, proceder-se-á nova eleição." Ainda não decorrido um ano de seu mandato, Deodoro renuncia e seu substituto, Floriano, recusa-se a convocar a eleição. Seus adeptos invocam o artigo 1º, § 2º, das Disposições Transitórias da Carta: "O Presidente e o Vice-Presidente, eleitos na forma deste artigo, ocuparão a presidência e a vice-presidência da República durante o primeiro período presidencial." Não seriam, assim, exigidas novas eleições nesse primeiro período presidencial. Um parecer da Comissão de Constituição e Justiça da Câmara dos Deputados acolhe a tese, sofismando: "Houvera, no texto da Constituição, evidente erro de impressão: o emprego da conjuntiva *ou*, em vez da conjuntiva *e*, ou, em outros termos, só deveria proceder-se à nova eleição na hipótese de vagarem os dois cargos de Presidente e Vice-Presidente antes de decorridos dois anos do período presidencial."
6. Dizia o artigo 28 da Constituição: "A Câmara dos Deputados compõe-se de representantes do povo, eleitos pelos Estados e pelo Distrito Federal, mediante o sufrágio direto, garantida a representação da minoria." João Barbalho corrige: "Das minorias", é o que fora aprovado (BARBALHO U. C., João, *Constituição Federal brasileira, comentada*, p. 82). Mas a fraude, soberanamente exercida, nunca permitiu a representação de nenhuma minoria. E em decreto de 21 de novembro de 1891, convocando eleições para fevereiro do ano seguinte, indicando artigos da Constituição que deveriam ser revistos, Floriano deplorava "a desvantagem da exagerada proporcionalidade entre a população e a representação, firmada no art. 28".

jogo do bicho, em nossos dias, institutos juridicamente condenados, mas que continuam a ter aprovação social e vida saudável.

Em 1840, o povo cantava nas ruas do Rio de Janeiro: "Queremos Pedro Segundo/Embora não tenha idade/A Nação dispensa a lei/ E viva a maioridade." E essa "dispensa à lei" se tornou regra, quando os interesses individuais são atingidos.

V

Em 1881, foi em desacordo com o texto do artigo 178 da Carta que se aprovou a reforma eleitoral. A Constituição dificultava enormemente a alteração do que dizia respeito "aos limites e atribuições respectivas dos poderes públicos e aos direitos políticos e individuais dos cidadãos", exigindo a) uma proposição com origem na Câmara, apoiada pela terça parte de seus membros, reconhecendo o artigo ou os artigos da Constituição a merecer modificação; b) a leitura, por três vezes, com intervalo de seis dias, da proposta que, depois de discutida e aprovada, seria convertida em lei, sancionada e promulgada pelo imperador; c) tornada lei, ordenaria ela aos eleitores dos deputados, para a legislatura seguinte, que conferissem a eles "especial faculdade para a pretendida alteração ou reforma".

Por via ordinária, somente poderiam ser alterados ou reformados os itens que não dissessem respeito àqueles limites e atribuições dos poderes públicos ou aos direitos políticos ou individuais.

Mas se entendeu, na discussão da Lei Saraiva – que, com o voto direto, modificou o sistema anterior, de eleição em dois graus –, que a reforma não implicava alteração de direito político, pois que os autores da Constituição de 1824 não tinham pretendido incluir o voto entre os direitos políticos[7].

A melhor explicação veio numa pergunta de Cesar Zama, no calor do debate: "– Por que nós, que temos um objetivo definido, ha-

---

[7]. Prova disso, para um dos propugnadores da reforma, Paulino José Soares de Souza, era o que se dispunha no artigo 91 da Carta: "Têm direito nessas eleições primárias os cidadãos brasileiros que estão no gozo de seus direitos políticos." Era a indicação para ele de que, na terminologia da Constituição, os direitos políticos eram "coisa diversa do voto" (v. do autor *O voto no Brasil*, Rio de Janeiro: Topbooks, 2002, p. 102).

veremos de parar na escolha dos meios quando o que queremos é chegar ao fim?"[8]

VI

Outro momento em que se revelou clara desatenção ao texto constitucional foi o da negativa, por Floriano Peixoto, da convocação das eleições para preenchimento definitivo da vaga criada com o afastamento do presidente Deodoro da Fonseca. Deodoro renunciara a seu mandato em 23 de novembro de 1891. Iniciara sua gestão oito meses antes, em 26 de fevereiro, e a Constituição dispunha, em seu artigo 42: "Se, no caso de vaga, por qualquer motivo, da presidência ou vice-presidência, não houverem ainda decorridos dois anos do período presidencial, proceder-se-á a nova eleição."

Mas os governistas alegaram que a eleição dos primeiros dirigentes da Nova República fora feita, de modo excepcional, pelo Congresso, após a promulgação da Constituição, que determinava, no artigo 1º, § 2º, de suas Disposições Transitórias: "O Presidente e o Vice-Presidente, eleitos na forma deste artigo, ocuparão a presidência e a vice-presidência da República durante o primeiro período presidencial." Não haveria, então, como se cogitar em novo pleito.

Inconformado, Rui Barbosa diria que a presidência de Floriano fora "sustentada contra a lei, por uma interpretação de condescendência". E ao se alegar se devesse aguardar a "intervenção elucidativa do Congresso", ele disse não compreender a teoria jurídica daquela opinião: o Congresso não era "expositor de hermenêutica constitucional"[9]. Com a sanção do presidente, ele é, sim, a sede do Poder Legislativo. Como Poder Legislativo, faz leis. Mas não pode fazer leis *ad hoc*, para hipóteses prefiguradas, em solução a consultas ou perplexidades do Poder Executivo, quanto às matérias de competência funcional deste. Para Rui, a ditadura de um presidente ilegítimo não se constitucionalizaria "com a sanção do Congresso, cujos

---

8. Sessão de 9/6/1879. In: *Anais...*, ob. cit., p. 54.
9. Mas esse era o entendimento de um militar como Custódio José de Mello. Para ele, o Poder Legislativo era "o único que no pleito podia enunciar a última palavra, como o único competente para dar aos preceitos constitucionais controvertidos a verdadeira e autêntica interpretação" (v. MELLO, Custódio José de, *O Governo Provisório e a Revolução de 1893*. São Paulo: Nacional, 1938, p. 247).

atos, na hipótese de inconstitucionalidade, estão igualmente sujeitos à autoridade retificadora da justiça federal"[10].

Mas pareceres das Comissões de Constituição e Justiça da Câmara e do Senado vieram em favor da tese, de tão frágil consistência: para os parlamentares, no texto da Constituição houvera erro de impressão, com "o emprego da conjuntiva ou, em vez da conjuntiva e". Somente se deveria proceder a nova eleição "na hipótese de vagarem os dois cargos de Presidente e Vice-Presidente antes de decorridos dois anos do período presidencial"[11].

VII

Exemplos de matreirice no ladeamento das normas foram também os relatórios das Comissões Auxiliares do Congresso, encarregados do exame das eleições.

No pleito presidencial de 1910, ante a acusação do procurador de Rui Barbosa, Alfredo Pujol, de que, nos Estados do Amazonas, Pará, Piauí, Ceará e Rio Grande do Norte, houvera falsificação de assinaturas de eleitores e mesários, respondeu a Comissão que, "para que em duas listas de assinaturas de eleitores cujos nomes coincidam, resulte demonstrada a falsidade de uma delas, seria indispensável: a) se provasse que, na sessão eleitoral a que ambas as listas se referissem, não houvesse dois eleitores de igual nome; b) que houvesse manifesta divergência de letras entre as assinaturas do mesmo eleitor existente em uma e outra lista; c) isto posto, uma ou ambas seriam falsas".

O contestante, segundo a Comissão, não produzira nenhuma dessas provas.

E quanto à segunda hipótese, de modo incontestável, a diversidade de letras somente poderia ser efetivamente verificada por um exame pericial feito por notário público ou outra pessoa qualquer cuja competência no assunto estivesse "evidenciada por estudos especiais na matéria".

---

10. Carta a Pardal Mallet, de *Correspondência*. São Paulo, Ministério da Educação e Cultura/Instituto Nacional do Livro, 1932, p. 46-53, citado por RUI BARBOSA. In: *Comentários à Constituição Federal brasileira*. São Paulo: Saraiva, 1933, vol. III, pp. 158-9.
11. BELLO, José Maria, *História da República – Primeiro período, 1889-1902*. Rio de Janeiro: Civilização Brasileira, 1940, p. 136.

Citando Levèque e Frazer, no que respeita às diferenças apresentadas pela escrita de uma mesma pessoa, devido a circunstâncias várias, indicava a Comissão que quaisquer que fossem essas circunstâncias, "desfigurando a escrita e dando-lhe diferente fisionomia", era certo que, no que se referia aos caracteres essenciais, que o hábito havia longamente fixado, conservam-se sempre, a despeito das evoluções que pudessem produzir a idade, a fraqueza da vista, as enfermidades etc.

Conseqüentemente, "desde que a um indivíduo faleça o hábito (de escrever) que longamente fixa os caracteres essenciais da escrita, impossível é estabelecer-lhe a diversidade da letra, porquanto só esse hábito fixou longamente os caracteres essenciais e imutáveis".

E findava a Comissão com um reparo a Pujol: "Militando na política há longa data, devendo, pois, conhecer grande parte do eleitorado do interior, que constitui a maioria dos eleitores da República, o ilustre contestante, tanto quanto nós, sabe compor-se ele quase exclusivamente de homens que, longe de ter o hábito de escrever, pelo trabalho manual a que se entregam, não podem ter na escrita a uniformidade que só decorre do hábito."[12]

VIII

Não se trata, com essa "desobediência incivil", do contraste entre o direito positivo e o que autores como Northrop designaram como o "direito vivo" de uma comunidade[13], mas pura e simplesmente de uma contestação a esse direito positivo, uma fuga pontual a cada preceituação posta em vigor.

Muitos dos que se preocupam com o fenômeno da superabundância dos textos legais costumam atribuí-lo à prevalência dos Executivos nos Estados modernos, à tecnologia que, pouco a pouco, vi-

---

12. *Anais do Congresso Nacional, apuração da eleição de presidente e vice-presidente realizada a 1º/3/1910.* Rio de Janeiro: Imprensa Nacional, 1910, vol. I, p. 220.
13. Para Filmer S. C. Northrop esse "direito vivo" era "uma rica fusão de procedimentos estabelecidos, costumes, hábitos, expectativas mútuas, pressupostos, linguagem comum, estrutura familiar, memória folclórica, arte e divertimentos populares, práticas públicas, rituais, possivelmente uma religião e assim por diante, tudo entrelaçado em padrões complexos que passavam de uma geração para outra" (citado por MAGEE, Brian, *Confissões de um filósofo.* São Paulo: Martins Fontes, 2001, pp. 147-8).

ria retirando o arbítrio dos Parlamentos, seu poder de iniciativa na elaboração das leis e substituindo-lhes antigas prerrogativas até mesmo pelo mero intuito de restringir.

Em contribuição a seminário realizado há poucos anos no Rio de Janeiro, o professor Carlos Astiz, da Universidade de Nova York, lembrava, no entanto, que a invariável perda de prerrogativas legislativas em todo o mundo era, antes, produto da idealização dos Parlamentos e da falta de indagação verdadeiramente científica de suas atribuições[14]. E que a função de fazer leis, se não monopolizada agora pelo Legislativo, provavelmente nunca o foi.

Seria natural, para Astiz, que nesta era de centralização e planejamento, os integrantes dos Parlamentos estivessem em desvantagem ante os Executivos, com seu *pool* de tecnocratas altamente habilitados. Mostrou ele que estudos recentes indicavam que, na segunda metade do século XX, os legislativos em muitos casos desistiram da tarefa de produzir leis e concentraram-se no controle popular das ações e da política dos dois outros ramos do governo, particularmente o Executivo.

E o papel dos Legislativos nunca foi tão criticado quanto nas últimas décadas, atribuindo-se a eles os defeitos do retardamento nas deliberações, a "lenta rotina assemblear", uma linha o mais das vezes incoerente nas decisões, ao saber de maiorias eventuais, de pressão quem sabe espúria – na medida em que estão os Parlamentos mais sujeitos à ação dos grupos de interesse, tão ativos. A eles se reprova, também, a falta de "confidencialidade de posição", que excluiria o debate de urgentes iniciativas no campo econômico ou das tão graves medidas que afetam a segurança nacional.

Não se encontraram, no entanto, melhores alternativas para a canalização das aspirações tão múltiplas da alma nacional do que a mobilização eleitoral, a atividade dos partidos e, finalmente, o calor das discussões parlamentares. Os Legislativos podem parecer mesmo os "moinhos de palavras" de que falava Marx, mas os textos legais que deles emanavam eram, invariavelmente, produto de melhor elaboração, o "bacharelismo" das comissões e o crivo dos plenários aplainando o que fossem arestas a ferir a constitucionalidade, a técnica de produção e a própria compreensibilidade das normas.

14. ASTIZ, Carlos, "O papel atual do Congresso brasileiro". In: *O Legislativo e a tecnocracia*. Rio de Janeiro: Imago, 1975.

IX

Outra razão, além da expansão das atividades do Estado ou da prevalência dos Executivos, explicaria a caudal dos textos normativos: a complexidade da regulamentação e sua copiosidade seriam um dos resultados de nossa própria sociedade industrial.

Pluralista, de consumo, seria ela uma sociedade cuja legislação se caracterizaria pelo fato de que aos grandes textos, impregnados da real importância da Justiça, viriam se substituindo, cada vez mais, prescrições de caráter puramente técnico.

É a visão de Karl Kroeschell, para quem essas prescrições contêm "as regulamentações decisivas e essenciais, orientadas exclusivamente para a aplicação concreta, enquanto a lei se contenta, por vezes, com uma ordem da qual o conteúdo é pouco preciso, ou de uma autorização global". E Kroeschell junta um sugestivo exemplo, um dos itens da lei alemã, segundo a qual "os garanhões trotadores só poderão ser selecionados se eles tiverem corrido, durante três provas de trote, a milha no tempo mínimo de 1 minuto e 23 segundos ou, em uma prova de 200 metros, a milha em 1 minuto e 22 segundos ou, em uma prova de 2.400 metros, a milha em 1 minuto e 23 segundos". E o texto prossegue: "Se um garanhão não pode preencher essas condições, por razões que não influenciem seu valor, basta, então, que ele tenha realizado, ao menos em uma prova, e seu pai em 3 provas, as performances indicadas no parágrafo 1 e que sua mãe tenha realizado os 2.000 metros à velocidade de 1 minuto e 30 segundos por milha, e que uma outra cria de sua mãe tenha corrido os 1.000 metros em 1 minuto e 20 segundos."[15]

Muitos desses exemplos poderiam ser apontados em nossa legislação, que começou a preocupar efetivamente seus usuários a partir de novembro de 1964, quando a Lei nº 4.494, que veio regular a locação de prédios urbanos, prescreveu: "Art. 38 – O fator K, referido no art. 25, é expresso pela fórmula K : C sobre 120 – D, cujos termos C e D foram definidos no mesmo art. 25."

---

15. KROESCHELL, Karl, "Direito agrário na sociedade industrial". In: *Leituras escolhidas em direito agrário*. Brasília: Fundação Petrônio Portela, 1983.

X

Sempre se preferiu – vejam-se os brocardos latinos, veja-se Hobbes – um governo com um pequeno número de leis a um com muitas e complexas normas. Uma legislação enxundiosa[16], nesse campo eleitoral – como em tantos outros – estimula a descrença em sua aplicação, tão passageiros são os textos normativos.

Veja-se, entre tantos exemplos, o do Decreto-lei nº 8.566. Editado em 16 de janeiro de 1946 e trazendo o sistema de listas, com o voto plurinominal, para a eleição de deputados estaduais, era ele revogado em dezembro daquele mesmo ano, sem que o modelo tivesse sido aplicado em nenhum pleito[17].

Assim também o voto colorido, instituído pela Lei nº 4.109, de 27 de julho de 1962, que determinou a utilização de cédulas de cores diferentes para cada candidato ou partido. A lei resultou de projeto do deputado Fernando Ferrari, de demoradíssima tramitação: por cinco anos foi discutida no Congresso. Nos termos de seu artigo 6º, a Justiça Eleitoral estabeleceria "um elenco de cores, dentre as quais cada partido, na ordem de prioridade segundo a data do respectivo registro, escolherá a de sua preferência"[18]. Mas vinte e seis dias depois de editada, a norma foi revogada pela Lei nº 4.115, de 22 de agosto de 1962.

Mais um exemplo é o da exigência de que o eleitor, na seção de votação, mergulhasse o polegar em vidro de tinta, impedindo-o de votar mais de uma vez. A determinação foi do artigo 36 da Lei nº 2.550, de 25 de julho de 1955. Mas no final do mês de agosto seguinte, o dispositivo foi revogado pelo artigo 7º da Lei nº 2.582[19].

---

16. Com o ministro Nelson Jobim, do STF, o autor editou livro que reuniu quase quatrocentos textos legais sobre eleições em nosso país (JOBIM, Nelson e PORTO, Walter Costa, *Legislação eleitoral no Brasil, do século XVI a nossos dias*. Brasília: Senado Federal, 1996).
17. V. nota 17 ao Cap. XVIII.
18. Com os trinta partidos hoje registrados, não se conseguiria, no espectro de cores, abrigar as legendas.
19. Havia decerto a dificuldade – ou a impossibilidade – para os químicos de encontrar uma tinta que não pudesse ser removida no dia da eleição, mas não tão permanente que não pudesse desaparecer nos dias seguintes. Mas, no início daquele ano de 1955, ao comentar a notícia de que, na Venezuela, o eleitor era obrigado a mergulhar a ponta do dedo num vidro de tinta especial, que permaneceria indelével durante quatro dias, a revista *Direito Eleitoral* trouxe o seguinte comentário: "No Brasil, porém, mesmo que o atual Código Eleitoral não seja modificado, a fraude poderá ser evitada de uma maneira mais simples e sem o uso daquele processo original e inconveniente: basta que certos políticos mergulhem o dedo na consciência..." (*Direito Eleitoral*. Rio de Janeiro: Imprensa Naval, I, jan. 1955, nº 1, p. 101).

E cabe, por fim, menção ao titubeio legislativo que envolveu a pretensão de introduzir, em nosso país, a cláusula de exclusão, vigente em países como a Alemanha e a Grécia, exigindo dos partidos, para que obtenham representação no Congresso, certo patamar de votos. O governo militar de nossa 4ª República, com a primeira Lei Orgânica dos Partidos – a Lei nº 4.740, de 15 de julho de 1965 –, determinou que somente poderiam pleitear sua organização os partidos que contassem, inicialmente, com cinco por cento do eleitorado que houvesse votado na última eleição geral para a Câmara, distribuídos em sete ou mais Estados, com o mínimo de sete por cento em cada um deles. Depois, dispôs-se, no artigo 140, inciso VII, da nova Constituição, de janeiro de 1967, que os partidos alcançassem dez por cento do eleitorado, distribuídos em dois terços dos Estados, com um mínimo de sete por cento em cada um deles. Com a Emenda Constitucional nº 1, de 1969, a exigência passou a ser de cinco por cento do eleitorado. Mas com a superação do bipartidismo, em razão da reforma levada a efeito em 1979, a Emenda Constitucional nº 22, de 1982, determinou que o requisito não se aplicaria à eleição de 15 de novembro de 1982. A última modificação da cláusula teve lugar com a Emenda Constitucional nº 25, de 1985: não teriam direito a representação os partidos que não alcançassem três por cento do eleitorado, distribuídos em pelo menos cinco Estados, com o mínimo de dois por cento em cada um deles. E mais uma vez, por força do artigo 25 daquela Emenda, dispôs-se que a exigência não se aplicaria às eleições de 15 de novembro de 1986. A nova Constituição vigente reduziu o âmbito da cláusula de barreira – nunca antes aplicada – ao "funcionamento parlamentar de acordo com a lei" (artigo 14, IV). E a nova lei dos partidos dispôs, em seu artigo 13: "Tem direito a funcionamento parlamentar em todas as Casas Legislativas para as quais tenha elegido representantes o partido que, em cada eleição para a Câmara dos Deputados, obtenha o apoio de, no mínimo, cinco por cento dos votos apurados, não computados os brancos e os nulos, distribuídos em, pelo menos, um terço dos Estados, com o mínimo de dois por cento do total de cada um deles."

XI

Como conta em seu famoso texto sobre o *Velho Senado*[20], Machado de Assis foi, em 1860, convidado por Quintino Bocaiúva para a redação do *Diário do Rio de Janeiro*, que iria reaparecer sob a direção política de Saldanha Marinho. Acompanhou ele, então, nas páginas do jornal, o dia-a-dia da Câmara Alta. Depois, nas colunas de *O Futuro, Semana Ilustrada, Ilustração Brasileira, O Cruzeiro* e *Gazeta de Notícias*, comentou muitas vezes os fatos políticos. Mas é em 1882, ao publicar o livro de contos *Papéis avulsos*[21], que Machado iria trazer, em páginas da mais fina ironia, seu depoimento sobre o quadro eleitoral do tempo, em que os casuísmos legais e as negaças dos dirigentes tanto fraudavam a aferição da vontade popular.

Ele relata que um estudioso brasileiro, o Cônego Vargas, descobrira uma espécie de aranhas que dispunham do uso da fala, com uma linguagem rica e variada, "com sua estrutura sintática, seus verbos, conjugações, declinações, casos latinos e formas onomatopeicas".

Orientando-as, propôs-lhes o Cônego uma república, à maneira de Veneza, pois entre os diferentes modos eleitorais daquela cidade figurava o do saco e bolas. Metiam-se as bolas, com os nomes dos candidatos, em um saco e extraía-se, anualmente, certo número. O sistema, segundo o Cônego, excluía "os desvarios da paixão, os desazos da inépcia, o congresso da corrupção e da cobiça". E, "tratando-se de um povo tão exímio na fiação de suas teias, o uso do saco eleitoral era de fácil adaptação, quase uma planta indígena".

Mas se as eleições se fizeram, a princípio, com muita regularidade, os vícios depois se impuseram: bolas diversas com o nome do mesmo candidato, omissão do nome de outros, erros propositais na grafia dos nomes, identificação das bolas pelo tecido de malhas. Cada problema trazia a necessidade de correção na medida dos sacos, em sua forma, em sua tecitura. E discussões infindas: como as aranhas são principalmente geômetras, era a geometria que as dividia, uma entendendo que as teias deveriam ser feitas com fios retos – o partido retilíneo outras, com fios curvos – o curvilíneo; um terceiro partido defendia que deveriam ser usados fios curvos e retos; e, afinal,

---

20. MACHADO DE ASSIS, *Obras completas*. Rio de Janeiro: José Aguillar, vol. II, p. 636.
21. Idem, p. 340.

um quarto partido, anti-reto-curvilíneo, propunha o uso de teias urdidas de ar, "obra transparente e leve, em que não ha linhas de espécie alguma".

A perfeição não é deste mundo, conclui Machado, acrescentando: o comentário é a eterna malícia. Mas termina ele o conto com otimismo, ao transcrever o discurso de um dos mais circunspectos cidadãos daquela República, com recomendação às dez aranhas incumbidas de urdir o saco eleitoral: "Refazei o saco, amigas minhas, refazei o saco, até que Ulisses, cansado de dar às pernas, venha tomar entre nós o lugar que lhe cabe."[22]

O que ocorre no Brasil é que não se abroga o ordenamento, não se propõe sua substituição. O que se requer sempre – o que se obtém – é uma situação de privilégio: a lei "não pega", ou se aplica somente aos outros, aos desfavorecidos. A interpretação da lei – como insiste Machado – é a eterna malícia.

---

22. MACHADO DE ASSIS, ob. cit., vol. III, p. 251.

Bibliografia

ABRANCHES, Dunshee de. *Como se faziam presidentes*. Rio de Janeiro: José Olympio, 1973.
ALBUQUERQUE, Ulysses Lins de. *Um sertanejo e o sertão*. Belo Horizonte: Itatiaia, 1989.
ALENCAR, José de. *Systema representativo*. Rio de Janeiro: B. L. Garnier, 1868.
———. *Ao povo – Cartas políticas de Erasmo*. Rio de Janeiro: Tipografia de Pinheiro, 1866.
———. *Ao Imperador – Novas cartas políticas de Erasmo*. Rio de Janeiro: Tipografia de Pinheiro, 1867.
———. *Reforma eleitoral*. Rio de Janeiro: [s. ed.], 1874.
AMADO, Genolino. *Um menino sergipano (Memórias)*. Rio de Janeiro: Civilização Brasileira/INL, 1977.
AMADO, Gilberto. *Mocidade no Rio e primeira viagem à Europa*. Rio de Janeiro: José Olympio, 1956.
———. *Presença na política*. Rio de Janeiro: José Olympio, 1958.
———. *Depois da política*. Rio de Janeiro: José Olympio, 1960.
———. *Eleição e representação*. Brasília: Senado Federal, 1999.
AMARAL, Antônio Barreto do. *Prudente de Moraes, uma vida marcada*. São Paulo: Instituto Histórico e Geográfico de São Paulo, 1971.
AMOROSO LIMA, Alceu. *À margem da história da República*. Rio de Janeiro: [s. ed.], 1924.
ANAIS DA CÂMARA DOS DEPUTADOS. Rio de Janeiro: Imprensa Nacional.
ANAIS DO CONGRESSO NACIONAL, apuração da eleição de presidente e vice-presidente realizada em 1º/3/1910. Rio de Janeiro: Imprensa Nacional, 1910, vol. I.

ANAIS DO SENADO DO IMPÉRIO DO BRASIL. Brasília: Senado Federal, 1978.
ANDRADE, Gilberto Osório de, *Montebelo. Os males e os mascates*. Recife: UFPE, 1969.
ANDRADE, Janaína e FIGUEIREDO, Luiz Carlos. *Brasil 1500 – Quarenta documentos*. Brasília/São Paulo: UnB/Imprensa Oficial, 2001.
ANDRAE, Paul. *Andrae and his Invention – The Proportional Representation Method*. Philadelphia, 1926.
ARINOS DE MELO FRANCO, Afonso, *Um estadista da República*.
―――――. *A escalada*. Rio de Janeiro: José Olympio, 1965.
―――――. *História do povo brasileiro*. São Paulo: J. Quadros Editores Culturais, 1967, 5º vol.
―――――. *História e teoria dos partidos políticos*. São Paulo: Alfa Omega, 1974.
―――――. *A alma do tempo – Memórias*. Rio de Janeiro: José Olympio, 1979.
ARMITAGE, John. *História do Brasil*. São Paulo: Melhoramentos, 1977.
ASSIS, José Eugênio de Paul. *Prudente de Moraes, sua vida e sua obra*. São Paulo: [s. ed.], 1976.
ASSIS BRASIL, Joaquim F. de. *Do voto e do modo de votar*. Rio de Janeiro: G. Leuzinger & Filhos, 1893.
―――――. *Democracia representativa: do voto e do modo de votar*. Rio de Janeiro: G. Leuzinger & Filhos, 1893.
ASTIZ, Carlos. "O papel atual do Congresso Brasileiro". In: *O Legislativo e a tecnocracia*. Rio de Janeiro: Imago, 1975.
BAEPENDI, Conde de. *Notícias dos senadores do Império do Brasil*, apud TAUNAY, Affonso de. *O senado do Império*, 1978.
BAGEHOT, Walter. *The English Constitution*, 1867.
BALDACCI FILHO, Raphael. "O voto distrital: o fim da demagogia". In: LAMOUNIER, Bolívar. "A representação proporcional no Brasil: mapeamento de um debate". *Revista de Cultura e Política*. São Paulo: Cortez, nº 7.
BANDEIRA, Antônio Herculano de Souza. *Reforma eleitoral – Eleição direta*. Recife: Typographia Universal, 1862.
BAPTISTA, Henrique. *Eleições e parlamentos na Europa*. Porto: Imprensa Comercial, 1903.
BARBALHO, João, *Constituição Federal brasileira (1891)*, comentada. Brasília: Senado Federal, 2002.
BARBEDO, Alceu. *O fechamento do Partido Comunista do Brasil; os pareceres Barbedo*. Rio de Janeiro: Imprensa Nacional, 1947.
BARBOSA, Francisco de Assis. In: ARINOS DE MELO FRANCO, Afonso. *História do povo brasileiro*. São Paulo: J. Quadros Editores Culturais, 1967, vol. 5.
BARBOSA LIMA SOBRINHO. *Questões de direito eleitoral*. Recife: [s. ed.], 1949.
―――――. *A verdade sobre a Revolução de Outubro – 1930*. 2ª ed. São Paulo: Alfa-Omega, 1975.
BELLO, José Maria. *História da República*. Rio de Janeiro: Civilização Brasileira, 1940.
BESSONE, Darcy. *Wenceslau: um pescador na Presidência*. Rio de Janeiro: Sociedade de Estudos Históricos D. Pedro II, 1968.
BLONDEL, Jean. *As condições de vida política no Estado da Paraíba*. Rio de Janeiro: FGV, 1957.

BORGES DE MEDEIROS, A. A. *Projeto de lei eleitoral do Estado*. Porto Alegre: Officinas Graphicas do Instituto de Electro Technica, 1913.
BOURSIN, Jean Louis. *Les dés e les urnes – Les calculs de la démocratie*. Paris: Seuil, 1990.
CADART, Jacques. *Les modes de scrutin des diz-huit pays libres de l'Europe occidentale*. Paris: Presses Universitaires de France, 1983.
CALMON, Pedro, *A vida de D. Pedro II, o rei filósofo*. Rio de Janeiro: Biblioteca do Exército, 1975.
CAMPOS SALES. *Da propaganda à presidência*. São Paulo: A Editora, 1908.
CAPISTRANO DE ABREU, José. "Carta a Urbano Duarte de Oliveira, de 26 de agosto de 1895". In: *Correspondência*. Rio de Janeiro: INL, 1954.
──────. *Ensaios e estudos*. Rio de Janeiro: Briguiet, 1938.
CARNEIRO, Edison. *A Insurreição Praieira (1848-1849)*. Rio de Janeiro: Conquista, 1960.
CARNEIRO, Glauco. *História das revoluções brasileiras*. 2ª ed. Rio de Janeiro: Editora O Cruzeiro, 1965.
CARONE, Edgard. *A República Velha – Instituição e classe social*. 2ª ed. São Paulo: Difel, 1972.
──────. *A República Velha – Evolução política*. São Paulo: Difel, 1971.
CARVALHO, Afrânio de. *Raul Soares, um líder da República Velha*. Rio de Janeiro: Forense de Artes Gráficas, 1978.
CARVALHO, José Murilo de. *Teatro de sombras – A política imperial*. Rio de Janeiro: Vértice/Iuperj, 1988.
CARVALHO, Luiz Maklouf. *Cobras criadas – David Nasser e O Cruzeiro*. 2ª ed., São Paulo: Senac, 2001.
CASTRO, Augusto O. Gomes. *A lei eleitoral comentada*. Rio de Janeiro: Batista de Souza, 1945.
CASTRO, Jeanne Berrance de. "A Guarda Nacional". In: HOLANDA, Sérgio Buarque de. *História geral da civilização brasileira*. São Paulo: Difel, 1963 a 1978, t. II, vol. 2.
CASTRO, Sertório de. *A República que a revolução destruiu*. Brasília: UnB, 1982.
CATÁLOGO BIOGRÁFICO DOS SENADORES BRASILEIROS – 1826 a 1986. Brasília: Senado Federal, 1986.
CAVALCANTI, Robson. *As origens do coronelismo*. Recife: UFPE, 1984.
CELSO, Afonso. *Oito anos de parlamento*. Brasília: UnB, 1981.
CHACON, Vamireh. *Abreu e Lima, general de Bolívar*. Rio de Janeiro: Paz e Terra, 1983.
COARACY, Vilvaldo. *O Rio de Janeiro do século 17*. Rio de Janeiro: José Olympio, 1944.
COELHO, Euler. *Jurisprudência eleitoral*. Belo Horizonte: Imprensa Oficial, 1928.
COLLECÇÃO CHRONOLÓGICA DA LEGISLAÇÃO PORTUGUESA – 1603/1612. Comp. e anot. por José Justino de Andrade e Silva, Imp. de J. J. A. Silva.
COLLECÇÃO CHRONOLÓGICA DA LEGISLAÇÃO PORTUGUESA – 1634/1640. Comp. e anot. por José Justino de Andrade e Silva, Lisboa: Imp. de F. X. e Souza, 1855.
CONSTANT, Benjamin. *Cours de politique constitutionelle*. Paris: Guillaumin, 1872.

COSTA, Edgard. *Os grandes julgamentos do Supremo Tribunal Federal*. Rio de Janeiro: Civilização Brasileira, 1964.
COSTA, F. A. Pereira da. *Anais pernambucanos*. Recife: Arquivo Público Estadual, 1954.
──────. "Vocabulário pernambucano". Separata da *Revista do Instituto Arqueológico, Histórico e Geográfico de Pernambuco*. Recife: Imprensa Oficial, 1937.
COSTA, Lustosa da. "Eleição a bico de pena". In: *D. O. Letras*. Ceará: Imprensa Oficial, nº 2, jun. 1986.
COTTERET, Jean Marie, ÉMERI, Claude e LALUMIÈRE, Pierre. *Lois électorales et inegalités de répresentation en France*. Paris: Armand Colin, 1960.
D'ARAUJO, Maria Celina e CASTRO, Celso. *Geisel*. Rio de Janeiro: FGV, 1997.
D'HONDT, Victor. "Exposição do sistema prático de representação proporcional adotado pelo Comitê da Associação Reformista Belga". In: *La répresentation proportionnelle – Études de legislation et de statistique comparées*. Paris: E. Pichon, 1888.
DIÁRIO DA ASSEMBLÉIA GERAL CONSTITUINTE E LEGISLATIVA DO IMPÉRIO DO BRASIL. Brasília: Senado Federal, 1973.
DULLES, John W. F. *Getúlio Vargas*. Rio de Janeiro: Renes, s/d.
DUVERGER, Maurice. *Sociologia política*. Rio de Janeiro: Forense, 1966.
ELEIÇÕES/1986. São Paulo: Vértice/Revista dos Tribunais, 1989.
EUCLIDES DA CUNHA. *Contrastes e confrontos*. Porto: Livraria Chardron, 1923.
EXPOSIÇÃO DE MOTIVOS DA 19ª SUBCOMISSÃO LEGISLATIVA. In: CABRAL, João G. da Rocha. *Código Eleitoral da República dos Estados Unidos do Brasil*. 3ª ed. Rio de Janeiro: Freitas Bastos, 1934.
FERREIRA, Manoel Rodrigues. In: *Boletim Eleitoral*, nov. 1956.
FERREIRA FILHO, Arthur. *História geral do Rio Grande do Sul*. Porto Alegre: Globo, 1969.
FIGUEIREDO, Cândido. *Novo dicionário da língua portuguesa*. 4ª ed., Lisboa: Portugal Brasil Soc. Editora, 1925.
FONTOURA, João Neves da. *Memórias – Borges de Medeiros e seu tempo*. Rio de Janeiro/Porto Alegre/São Paulo: Globo, 1958, vol. I.
──────. *Memórias – A Aliança Liberal e a Revolução de 1930*. Rio de Janeiro: Globo, 1963.
FREYRE, Gilberto. *O velho Felix e as memórias de um Cavalcanti*. Rio de Janeiro: José Olympio, 1957.
──────. *A vida social no Brasil nos meados do século XIX*. Recife: Arte Nova/IJNPS, 1977.
FULGÊNCIO, Tito. *A carteirinha do eleitor*. Belo Horizonte: Imprensa Oficial, 1917.
GARCIA, Rodolfo. *Ensaio sobre a história política e administrativa do Brasil*. Rio de Janeiro: José Olympio, 1956.
GOUVEIA, Maurílio. *Marquês do Paraná, um varão do Império*. Rio de Janeiro: Biblioteca do Exército, 1962.
HOLANDA, Sérgio Buarque de. *História geral da civilização brasileira*. São Paulo: Difel, 1963 a 1978, t. II, 2º vol.
IDÉIAS POLÍTICAS DE ASSIS BRASIL (org. Paulo Brossard. Brasília/Rio de Janeiro: Senado Federal/Fundação Casa Rui Barbosa/Ministério da Cultura, 1990.

IDÉIAS POLÍTICAS DE MANOEL VITORINO. Brasília: Senado Federal/Fundação Casa Rui Barbosa/MEC, 1981.
KIDDER, D. P. e FLETCHER, J. C. *O Brasil e os brasileiros (Esboço histórico e descritivo).* São Paulo: Nacional, 1941.
KROESCHELL, Karl. "Direito agrário na sociedade industrial". In: *Leituras escolhidas em direito agrário.* Brasília: Fundação Petrônio Portela, 1983.
LAMOUNIER, Bolívar e MENEGUELLO, Rachel. *Partidos políticos e consolidação democrática – O caso brasileiro.* São Paulo: Brasiliense, 1986.
LEITE, Beatriz Westin de Cerqueira. *O Senado nos anos finais do Império – 1870/1889.* Brasília: Senado Federal, 1979.
LEITURAS SOBRE A CIDADANIA. Brasília: Senado Federal/Ministério da Ciência e Tecnologia/Centro de Estudos Estratégicos, 2002.
LIMA BARRETO. *Triste fim de Policarpo Quaresma.* São Paulo: Ática, 1983.
LIMA FILHO, Andrade. *China Gordo – Agamenon Magalhães e sua época.* Recife: UFPE, 1949.
LISBOA, João Francisco. *Jornal de Timon. Partidos e eleições no Maranhão.* Lisboa: Mattos Moreira & Pinheiro, 1901.
―――――. "Regime eleitoral, 1821 – 1921". In: *Modelos alternativos de representação política no Brasil e regime eleitoral.* Brasília: UnB, 1981.
―――――. *Contribuição para a biografia do imperador.* Rio de Janeiro: Mendonça Machado, 1926.
MACHADO DE ASSIS. *Obras completas.* Rio de Janeiro: José Aguillar, vol. III. 1962.
MAGALHÃES, Bruno de Almeida. *Arthur Bernardes, estadista da República.* Rio de Janeiro: José Olympio, 1973.
MAGALHÃES, Maria Carmem Côrtes. O mecanismo das "Comissões Verificadoras" de Poderes (Estabilidade e dominação política, 1894-1930). Brasília: UnB, 1986.
MAGALHÃES JUNIOR, R. *O Império em chinelos.* Rio de Janeiro: Civilização Brasileira, 1957.
MAGEE, Brian. *Confissões de um filósofo.* São Paulo: Martins Fontes, 2001.
MALFATTI, Selvino Antonio. *Chimangos e maragatos no governo de Borges de Medeiros.* Porto Alegre/Santa Maria: Pallotti/Fundação Regional de Economia, 1988.
MARTINS, Maria Helena. *Agonia do heroísmo – Contexto e trajetória de Antônio Chimango.* Porto Alegre: UFRGS/L&PM, 1980.
MASCARENHAS, Nelson Laje. *Um jornalista do Império – Firmino Rodrigues Silva.* São Paulo: Nacional, 1961.
MELLO, Custódio José de. *O Governo Provisório e a Revolução de 1893.* São Paulo: Nacional, 1938.
MELO, Urbano Pessoa de. *Apreciação da Revolta Praieira.* Brasília: Senado Federal, 1978.
MEM DE SÁ. *A politização no Rio Grande.* Porto Alegre: Tabajara, 1973.
MENEZES, Raimundo de. *Emílio de Menezes, o último boêmio.* São Paulo: Martins, 1946.
MENSAGENS PRESIDENCIAIS – 1915/1918. Brasília: Câmara dos Deputados, 1975.

MOTTA, José do Patrocínio, *República fratricida*. Porto Alegre: Martins, 1989.
NABUCO, Joaquim. *Um estadista do Império*. São Paulo/Rio de Janeiro: Nacional/Civilização Brasileira, 1936.
──────. *Discursos parlamentares*. Rio de Janeiro: Câmara dos Deputados, 1949.
NASCIMENTO, Luiz do. *História da imprensa de Pernambuco*. Recife: UFPE, 1967.
NAVILLE, Ernest. *La pratique de la répresentation proportionnelle*. Genève: Georg, 1898.
NICOLAU, Jairo Marconi. *Sistema eleitoral e reforma política*. Rio de Janeiro: Foglio, 1993.
O CABALISTA ELEITORAL. Rio de Janeiro: Eduardo & Henrique Laemmert, 1868.
O LEGISLATIVO E A TECNOCRACIA. Rio de Janeiro: Imago, 1975.
O PARLAMENTO E A EVOLUÇÃO NACIONAL – 1871/1889. Brasília: Senado Federal, 1979.
OLIVEIRA VIANNA. *O idealismo na Constituição*. São Paulo: Nacional, 1939.
──────. *Instituições políticas brasileiras*. 3ª ed., Rio de Janeiro: Record, 1974.
PÁGINAS DE HISTÓRIA CONSTITUCIONAL DO BRASIL. Rio de Janeiro: G. L. Garnier, 1870.
PAIVA, Maria Arair Pinto. *Direito político do sufrágio no Brasil – 1822-1892*. Brasília: Thesaurus, 1985.
PALMÉRIO, Mário. *Vila dos confins*. Rio de Janeiro: José Olympio, 1956.
PCB – PROCESSO DE CASSAÇÃO DE REGISTRO (1947). Belo Horizonte: Aldeia Global, 1980.
PEDREIRA, Mário Bulhões. *Defesa dos ex-senadores no caso da Paraíba*. In: CARONE, Edgard. *A República Velha; instituição e classe social*. 2ª ed. São Paulo: Difel, 1972.
PERFIS PARLAMENTARES – 4 – JOSÉ ANTÔNIO SARAIVA. Brasília: Câmara dos Deputados/José Olympio, 1978.
PIMENTA, Joaquim. *Retalhos do passado*. Rio de Janeiro: Departamento de Imprensa Nacional, 1949.
PIMENTA BUENO. *Direito público brasileiro e análise da Constituição do Império*. Brasília: Senado Federal, 1978.
PINHEIRO, Luiz F. Maciel. *Reforma eleitoral*. Rio de Janeiro: Typographico do Direito, 1876.
PINTO FERREIRA. *Manual prático de direito eleitoral*. São Paulo: Saraiva, 1973.
PONTES, Carlos. *Motivos e aproximações*. Rio de Janeiro: Jornal do Comércio, 1953.
PORTO, José da Costa. *Os tempos de Rosa e Silva*. Recife: UFPE, 1970.
──────. *O marquês de Olinda e seu tempo*. 2ª ed., Recife: UFPE, 1976.
──────. *Os tempos da República Velha*. Recife: Fundarpe, 1986.
PORTO, Walter Costa. *Constituições brasileiras – 1937*. Brasília: Senado Federal/Centro de Estudos Estratégicos – CEE/MCT/Escola de Administração Fazendária – ESA/MF, 1999, vol. IV.
──────. *Dicionário do voto*. 2ª ed., Brasília: UnB, 2000.
──────. *O voto no Brasil*. 2ª ed., Rio de Janeiro: Topbooks, 2002.
RADEMAKER, Augusto. *O vice-presidente da República: um estudo*. Brasília: [s. ed.], 1974.

REINFELD, Fred. *The Biggest Job in the World: the American Presidency*. New York: Washington Square Press, 1964.
REVISTA ELEITORAL. Rio de Janeiro: Imprensa Naval, ano II, vol. VI, jan./fev. 1953.
RODRIGUES, João Batista Cascudo. *A mulher brasileira, direitos políticos e civis*. Fortaleza: Imprensa Universitária, 1962.
RODRIGUES, José Honório. *O parlamento e a consolidação do Império, 1840/1861*. Brasília: Câmara dos Deputados, 1982.
ROKKAN, Stein. "Les pays de l'Europe nordique". In: CADART, Jacques. *Les modes de scrutin des diz-huit pays libres de l'Europe occidentale*. Paris: Presses Universitaires de France, 1983.
ROURE, Agenor de. *A Constituinte republicana*. Brasília: Senado Federal, 1979.
RUI BARBOSA. *Obras completas – Trabalhos políticos*. Rio de Janeiro: MEC/Casa Rui Barbosa, 1978, vol. II, t. II.
———. *Comentários à Constituição Federal brasileira*. São Paulo: Saraiva, 1933, vol. III.
SALLES, Joaquim de. *Se não me falha a memória (Políticos e jornalistas de meu tempo)*. Rio de Janeiro: São José, 1960.
SANT'ANNA, Nuto. *Documento histórico*. São Paulo: Departamento de Cultura, 1951.
SANTOS, Wanderley Guilherme dos. *Dois escritos democráticos de José de Alencar*. Rio de Janeiro: UFRJ, 1991.
SARIPOLOS, Nicolas. *La democratie et l'election proportionnelle – Étude historique, juridique et politique*. Paris, Paris, A. Rousseau, 1889.
SILVA, J. M. Pereira da. *Segundo período do reinado de Dom Pedro I no Brazil*. Rio de Janeiro: B. L. Garnier, 1871.
SILVA, Hélio. *1922 – Sangue nas areias de Copacabana*. Rio de Janeiro: Civilização Brasileira, 1964.
———. *História da República brasileira (29 de outubro, 1946-1950)*. Rio de Janeiro: Editora Três, 1975, vol. 13.
———. *1930 – A revolução traída (O ciclo de Vargas)*. 2ª ed. Rio de Janeiro: Civilização Brasileira, 1972, vol. III.
SIMPÓSIO SOBRE A REVOLUÇÃO DE 30. Porto Alegre: UFRGS, 1983.
SKIDMORE, Thomas. *Brasil: de Getúlio a Castelo*. Rio de Janeiro: Saga, 1969.
SOUSA, Antônio Muniz de. "Viagens e observações de um brasileiro". *Revista do Instituto Geográfico e Histórico da Bahia*, nº 72, 1945.
SOUSA, Octávio Tarquínio de. *Diogo Antônio Feijó – História dos fundadores do Império do Brasil*. Rio de Janeiro: José Olympio, 1960.
SOUZA, Carlos Alves de. *Um embaixador em tempos de crise*. Rio de Janeiro: Francisco Alves, 1979.
SOUZA, Francisco Belisário Soares de. *O sistema eleitoral do Império*. Brasília: Senado Federal, 1979.
STUART MILL, John. *Considerações sobre o governo representativo*. Brasília: UnB, 1981.
SYLA, Ciro. *Floriano Peixoto, o consolidador da República*. São Paulo, [s. ed.].
TAUNAY, Affonso de. *Na era das Bandeiras*. São Paulo: Melhoramentos, 1922.
———. *O Senado do Império*. Brasília: Senado Federal, 1978.

TAVARES, José Antônio Giusti. *Sistemas eleitorais nas democracias contemporâneas*. Rio de Janeiro: Delume-Dumará, 1994.
TAVARES DE LYRA. *Instituições políticas do Império*. Brasília: Senado Federal, 1979.
———. *Contribuição para a biografia do Imperador*. Brasília: Mendonça Machado, 1926.
VIANA FILHO, Luís. *A vida de José de Alencar*. Rio de Janeiro: José Olympio/MEC, 1979.
VIEIRA, David Gueiros. *O protestantismo, a maçonaria e a questão religiosa no Brasil*. Brasília: UnB, 1980.
VILLEY, Edmond. *Legislation comparée des principaux pays d'Europe*. Paris: L. Larose/A. Pedone, 1900.

Artigos

COSTA, Lustosa da. "Eleição a bico de pena". In: *D. O. Letras*. Ceará: Imprensa Oficial, nº 2, jun. 1986.
FLEISCHER, David. "Concentração e dispersão eleitoral: um estudo da distribuição do voto em Minas Gerais, 1966/1974". *Revista Brasileira de Estudos Políticos*, nº 43.
———. "Condições de sobrevivência da bancada federal mineira em eleições distritais". *Revista Brasileira de Estudos Políticos*, nº 53.
REALE, Miguel. "O sistema de representação proporcional e o regime presidencial brasileiro". *Revista Brasileira de Estudos Políticos*, nº 7, nov. 1959.
SANTOS, Wanderley Guilherme dos. "Representação, proporcionalidade e democracia". *Estudos Eleitorais*. Brasília: TSE, nº 1, jan./abr. 1997.
———. *Dois escritos democráticos de José de Alencar*. Rio de Janeiro: UFRJ, 1991.

IMPRESSÃO E ACABAMENTO:
YANGRAF Fone/Fax: 6198.1788